L'APPRENDISTA DEL CARTOGRAFO

GLASS AND STEELE - ITALIANO, LIBRO 2

C.J. ARCHER

Traduzione di
MANGO HILL BOOKS

WWW.CJARCHER.COM

A PROPOSITO DI QUESTO LIBRO

Quando un apprendista della Gilda dei Cartografi scompare, Matt e India vengono ingaggiati per trovarlo. Fingendosi una coppia sposata, scoprono che non tutti alla gilda sono quello che sembrano, e che le mappe ultraterrene del ragazzo hanno causato gelosia, sospetto e paura.

Entrati in possesso di una di queste mappe magiche, India e Matt devono usare il loro ingegno e la magia nascente e inesperta di India per trovare l'apprendista. Ma più indagano, più complotti sinistri scoprono, incluso un legame tra la Gilda dei Cartografi e quella degli Orologiai, e un antico tesoro magico sepolto sotto le strade di Londra.

Mentre la rete del sospetto si allarga e i nemici si avvicinano, non è solo la vita dell'apprendista a essere in pericolo, ma anche quella di Matt. Qualcuno farà di tutto per impedirgli di scoprire il nome dell'uomo che può riparare l'orologio che lo tiene in vita. Di tutto, davvero.

CAPITOLO 1

LONDRA, PRIMAVERA 1890

«Come te la cavi a recitare, India?» mi chiese il mio datore di lavoro, Matthew Glass. Sedevamo ai lati opposti in diagonale nella brougham, una carrozza chiusa, le ginocchia che si toccavano quando il cocchiere prendeva le curve troppo velocemente, cosa che faceva a intervalli regolari. Matt aveva assunto il tipo dopo aver vinto la brougham a una partita di poker solo la settimana prima. L'avevamo usata ogni giorno da allora, visitando orologiai in tutta la città, ma quel giorno eravamo diretti alla Banca d'Inghilterra in Threadneedle Street.

«È una domanda strana» dissi. «Le mie doti sono adeguate, suppongo, finché non mi si chiede di ricordare interi soliloqui shakespeariani. Non sono mai stata molto brava a memorizzare i classici. Perché me lo chiedi?»

«Riusciresti a recitare la parte di una nipote preoccupata?»

«Ah. Adesso capisco. È un'idea astuta. Farò del mio meglio, ma non posso promettere che un impiegato scaltro non riesca a mettermi in difficoltà.»

Eravamo diretti alla Banca d'Inghilterra nel tentativo di scoprire se un orologiaio di nome Mirth continuava a ritirare l'assegno della gilda che veniva versato regolarmente sul suo conto. Poteva essere l'orologiaio chiamato Chronos, di cui Matt aveva bisogno per riparare il suo orologio vitale, un orologio di cui necessitava ogni giorno più di frequente per ristabilire la propria salute. Sebbene Abercrombie, il maestro della Gilda degli Orologiai, mi avesse assicurato che Mirth non era l'uomo giusto, non mi fidavo di lui. Quell'uomo orribile aveva tentato di farmi arrestare con false accuse di furto e si era rifiutato di ammettermi nella gilda. Non mi avrebbe sorpreso se avesse mentito anche riguardo a Mirth per distrarci dalla nostra ricerca. A parte Mirth, non avevamo saputo di nessun altro orologiaio che avesse l'età giusta e che fosse stato all'estero cinque anni prima, quando il misterioso Chronos si era alleato con un medico dotato di capacità magiche per salvare la vita di Matt in America. Non potevamo ancora escluderlo. Non finché non l'avessimo visto.

«Sono sicuro che sarai all'altezza della sfida» disse Matt con un sorrisetto che non raggiunse i suoi occhi stanchi.

Nonostante fosse affaticato, era particolarmente affascinante nel suo nuovo abito grigio antracite, consegnato ieri dal sarto. Faceva una gran bella figura con le sue gambe lunghe, le spalle ampie e i capelli scuri che incorniciavano un viso dai lineamenti forti e dalla pelle liscia. Spesso mi ritrovavo a studiare i suoi tratti intriganti e a domandarmi quanto più affascinante sarebbe stato se la stanchezza non lo avesse tormentato.

«Ricorda solo i dettagli personali di Mirth, e dovrebbero crederti» mi assicurò.

«Oliver Warwick Mirth» recitai a memoria. «Data di nascita, nove aprile, milleottocentoventi. Attualmente residente presso la Aged Christian Society in Sackville Street, tuttavia è scomparso e noi, la sua famiglia, siamo molto preoccupati.»

«E il tuo nome?»

Lo guardai accigliata. La residenza non ci aveva fornito i nomi dei suoi familiari. Un membro dello staff ci aveva dato le informazioni personali di Mirth, dopo che Matt gli aveva allungato dei soldi, ma non aveva menzionato la famiglia. Nessuno era mai andato a fare visita all'anziano. Tuttavia sapevamo da Abercrombie che Mirth aveva una figlia. Potevo quindi fingermi la figlia di quella figlia.

«Jane» annunciai. «Jane Bland. Andrà bene?»

Mi studiò con un sorriso ironico. Aveva un'espressione affabile e un viso espressivo, uno di quelli che rendeva chiari i suoi pensieri. Di solito. C'erano momenti in cui invece controllava i suoi lineamenti per nasconderli. In quello era tanto bravo quanto lo era nel mettere le persone a proprio agio in sua presenza, quando lo voleva.

«Non hai l'aspetto di una Jane Bland.»

«Ah sì? E che aspetto ha una Jane Bland?»

«Minuto.»

«Ti rendi conto che alle donne piace essere considerate minute e che mi hai appena insultata?» Aggiunsi un sorriso perché capisse che non ero ferita dalla sua osservazione. E non lo ero davvero. Potevo anche non avere il vitino di vespa di molte donne, perché non stringevo il corsetto fino a sentirmi soffocare, ma avevo un seno generoso ed ero abbastanza alta da poter raggiungere il ripiano più alto della dispensa, ma abbastanza bassa perché un uomo come Matt torreggiasse su di me. A ventisette anni, mi ero abituata alle mie proporzioni e le avevo accettate come parte di me tanto quanto i capelli castani lisci e gli occhi verdastri.

«Lascia che mi corregga» disse, mentre una sfumatura rosea gli spuntava sulle guance. «Jane Bland suona come qualcuno che si confonde con lo sfondo. *Tu* no. Facciamo che ti chiami Jane Markham.»

«E tu chi saresti? Mio fratello?»

«Avvocato.»

«Tu? Un avvocato?» Risi.

Si irrigidì. «Cosa c'è di male a essere un avvocato?»

«Niente, ma non ne hai l'aspetto.»

«Che aspetto ho?»

Affascinante. Intrigante. Seducente. «Quello di un gentiluomo facoltoso che ha vissuto una vita interessante. Il tuo accento ti fa sembrare un uomo che non si è mai fermato abbastanza a lungo in un posto da considerare un paese in particolare come casa sua.»

Il suo sorriso vacillò prima di tornare. «Sei un'osservatrice attenta.»

«Sono cose che mi hai detto tu stesso, Matt.»

«Solo la parte sul trasferirmi spesso. Non ho mai menzionato che mi considero uno straniero ovunque io sia.»

«Oh.»

La carrozza sbandò all'improvviso, facendomi scivolare sul sedile di pelle fino all'altro lato. Matt allungò entrambe le mani verso di me, ma non fu abbastanza veloce da impedirci di sbattere le ginocchia. Riuscì però a evitare di farmi schiantare contro il lato della cabina.

«Stai bene?» chiese, aiutandomi a raddrizzarmi. Le sue mani allentarono la presa sulle mie braccia, ma non mi lasciarono andare. Per un breve e intenso momento, i nostri sguardi si incrociarono, scagliandomi il cuore contro le costole. Le sue dita strinsero gentilmente prima di lasciarmi.

«Grazie.» Mi sistemai il cappello, prendendomi il tempo per nascondere il viso accaldato. «Il tuo nuovo cocchiere sembra avere sempre fretta.»

Matt tirò giù il finestrino e gridò a Bryce di andare più piano. La brougham rallentò docilmente fino a passo d'uomo. «Allora» disse Matt, sistemandosi di nuovo sul sedile, «se non ho l'aspetto di un avvocato, chi dovrei essere?»

«Potremmo dire di essere entrambi nipoti del signor Mirth, dato che nessuno sa il contrario.»

«Speriamo.»

Non avevamo trovato nessuna registrazione dei discendenti di Mirth oltre alla sua unica figlia. Secondo Abercrombie, quella figlia era fuggita in Prussia, avvolta da una nube di scandalo, ma non sapevamo con certezza se fosse poi tornata in Inghilterra o se avesse avuto dei figli. Speravamo che nemmeno la banca lo sapesse.

La carrozza si fermò e scendemmo di fronte al colossale edificio della Banca d'Inghilterra. Sovrastava i dintorni e brulicava di uomini che andavano e venivano come formiche operose. Non c'era una donna in vista, a parte me.

«Vieni, sorella» disse Matt, porgendomi il braccio. «Scopriamo se il nostro caro nonno è ancora tra noi.»

All'interno, giovani seri armeggiavano dietro il lungo bancone lucido, le dita che lavoravano veloci per distribuire banconote ai clienti. Il fruscio della carta faceva da sottofondo alle voci sommesse, punteggiate occasionalmente dal tonfo deciso dei timbri.

Ci avvicinammo a un impiegato e Matt annunciò i nostri nomi e il motivo della visita, ma quando l'uomo disse che non poteva aiutarci, decisi che un approccio più femminile avrebbe potuto essere opportuno.

«Per favore, signore» dissi, unendo le mani guantate sul bancone. «Siamo appena tornati dalla Prussia, dove nostra madre è recentemente deceduta, e desideriamo sapere se nostro nonno è ancora vivo.» Iniettai nella mia voce una dose misurata di disperazione. Speravo che sarebbe bastata. In caso contrario, avrei aumentato la quantità fino a livelli isterici. Fare una scenata in pubblico tendeva a spingere all'azione anche l'uomo più conservatore. «Il personale della Aged Christian Society non è stato d'aiuto. A quanto pare il nonno se n'è semplicemente andato, ma nessuno sa dove. La prego, può aiutare me e mio fratello? Siamo davvero senza idee su dove andare.»

«Dalla polizia» disse l'impiegato, con aria annoiata.

«Abbiamo già chiesto, lì» disse Matt. «Sostengono di non poterci aiutare.»

L'impiegato allargò le mani e scrollò le spalle.

«Desideriamo solo sapere se sta ancora prelevando dal suo conto.» Tirai fuori un fazzoletto dalla mia borsetta e mi tamponai l'angolo dell'occhio. «In caso contrario...» Mi premetti il fazzoletto sul viso e tirai su col naso. «In caso contrario, allora temo che dovremo notificare alla polizia che non è scomparso ma che è... è morto.»

Matt mi mise un braccio intorno alle spalle. «Su, su, Jane. Arriveremo in fondo a questa storia, in un modo o nell'altro.» Lanciò uno sguardo mesto all'impiegato. «Se lei non può aiutarci, forse può farlo il suo superiore.»

L'impiegato sospirò. «Ripetetemi chi siete e vedrò cosa posso fare.»

Gli demmo di nuovo i nostri falsi nomi, così come i dati personali di Mirth. Li scrisse e li passò a un giovane dal viso butterato che scomparve dietro una porta alle loro spalle. Tre minuti dopo, il giovane tornò e diede all'impiegato un fascicolo.

«Secondo i nostri registri» disse l'impiegato senza alzare lo sguardo dall'incartamento, «vostro nonno sta ancora attingendo al suo conto. Viene ogni mercoledì pomeriggio, infatti.»

Il mio cuore si risollevò. Mirth era vivo!

«Avete anche il suo indirizzo attuale?» chiese Matt, cercando di sbirciare i documenti.

L'impiegato chiuse di scatto il fascicolo. «Stando a questo, risiede ancora presso la Aged Christian Society.»

Matt rivolse all'impiegato un sorriso triste. «Grazie per il suo tempo.»

Risalimmo sulla carrozza in attesa e Matt batté un colpo sul soffitto una volta che ci fummo sistemati. La carrozza sobbalzò e partì di scatto. Sembrava che Bryce avesse già dimenticato le sue istruzioni per un viaggio più tranquillo.

Matt fissava fuori dalla finestra, lo sguardo distante. Doveva sentirsi terribilmente deluso. Eravamo poco più avanti di quanto non fossimo stati prima di entrare in banca.

«Mi dispiace che non abbiamo scoperto niente di più utile» dissi a bassa voce.

«Non è stata una completa perdita di tempo.» Mi fece un sorriso incoraggiante. Ammiravo il suo ottimismo. Raramente mostrava frustrazione per la nostra mancanza di progressi nella ricerca di Chronos. Poche persone nella sua situazione sarebbero state in grado di mantenere una fiducia così incrollabile. «Sappiamo che sarà in banca il prossimo mercoledì pomeriggio.»

Era giovedì. Mancavano altri sei giorni a quel momento. Sembrava un'eternità. «Pensi di aspettarlo in banca?»

«Esatto. Riconoscerò Chronos quando lo vedrò. Se Mirth è Chronos, lo riconoscerò.»

Sorrisi, sperando di dimostrare che anch'io potevo essere ottimista. «È un progresso.»

«Lo è.»

Nessuno di noi due suonava particolarmente convincente, ma i nostri sorrisi non vacillarono.

Bryce ci fece scendere davanti al numero sedici di Park Street, Mayfair, poi si diresse verso le scuderie dietro la fila di case a schiera. Duke e Cyclops ci accolsero alla porta.

«Allora?» chiese Duke prima ancora che ci togliessimo i cappotti. «È vivo?»

«Lo è» disse Matt, aiutandomi a togliere il mio. «Ma non abbiamo un indirizzo attuale.»

Duke imprecò a mezza voce.

«Un altro vicolo cieco» borbottò Cyclops scuotendo la testa.

«Non proprio.» Matt raccontò ai suoi amici delle regolari visite di Mirth in banca il mercoledì pomeriggio. «Lo aspetterò lì la prossima settimana.»

La mancanza di risposta fu un'indicazione chiara di ciò che entrambi gli uomini pensassero al riguardo.

«Nel frattempo, India e io continueremo a visitare gli orologiai della città» disse Matt.

Eravamo già stati da molti, forse dalla maggior parte, e ora rimanevano solo poche fabbriche di Clerkenwell da perlustrare. «Continueremo dopo pranzo, che ne dici?» suggerii allegramente.

Grugnì appena. Sebbene avessi usato la scusa del pranzo per proporre una pausa, doveva aver notato che evitavo di menzionare il suo bisogno di riposare e usare l'orologio. Se c'era una cosa che Matt detestava intensamente, era che gli si ricordasse il suo stato di debolezza.

«Duke» disse Cyclops con un cenno del capo verso il retro della casa. «Che c'è da mangiare?»

«Perché la cucina tocca sempre a me?» si lamentò Duke.

«Perché a nessun altro piace cucinare.»

«Perché tu sei bravo» disse Matt, lanciando un'occhiataccia a Cyclops.

L'occhio buono di Cyclops brillò di umorismo. Era in contrasto con la brutta cicatrice frastagliata che si estendeva da sotto la benda sull'altro occhio. Era un uomo dall'aspetto terrificante con la sua altezza gigantesca, la stazza massiccia e la cicatrice, ma avevo imparato in fretta che era un'anima piuttosto gentile. Come Duke e Willie, era anche lui ferocemente leale a Matt.

«Speriamo di avere presto un nuovo cuoco» aggiunse Matt. «Non dovrete continuare con il lavoro in cucina. Nessuno di voi.»

«Non mi dispiace il lavoro» brontolò Duke. «Finché tutti fanno la loro parte.»

«Le cose si fanno diversamente qui. Dopotutto, siamo a Mayfair. Abbiamo bisogno di personale.»

«No, non ne abbiamo. Torneremo a casa presto.»

Matt abbassò lo sguardo. La deglutizione udibile di Duke riempì il silenzio. Nessuno sapeva per quanto tempo sarebbero rimasti a Londra alla ricerca di Chronos. E se non lo avessero trovato, il loro passo successivo sarebbe stato ancora più incerto.

Cyclops diede una spinta sulla spalla di Duke. «Ti aiuto io.»

«Tu? Non saresti neppure capace di cucinare un uovo.»

La risata fragorosa di Cyclops indugiò anche dopo che entrambi furono scomparsi nell'area di servizio al piano di sotto. Matt e io avevamo appena finito di toglierci cappelli e guanti quando la porta del salotto si spalancò e una donna snella uscì spedita, a grandi passi. Le sue severe sopracciglia nere si univano sopra un naso aquilino.

«Mi rifiuto di lavorare in una casa così impudica e indisciplinata!» dichiarò mentre ci passava davanti per andare alla porta d'ingresso. «Americani,» aggiunse in un mormorio, senza nemmeno degnare Matt o me di uno sguardo mentre spalancava la porta e se ne andava.

Matt la richiuse alle sue spalle, proprio mentre Willie, la cugina americana di Matt, emergeva dal salotto. «I colloqui non stanno andando molto bene?» chiese lui con un tono strascicato e stanco.

«Quella donna!» Willie puntò un dito contro la porta ed emise un suono a metà tra un ringhio e un urlo. «Donne inglesi!»

«Sì?» domandai alzando le sopracciglia.

«Siete tutte...» Gettò le mani in aria, come se quello spiegasse tutto. «Bigotte puritane!»

«Tutto qui?» dissi mentre la oltrepassavo per dirigermi alla sala da pranzo. «Per un momento mi avevi fatta preoccupare, Willie. Pensavo che avresti detto qualcosa di crudele sulle mie connazionali.»

Provai una grande soddisfazione nel sentire Willie emettere di nuovo quello strano verso mentre mi inseguiva pestando i piedi.

Miss Glass, l'anziana zia di Matt, si coprì le orecchie e trasalì. «Cessa questo baccano infernale, Willemina» supplicò. «Le mie orecchie sono troppo vecchie per essere sottoposte a questo.»

«I colloqui non stanno decisamente andando bene, allora» disse Matt a sua cugina e a sua zia.

«Avrebbero più successo se mi fosse permesso di fare i colloqui alle potenziali governanti da sola» intonò Miss Glass nel suo modo più altezzoso. Era una donna dell'alta società fino al midollo e riusciva a trasmetterlo con una semplice contrazione del labbro, qualcosa che comunque riservava solo a Willie.

Le due si scontravano di continuo. Miss Glass considerava Willie volgare, sgraziata e, nel migliore dei casi, una popolana della classe operaia, mentre Willie considerava Miss Glass una snob, rigida e presuntuosa. Avevano entrambe ragione, eppure entrambe possedevano anche qualità meravigliose. Ci sarebbe voluto del tempo, però, prima che una delle due potesse riconoscere nell'altra delle buone qualità. Certamente più di quella mattina. Raramente erano state lasciate sole insieme, ma entrambe avevano voluto fare i colloqui al potenziale personale. Matt aveva sperato che questa occasione le avvicinasse ma, a quanto pareva, aveva fatto una mossa sbagliata.

Willie incrociò le braccia sul suo logoro panciotto di pelle e strinse lo sguardo su Miss Glass. «*Lei* vuole una governante piena di arie. Non mi farò guardare dall'alto in basso dalla dannata servitù. Non mi farò guardare dall'alto in basso da nessuno!»

La schiena di Miss Glass si irrigidì. «Sto cercando di assumere qualcuno di moralità impeccabile. Sfortunatamente, il tuo linguaggio scurrile scoraggia tali donne.»

«Non c'entra niente il mio linguaggio.» Fece un gesto con la mano verso la porta. «Quella mi ha chiamata innaturale. Innaturale!»

«Si riferiva al tuo abbigliamento maschile. Nessuna donna *normale* si veste come fai tu.»

Willie si tirò su una gamba dei pantaloni e appoggiò il piede stivalato sul tavolino basso. «Quella, prima, ha detto che ero immorale. Posso vestirmi da uomo, ma questo non fa di me una donna di facili costumi.»

Miss Glass si limitò a sbuffare.

Willie le rivolse un sorriso duro. «Non hai niente da dire a riguardo, Letty?» Willie aveva preso a chiamare Miss Glass con la versione informale del suo nome di battesimo per infastidirla. Funzionava. Miss Glass offrì a Willie la spalla.

«Signore» gemette Matt. «Potete per favore smettere di litigare? C'era *qualche* candidata che piaceva a entrambe?»

Willie e Miss Glass si guardarono. «No» dissero all'unisono.

Matt sospirò. «Forse India può assistere ai colloqui futuri.»

«Perché?» chiese Miss Glass.

«Sì, perché?» aggiunse Willie, abbassando il piede.

«Può fare da intermediaria» disse lui. «Ha una natura calma e pragmatica che vi aiuterà a distinguere le buone dalle cattive con il minimo sforzo.»

Pensava questo di me? Che fossi calma e pragmatica? Si era già dimenticato del nostro primo incontro, quando mi ero scagliata contro il mio ex fidanzato, Eddie Hardacre? Avevo fatto una bella scenata. Tanto che Matt aveva dovuto portarmi via a forza dal negozio e Cyclops mi aveva poi trattenuta. Certo, non era così che mi comportavo di solito, ma avevo trovato l'esperienza così catartica che non ero più tornata del tutto al mio contegno tranquillo e remissivo. Ora mi piaceva dire quello che pensavo, quando l'occasione lo richiedeva.

«Io sono calma» disse Miss Glass, lisciando le mani sulla gonna nera.

«E io non sopporto le sciocchezze» intervenne Willie con un'occhiataccia a me, come se fossi stata io a suggerire di assistere ai colloqui. «Non abbiamo bisogno di lei.»

«Sono piuttosto d'accordo.» Miss Glass mi fece un cenno amichevole. «Senza offesa, India.»

«Nessuna offesa» dissi. «Non ho comunque alcun desiderio di essere coinvolta. Non è il mio posto.»

La mia risposta parve piacere sia a Miss Glass che a Willie, ma non a Matt. «Allora dimostratemi che potete arrivare a un accordo su una governante senza l'interferenza di una terza parte» disse loro. «Altrimenti, assumerò la prossima donna che entra dalla strada. È chiaro?»

«Chiarissimo» disse sua zia.

Willie si limitò a grugnire, che nel suo linguaggio equivaleva a un accordo.

Matt si congedò, solo per farsi rincorrere da Willie mentre se ne andava. Probabilmente voleva chiedergli come erano andate le nostre indagini in banca. Avevamo deciso di tenere nascosti i problemi di salute di Matt a sua zia. La mente della donna poteva essere alquanto incostante, scivolando occasionalmente nella follia, e non volevamo allarmarla. Né volevamo cercare di spiegarle come un orologio potesse ringiovanire il nipote, anche se temporaneamente. Ma questo significava che non potevamo discutere apertamente della nostra ricerca di Chronos in sua presenza. Per quanto ne sapeva lei, ero impiegata in parte come sua dama di compagnia e in parte per assistere Matt nella gestione dei suoi affari mentre era in visita a Londra, una visita che lei era convinta non sarebbe mai finita. Avevamo rinunciato a cercare di dirle che un giorno sarebbe tornato in America. Si rifiutava di crederci.

In verità, nemmeno a me piaceva pensare a quel giorno. Che ne sarebbe stato di me, allora, e anche di Missa Glass? Per non parlare del fatto che mi ero affezionata ai miei nuovi amici americani.

Matt riposò nelle sue stanze per il resto della mattinata, poi pranzammo tutti insieme nella sala. Miss Glass non commentava più la presenza di Duke e Cyclops ai pasti. Aveva rinunciato a chiamarli servitù e sembrava averli accettati come membri della famiglia, di pari status a me e a Willie, anche se non a sé stessa e a Matt. Nella sua mente, lei e suo nipote erano posti in una posizione elevata per nascita e per volontà di Dio. La povera Willie si scontrava ogni giorno con il sistema di classi inglese, definendolo ingiusto e arcaico, a volte anche in presenza di Miss Glass. Avrebbe imparato, forse un giorno, che era un sistema secolare troppo radicato per cambiare nel giro di poche settimane.

L'arrivo di un visitatore dopo pranzo ci sorprese tutti. Non avevamo incontrato più nessuno dalla cattura del fuorilegge americano noto come Dark Rider, una settimana prima. Nemmeno il fratello o la cognata di Miss Glass erano passati a trovarci. Miss Glass si era rifiutata di invitare amici per il tè finché non avessimo assunto un personale adeguato a una residenza di proprietà del signor Matthew Glass. L'arrivo del Commissario di Polizia Munro la vide agitarsi su come e dove riceverlo, finché Matthew non suggerì di ritirarsi nello studio. A giudicare dal rapido assenso di Munro e dal suo mento rigido, non era una visita di cortesia.

«Dopo di te, India» mi disse Matt.

Gli lanciai uno sguardo vacuo. «Vuoi che mi unisca a voi?»

Fece un cenno di scuse a Munro, che lo attendeva ai piedi della scala, e si avvicinò per sussurrarmi. «Sei la mia assistente.»

«Pensavo di essere più la dama di compagnia di Miss Glass che la tua assistente.»

«Gradirei la tua presenza.»

Salii le scale per prima, l'occhiataccia di Willie che mi pugnalava la schiena. Senza dubbio avrebbe voluto sapere perché ricevessi privilegi speciali. Lo avrei voluto sapere anch'io.

«Ho un incarico per lei, Mr. Glass» disse il commissario mentre si sedeva.

Matt si sedette dietro la scrivania. Io avvicinai una sedia e aspettai che mi passasse un pezzo di carta e una matita. Non lo fece. Si limitò a dondolarsi sulla sua sedia e ad attendere che Munro continuasse.

Munro si accarezzò i baffi bianchi con pollice e indice. Sembrava indeciso.. Nel mio breve incontro con lui, dopo essere stata aggredita dal Dark Rider fuori da Scotland Yard, si era dimostrato diretto e mai a corto di opinioni. Qualcosa doveva essere andato storto.

«Qual è l'incarico che ha per me?» lo sollecitò Matt.

«Il figlio di un mio... amico è scomparso.»

Matt si chinò in avanti. «Capisco.»

Il viso di Munro si afflosciò. I baffi pendevano sulla sua bocca rivolta all'ingiù, e i suoi occhi divennero umidi. Doveva essere molto legato al ragazzo e ai suoi genitori per essere così preoccupato. «È un cartografo brillante. Realizza mappe e globi raffinati, con una precisione millimetrica. Ecco.» Tirò fuori una pergamena arrotolata dalla tasca interna della giacca e la porse a Matt.

Matt la stese sulla scrivania. Era una mappa del centro di Londra, disegnata con squisiti dettagli colorati. Anche il più piccolo vicolo era reso e nominato con una scrittura così minuscola da richiedere una lente d'ingrandimento per leggerla. Navi affollavano il porto, le corde annerite di catrame così lucido da brillare, il loro carico ammucchiato sui moli in perfette miniature. L'acqua del Tamigi e qualche finestra occasionale sembravano riflettere la luce del sole, e potevo distinguere tra edifici in mattoni, pietra e legno. Era un'opera d'arte.

«È magnifica.» Sfiorai con le dita le linee e fui sorpresa di notare che alcune erano in rilievo. Come aveva ottenuto un tale effetto?

«È tutto accurato» disse di nuovo Munro con un pizzico di orgoglio.

«Vuole che lo ritrovi? Non è un compito adatto per uno dei suoi ispettori investigativi?»

«Ci hanno provato. Ci ho provato io. È semplicemente... scomparso. Ecco perché ho bisogno di lei.» Il viso dell'uomo non sembrava più allungato né i suoi occhi tristi. Era di nuovo il formidabile e orgoglioso commissario di polizia. «Mi ha detto che la sua specialità è infiltrarsi nelle bande criminali, fingendo di essere uno di loro mentre si muove nel loro giro. Ho telegrafato al mio omologo in California e ho avuto conferma. Mi ha detto che lei ha smantellato diverse bande pericolose dall'interno, spesso da solo. L'ha definita impavido, determinato e senza pari. Lei, signore, è precisamente l'uomo di cui ho bisogno. I miei ispettori sono uomini in gamba, ma ho bisogno di qualcuno migliore di loro. Ho bisogno di un uomo competente e intelligente, qualcuno che sappia pensare in fretta e agire di conseguenza. Credo che lei sia l'unico uomo che possa aiutarmi a trovare mio... a trovare Daniel.»

Mi voltai verso Matt, consapevole di avere gli occhi sbarrati e la bocca socchiusa. Non potei fare a meno di fissarlo. Sapevo che aveva smantellato bande di fuorilegge in America, inclusa quella di suo nonno, ma l'elogio del suo superiore era eccessivo. Lui non arrossì nemmeno.

«Chiaramente ha qualche idea su chi sia responsabile della scomparsa del figlio del suo amico» disse Matt. «In quale gruppo vorrebbe che mi infiltrassi?»

«La Gilda dei Cartografi. C'è qualcosa di strano che sta succedendo lì, e vorrei che lei andasse a fondo della questione.» Si chinò in avanti, e ancora una volta il suo contegno cambiò da autoritario a preoccupato. «Trovi il mio ragazzo, signor Glass. Trovi Daniel.»

CAPITOLO 2

«*Vostro* figlio?» chiese Matt.

Il commissario allungò il collo fuori dal colletto bianco inamidato e un rossore gli imporporò le guance sopra i baffi. Estrasse di tasca la piccola fotografia di un giovane. Gli occhi intelligenti e diretti del ragazzo fissavano l'obiettivo da sotto una zazzera di capelli biondi. Era snello, a differenza del robusto padre, ma la fermezza della sua bocca rispecchiava quella di Munro.

«Il suo nome completo è Daniel Munro Gibbons» disse il commissario.

Il ragazzo doveva essere nato fuori dal matrimonio, prendendo il nome del padre come secondo nome, ma non come cognome. Mi chiesi se la signora Munro ne fosse al corrente.

«Ha diciannove anni, capelli biondi, occhi azzurri.» Il commissario parlò in modo pragmatico, come se stesse informando i suoi uomini della scomparsa di un estraneo. Sembrava che non sapesse come reagire, oscillando tra indifferenza e preoccupazione, coprendo l'intera gamma di emozioni intermedie. «È intelligente, ma ingenuo. Vive con sua madre e il nonno materno, e ha frequentato una buona scuola. Suo nonno era un cartografo, e il ragazzo ha mostrato fin da piccolo un'attitudine per la cartografia. Ha iniziato il suo apprendistato con il maestro della Gilda dei

Cartografi poco più di un mese fa. Tre giorni fa, alla fine della giornata, ha lasciato la bottega del suo maestro e si è avviato verso casa. Non è mai arrivato.» La mano che teneva la fotografia tremò.

«Posso tenerla?» chiese Matt, allungando la mano per prenderla. «E anche la mappa, posso?»

Munro esitò, poi fece un cenno di assenso col capo. «C'è dell'altro. Quella notte, mentre tutta la famiglia era fuori a cercarlo, chiedendo informazioni ai suoi amici, c'è stata un'effrazione in casa. Le uniche cose rubate sono state le mappe di Daniel. Le aveva disegnate nel corso degli anni e le teneva in una scatola sotto il letto.»

«Nient'altro?»

«Niente, ma il giorno dopo c'è stata un'altra irruzione. Di nuovo mentre la famiglia era fuori a cercarlo. Non hanno preso nulla, ma hanno rivoltato la casa.»

«Stavano cercando una mappa in particolare, forse. Una che non era nella scatola sotto il letto.» Matt studiò la mappa di Daniel di fronte a lui. «Magari proprio questa?»

«Non lo so. Daniel mi ha chiesto di custodirla, una settimana fa. Non mi ha detto perché o chi l'avesse commissionata, e non ero abbastanza interessato da chiederglielo.» Si schiarì la gola. «Vorrei averlo fatto. Avrebbe potuto essere un'informazione importante.»

Ripresi in mano la mappa e seguii il profilo della riva del fiume con la punta delle dita. Sembrava leggermente in rilievo, eppure un'ispezione più attenta rivelò che si tratta solo di un disegno piatto.

«Sua madre è fuori di sé dalla preoccupazione.» Il commissario deglutì a fatica. «Lo trovi, Glass. Anche se dovesse scoprire il peggio, trovi Daniel.»

«Farò del mio meglio.» Matt frugò nel cassetto superiore ed estrasse un taccuino e una matita, che fece scivolare sulla scrivania verso di me. Girò la mappa di Daniel verso Munro. «Il tragitto che percorreva di solito tra il lavoro e casa è segnato qui?»

«Solo la bottega, qui, a Burlington Arcade.» Munro indicò la galleria ai margini della mappa. «Daniel camminava fino a

Victoria Station e scendeva dal treno a Hammersmith.» Nessuno dei due luoghi era sulla mappa.

«Aveva degli amici?» chiese Matt.

Munro mi fece due nomi, che annotai. «I miei uomini hanno già parlato con loro. Non hanno visto Daniel quel giorno. L'ultima volta che lo hanno visto, ha accennato loro di essere turbato da qualcosa al lavoro, ma non ha voluto dire di cosa si trattasse. Ho parlato io stesso con il suo datore di lavoro, ma ha sostenuto che Daniel era il solito e che non c'era nulla che non andasse.»

«Gli ha creduto?»

«Penso che stia mentendo. Penso che sappia cosa è successo a Daniel ma che non voglia dirmelo. Ecco perché ho bisogno di lei, Glass. Ho bisogno di informazioni dall'interno sulla gilda e su Jeremiah Duffield.»

«Vedrò cosa posso fare. Ho altri impegni—»

«No!» Il commissario batté il palmo sulla scrivania, facendomi sobbalzare. Matt non batté ciglio. «Metta da parte tutto il resto, e dedichi tutto il suo tempo a trovare Daniel.»

Matt annuì. Stava acconsentendo?

«Non sarà possibile» intervenni. «Gli altri impegni di Mr. Glass sono di vitale importanza.»

«Importanti quanto trovare mio figlio?»

Sostenni il suo sguardo. «Sì.»

Matt alzò le mani. «Ho sei giorni prima di poter fare qualsiasi cosa sull'altra questione» mi disse. «Posso passare questo tempo a cercare Daniel.»

«Bene.» Munro si alzò.

«Ci sono anche altre cose che puoi fare in questi sei giorni» dissi. C'erano diverse fabbriche di orologiai ancora da visitare, e indagini da fare. Non saremmo rimasti con le mani in mano in ogni caso.

«Ha diciannove anni, India» disse Matt a bassa voce. «Devo aiutarlo, se posso.»

«Esatto» tagliò corto Munro. «Grazie, Glass. Sarà ricompensato generosamente, ovviamente.»

Matt si limitò ad alzare una mano in un gesto di noncuranza. «Se dovesse scoprire qualcosa che può essere importante, mi mandi un messaggio qui.»

«Come pensa di riuscire a entrare nella gilda?» chiese mentre Matt lo accompagnava alla porta.

«Sì» mi intromisi. «Come, dal momento che non hai alcuna abilità nel creare mappe?»

«Devo ancora pianificare tutti i dettagli.»

Li seguii giù per le scale e accompagnai Munro alla sua carrozza in attesa. Avevamo appena chiuso la porta d'ingresso quando l'intera famiglia ci piombò addosso, inclusa la zia di Matt. Lei non era interessata a Munro, però, ma al comportamento di Willie.

«Parlaci tu, Matthew» disse seccamente. «Sono arrivata al limite della sopportazione.»

«Ho offerto l'assistenza di India» cominciò lui, solo per essere interrotto da Miss Glass.

«Non per quello. *Quello*!» Agitò una mano verso la pipa che pendeva dall'angolo della bocca di Willie. «È una cosa sudicia.»

Willie riuscì a sorridere stringendo la pipa tra i denti. «Non è poi così male. Fa bene ai polmoni.» Inspirò profondamente, solo per finire col tossire.

Duke sbuffò. «Sono d'accordo con Miss Glass.»

«Nessuno ha chiesto la tua opinione» disse Willie, sputando le parole insieme a una nuvola di fumo. «E poi, qualche volta ne fumi una anche tu.»

«Ma io non sono una donna.»

Lei alzò gli occhi al cielo.

«Neanch'io vorrei un uomo che soffia fumo sporco nel mio salotto» disse Miss Glass. «Se insisti nel continuare con questa disgustosa abitudine, fallo fuori da casa.»

«O nella sala da fumo» aggiunse Matt prima che Willie potesse sottolineare che il salotto, o qualsiasi altra parte della casa, non apparteneva a sua zia.

Miss Glass parve inorridita. «La sala da fumo è per gli uomini!»

«Non penso che faccia molta differenza nel caso di Willie.»

«Cosa penserà il nostro personale?»

«Non abbiamo personale. E quando ne avremo, dovranno sopportarlo, proprio come facciamo noi.» Matt fulminò Willie con lo sguardo.

«Me ne vado» borbottò lei. «Dopo che ci avrai detto cosa voleva Munro.»

«Con piacere.» Matt sembrava stanco, e non potevo biasimarlo. Anch'io mi stancavo ad ascoltare sua zia e sua cugina battibeccare. «Suo figlio è scomparso. Vuole che lo trovi.»

«Scomparso?» ripeté Miss Glass. «Povera Agatha. Povera cara Agatha. Suo marito è di nuovo scomparso.»

La guardammo tutti. La follia di Miss Glass non si era manifestata da una settimana, e avevo cominciato a sospettare che ci fossimo immaginati gli episodi precedenti. Questo suo nuovo vaneggiare provava che non era così.

«La porto nelle sue stanze» disse Willie, porgendo la pipa a Cyclops. «Duke, va' a chiamare la sua cameriera.» Con sorprendente delicatezza, guidò Miss Glass verso le scale mentre Duke andava alla porta che conduceva ai locali di servizio sotto la casa.

Matt li guardò allontanarsi con una piccola ruga tra le sopracciglia.

«Polly si assicurerà che stia comoda» lo rassicurai.

Lui annuì e si strofinò la fronte.

«Non ti sei riposato abbastanza, prima?» chiese Cyclops.

«Sto bene» disse Matt. «Dobbiamo discutere un piano per trovare il ragazzo.»

«E un piano per trovare Chronos» aggiunsi. «Non rinunceremo a quello in favore di questo nuovo incarico.»

«Già.» Cyclops riuscì a infondere più minaccia con il suo unico occhio buono di quanto la maggior parte della gente facesse con due. Matt, tuttavia, non ne parve turbato.

Willie ritornò e ci riunimmo in biblioteca per discutere della visita di Munro.

«Allora, come pensi di fare per trovare il ragazzo scomparso?» chiese Willie.

«Non è un ragazzo» dissi. «Ha diciannove anni ed era — è — apprendista di Jeremiah Duffield, il maestro della Gilda dei Cartografi.»

«Allora dev'essere bravo,» disse Duke, spaparanzato nella profonda poltrona, i piedi rivolti verso il camino.

«Lo è.» Matt tirò fuori la mappa di Daniel e la stese sul tavolo. «Ha fatto questa.»

Willie imprecò a bassa voce. Gli occhi di Duke si spalancarono mentre la esaminava attentamente e Cyclops indicava i luoghi di interesse.

«Toccatela» dissi. «In alcuni punti sembra in rilievo.»

Tutti toccarono strade, edifici, il fiume, tracciandone i contorni con la punta delle dita come avevo fatto io.

«È un artista» disse Cyclops. «Un genio.»

«Come ha fatto?» chiese Duke, con meraviglia nella voce.

«L'ha girata e ha premuto forte dal retro» disse Willie. «Il retro sarebbe la stessa mappa, ma invertita.»

«Se non fosse che non l'ha fatto.» Matt prese la mappa, la tenne piatta all'altezza degli occhi e poi la capovolse. Era immacolata.

Nessuno ebbe una risposta. La creazione della mappa era un mistero.

Matt la arrotolò e la mise da parte.

«La mia domanda è sempre valida» disse Willie, allungando le gambe davanti a sé e incrociandole alle caviglie. «Come farai a trovarlo se la polizia non ci è riuscita?»

«Munro vuole che mi infiltri nella gilda e veda cosa posso scoprire dall'interno» disse Matt.

«Come? Non sai disegnare mappe.»

«Potrebbe provarci» disse Duke. «Non è male a scarabocchiare.»

«Provarci non lo farà entrare nella gilda» disse Cyclops, roteando l'occhio.

«Avrò bisogno di un altro modo per entrare» disse Matt. «Le gilde hanno bisogno di servitori, i membri hanno clienti, amici, mogli.»

«Non saresti una brava moglie» disse Duke, reprimendo a stento un sorriso. «Non sei abbastanza obbediente.»

«Obbediente?» sbuffò Willie. «Non c'è da stupirsi che tu non sia sposato.»

Duke incrociò le braccia e le rivolse un sorriso compiaciuto.

«Mi farò assumere come servitore» disse Matt.

«E se non assumessero?» chiesi.

«Assumeranno dopo che avrò pagato uno dei servitori per sparire.»

Cyclops scosse la testa. «Farò io il servitore. Tu hai l'aspetto e il modo di parlare di un gentiluomo.»

«Posso recitare la parte del servitore, se necessario.»

«Perché non fai il cliente?» dissi. «Cyclops può fare il servitore, e io farò amicizia con la moglie del signor Duffield, se è sposato.»

Matt annuì. «Un attacco su tre fronti. Mi piace.»

«E io e Willie?» chiese Duke.

«Voi due servite qui. Troppi di noi farebbero suonare un campanello d'allarme.»

Duke si appoggiò allo schienale con un brontolio, ma Willie non sembrò preoccupata. «E se la gilda non avesse niente a che fare con la sua scomparsa?» chiese. «E se fosse stata una semplice rapina mentre tornava a casa, ma qualcosa è andato storto ed è stato ucciso? Forse aveva dei nemici. Suo padre ne avrà di certo, un uomo nella sua posizione.»

«Munro è convinto che il motivo sia collegato alla gilda. Sembra anche pensare che Daniel sia ancora vivo.»

«Potrebbe essere semplicemente una questione di speranza.» Tremai mentre un gelido brivido mi percorreva la schiena. «Spero davvero che abbia ragione e che Daniel non abbia incontrato un destino terribile.»

«La domanda è» disse Cyclops, «perché qualcuno avrebbe voluto rapirlo?»

Era una buona domanda, e una che aveva così tante risposte potenziali che era impossibile speculare senza saperne di più. Presi la mappa di Daniel e la studiai di nuovo. Era veramente bella, ma anche funzionale. Qualunque tecnica avesse usato per sollevare alcune delle linee, non aveva lasciato alcun segno. Mentre ci passavo di nuovo le dita sopra, percepii una debole sensazione, un leggero calore, così lieve da essere appena percettibile. Chiusi gli occhi e concentrai tutta la mia attenzione sulla mappa. La punta delle mie dita si riscaldò di nuovo, ma a malapena. Se spostavo le dita dalle linee in rilievo, la sensazione cessava.

«Che c'è?» La voce di Matt risuonò vicina, alle mie spalle. Non l'avevo sentito avvicinarsi.

Aprii gli occhi e lo vidi chinato sopra la mia spalla, il suo viso un po' più in alto del mio. Gli porsi la mappa. «Tocca le linee.» Fece come gli avevo chiesto, chiudendo persino gli occhi come avevo fatto io. «Senti qualcosa?»

«Del tipo?»

Gli toccai la mano e i suoi occhi si spalancarono di colpo. Il suo sguardo si agganciò al mio in un breve, intenso istante prima che interrompessi la connessione. «Chiudi di nuovo gli occhi» dissi. Gli guidai il dito sulle linee in rilievo. «Senti qualcosa?»

Inspirò profondamente e poi espirò lentamente. Scosse la testa.

«Nessun calore?»

Quella ruga riapparve tra le sue sopracciglia. «No.» Aprì gli occhi. «Tu sì?»

«Io... credo di sì.» Toccai di nuovo le linee, ma la mia concentrazione era svanita a causa della sua presenza. Non sentii nient'altro che la pergamena ruvida. «Era un po' calda.»

Trascinò una sedia più vicino e si sedette, le sue ginocchia che sfioravano il cotone della mia gonna. «Si è scaldata nello stesso modo in cui si scaldano gli orologi quando li tocchi?»

«Non così tanto. Sono fatti di metallo, quindi è comprensibile.»

«O semplicemente reagisci a loro a un livello più profondo e forte perché la tua magia è magia degli orologi, non magia delle mappe.»

Le mie dita si contrassero sul piano del tavolo. Il mio cuore rallentò fino a un battito lento e la bocca mi si seccò. «Io... non sono convinta di avere alcun tipo di magia.»

«Io sì.» Posò la sua mano sulla mia. Era calda, gentile, solida. «India, non c'è altra spiegazione per cui orologi e pendole si muovano da soli. Orologi e pendole con cui *tu* sei venuta in contatto.»

«Ma... come lo faccio? E perché io? Perché sono capace di una cosa simile?» Perché non riuscivo a riparare il suo orologio?

«Non lo so. Ma troveremo qualcuno che abbia delle risposte. Qualcuno che possa aiutarti a capire il tuo dono.»

«Ci sono altre priorità adesso.»

Il suo pollice mi sfregò la nocca, e mi offrì un piccolo sorriso. «Trovare Chronos ci farà prendere due piccioni con una fava.» Tolse la mano e prese la mappa. «Avevo già considerato la possibilità che l'abilità di Daniel fosse fuori dal comune. Questa mappa è incredibile.»

«Ma è solo una mappa. Non *fa* niente.»

«Non per noi, ma potrebbe farlo per Daniel, o per il destinatario previsto.»

«Come il tuo orologio che tiene in vita solo te, e nessun altro?»

Lui annuì. «Deve essere magia. In quale altro modo avrebbe potuto sollevare le linee? E per quale altro motivo sentiresti calore quando la tocchi?»

«Pensi che la mia... magia stia rispondendo alla sua?» Sembrava strano associare quella parola a me stessa. Non mi sentivo magica; mi sentivo ordinaria. La mia educazione era stata ordinaria, i miei genitori erano ordinari, la mia storia fino alla morte di mio padre era stata ordinaria.

Eppure una voce nella mia testa riecheggiava quella di Matt. Le prove indicavano che possedevo una piccola quantità di magia degli orologi.

«Sì.» Allungò le sue lunghe gambe sotto il tavolo e studiò di nuovo la mappa. «Il rapitore vuole sia Daniel che la mappa? O rapire Daniel è solo un mezzo per arrivare a questa mappa?»

«E perché Daniel avrebbe dovuto nascondere la mappa a chiunque la stesse cercando?» chiesi. «L'ha data all'unico uomo che pensava potesse proteggerla — suo padre, il commissario di polizia — sapendo che con lui era al sicuro. Eppure non gli ha detto nulla delle sue proprietà magiche.»

«Forse perché sospettava che Munro non gli avrebbe creduto. Mi dà l'impressione di essere un uomo scettico.»

«Chi può biasimarlo per non credere nella magia? Non sono nemmeno sicura di crederci io.»

Il sorriso sardonico di Matt aveva un che di malizioso. «Ci credi, India. So che ci credi. È solo la testardaggine che ti impedisce di abbracciare con tutto il cuore l'idea della magia.»

«Non è vero» protestai. «Sono gli anni passati a pensare in

modo logico e a credere solo in ciò che posso spiegare e replicare.»

Il suo sorriso non vacillò, come se pensasse di conoscermi meglio di quanto io conoscessi me stessa.

«Dobbiamo scoprire chi ha commissionato a Daniel la creazione di quella mappa» dissi. «Se qualcuno gliel'ha commissionata, si intende. Potrebbe essere stata semplicemente una cosa che ha disegnato per sé.»

«In ogni caso, *perché*? Perché disegnarla, innanzitutto, quando esistono già migliaia di altre mappe di Londra in circolazione? Che cos'ha di tanto speciale *questa* mappa?»

* * *

Io e Matt andammo in carrozza alla sede della Gilda dei Cartografi, a Ludgate Hill. Cyclops era partito quarantacinque minuti prima, armato di referenze impeccabili e di un sacco di monete, quest'ultimo per invogliare un lacchè a lasciare il suo posto. Speravo che ci sarebbe riuscito senza sollevare domande imbarazzanti. Matt aveva deciso che ci saremmo finti marito e moglie. Non ero sicura che fosse una mossa saggia. Per prima cosa, ci legava, e il nostro attacco su tre fronti si riduceva a due. In più, significava che le nostre bugie dovevano combaciare. Era stato abbastanza facile in banca, dove il nostro stratagemma era durato poco e non eravamo stati separati. Sarebbe stato più difficile per un periodo più lungo.

«Sto cercando un giovane cartografo,» annunciò al nostro arrivo alla sede della Gilda. Sfoggiò una forte cadenza americana e un'aria di autoritaria superiorità tanto diversa dal suo solito modo di fare affabile che lo guardai di sottecchi.

L'anziano lacchè se ne stava nell'ingresso incassato dell'edificio e squadrò Matt con occhio critico, benché acquoso. Non mi degnò neppure di uno sguardo. «E lei chi è?»

«Il signor Prescott, della Stanford and Prescott, di Boston. Banchieri,» chiarì lui. «Ho sentito dire che c'è un apprendista cartografo ritenuto eccellente nel suo mestiere, forse il migliore. Ho bisogno del migliore perché realizzi una mappa per me, qualcosa di speciale, di unico. Allora? Questa è la Gilda dei Cartografi, o no? Deve sapere a chi mi riferisco.»

«Sarà meglio che entriate.» Il lacchè si ritirò con passo strascicato. Era così curvo che Matt era quasi il doppio più alto di lui.

«Grazie,» dissi io quando Matt gli passò davanti senza una parola. Stava pure recitando una parte, ma non significava che dovessi essere scortese anch'io.

Il pavimento di piastrelle blu e bianche del portico lasciava il posto a delle più moderne piastrelle a scacchi bianche e nere all'interno. Era uno stile semplice, pensato per non distogliere l'attenzione dal grande globo poggiato sulle spalle della statua in bronzo raffigurante un vecchio curvo. Il globo scintillava alla luce a gas proiettata dalla dozzina di lampade fissate alle pareti. Non c'erano finestre e, una volta chiusa la porta, non filtrava alcuna luce naturale. Sarebbe potuto essere piena notte anziché pieno pomeriggio.

Il lacchè indicò una stanza attigua all'ingresso. «Aspettate lì dentro. Qualcuno vi riceverà tra poco.»

Matt, tuttavia, non andò. Era troppo impegnato a camminare intorno alla statua, studiando la sfera. «Guarda qui, cara,» mi disse. «Che lavoro pregevole. I nomi dei paesi e degli oceani sono stati incisi. Le catene montuose sono in rilievo e le valli incavate. Ci sono anche dei piccoli simboli.»

«Vedo una sirena.» Indicai una fanciulla dai lunghi capelli fluenti in un fiume. «E una corona sopra Londra. Che incanto.»

«Quanto è di valore.» Matt accarezzò il globo con la delicatezza e l'attenzione di un amante. «Un'opera d'arte del genere dovrebbe stare nel caveau di una banca, non in bella mostra».

«Da questa parte, per favore,» ripeté il lacchè con meno pazienza.

«Vorremmo restare a ispezionare questo globo più a lungo,» disse Matt senza distogliere lo sguardo.

«No.» Guardammo entrambi il lacchè. Indicò la porta con un dito nodoso. «Aspettate lì dentro.»

Presi Matt sottobraccio. «È meglio fare come chiede.»

Mappe incorniciate di ogni forma e dimensione adornavano le pareti del salotto, e un altro globo meno elaborato troneggiava su un tavolo vicino al divano. Io mi sedetti, ma Matt continuò a camminare avanti e indietro, con le mani giunte dietro la schiena.

«Va tutto bene?» chiesi. Non sembrava particolarmente stanco, ma forse aveva già dovuto usare il suo orologio. Lo avrebbe turbato il doverne avere bisogno così presto dopo l'ultima volta.

«Sì,» disse bruscamente senza interrompere il passo. «Sono impegnato e desidero sbrigarmi. Tutto qui.»

Ah. Voleva rimanere nel personaggio nel caso qualcuno fosse entrato. Avrei dovuto fare lo stesso. Mi sedetti con le mani giunte in grembo, con quella che speravo fosse un'espressione pudica. La moglie di un ricco banchiere non sarebbe stata il tipo di donna da sfidare l'autorità del marito.

Mi dimenticai di tutto ciò quando entrò Cyclops, vestito con la stessa livrea a coda di rondine dell'anziano lacchè. Gli sorrisi raggiante. Lui non ricambiò il sorriso, né mostrò in alcun modo di riconoscermi. Matt fece altrettanto. Repressi il sorriso e finsi che non fosse lì, come avevo notato fare Lady Rycroft, la zia di Matt, con i suoi lacchè. Cyclops posò un vassoio sul tavolo di fronte a me.

«Tè, signora?» intonò con un perfetto accento inglese.

«Sì, grazie». Accettai la tazza ma non incrociai il suo sguardo. Non volevo scoppiare a ridere, anche se non c'era nessun altro.

Cyclops se ne andò, per essere sostituito da un signore sorridente con una corta barba grigia e la palpebra sinistra calante. Teneva un grande libro blu stretto al petto. Strinse la mano a Matt e si presentò come il signor Onslow, il tesoriere della gilda. Un giovane dal viso di cherubino lo seguiva. Il suo sguardo curioso e aperto ci scrutò entrambi.

«Siete fortunato ad avermi trovato qui,» disse il signor Onslow. «Io e il mio apprendista stavamo giusto per andare via. Come posso aiutarvi?»

«Ho sentito dire che c'è un apprendista cartografo ritenuto eccellente nel suo mestiere, forse il migliore,» disse Matt. «Ho bisogno del migliore perché realizzi una mappa per me. Una mappa speciale,» aggiunse, infondendo un senso di mistero nella parola "speciale".

«Un apprendista? No, no, vi sbagliate.» Il signor Onslow rise, ma solo l'angolo del suo occhio sano si increspò. Quello calante rimase calante. «Un apprendista è troppo inesperto, la sua abilità troppo grezza. Voi volete un uomo d'esperienza.»

«Io voglio il migliore. E ho sentito dire che questo apprendista è il migliore.»

Onslow si fece serio. «Su dichiarazione di chi?»

«Questo è irrilevante. Il nome del ragazzo è Daniel Gibbons.»

L'apprendista sussultò. Onslow lo fulminò con lo sguardo, e il giovane strinse le labbra e chinò il capo.

«Voi sapete di quale ragazzo parlo». Matt sostenne la sua affermazione con una sfumatura di minaccia che solo un uomo coraggioso avrebbe ignorato.

Onslow esitò ancora, poi cedette. «È l'apprendista del signor Duffield, il maestro della gilda, ma è scomparso.»

Matt finse sorpresa, e così feci io. «Scomparso?» chiese Matt.

Onslow si strinse nelle spalle. «Ha lasciato il lavoro e a quanto pare non è mai arrivato a casa. La polizia ha fatto delle indagini, ma... È tutto molto triste.»

«È fuggito?»

«Difficile a dirsi». Onslow si rianimò. «Ma era solo un apprendista. Ci sono molti cartografi esperti nella gilda che possono realizzare un'opera pregevole per voi. Che tipo di mappa, e di quale regione?»

«Andrò da Duffield,» disse Matt, ignorandolo. «Suppongo che il miglior apprendista lavori per il miglior cartografo, e lui è il maestro della gilda, o no?»

Le labbra da cherubino dell'apprendista si appiattirono. Per delusione? Invidia?

«Non è necessariamente il migliore,» disse Onslow seccamente. «La qualità è soggettiva. La specialità di Duffield è il subcontinente. Ha viaggiato lì a lungo in gioventù. A meno che la mappa che desiderate commissionare non sia dell'India, o di uno dei paesi confinanti, non andrei da Duffield. Questa è la mia umile opinione, ovviamente.»

«È dell'India,» disse Matt senza battere ciglio.

«Oh.» La radice del naso di Onslow si arricciò. «In tal caso, lo troverete nel suo negozio nella Burlington Arcade. Ora, dobbiamo andare. Non dovrei assentarmi dal mio negozio per troppo tempo. Se i modi di Duffield non fossero di vostro gradimento, venite a trovarmi. Io stesso ho un'ottima conoscenza del subcontinente. Mi troverete su Regent Street. Buona giornata, signore, signora.» Al suo apprendista, disse: «Accompagnali all'uscita.»

Il signor Onslow se ne andò, e il giovane indicò la porta. Ora che era separato dal suo maestro, mi chiesi se non fosse più incline a parlare di Daniel.

«Come ti chiami?» chiesi.

Lui alzò di scatto lo sguardo, forse sorpreso che mi fossi rivolta direttamente a lui. «Ronald. Ronald Hogarth.»

«Piacere di conoscerti, Ronald. Indovino se dico che conosci Daniel, l'apprendista scomparso?»

Le sue guance da mela si colorarono di rosa. «L'ho incontrato solo due volte. Entrambe le volte qui, alle riunioni. Noi non eravamo invitati alle riunioni, ovviamente, sono solo per i membri a pieno titolo, ma spesso gli apprendisti si uniscono e partecipano alla cena successiva.»

«Gli hai parlato?»

«Un po'.»

«Come ti è sembrato?» chiese Matt. «Ansioso? Turbato?»

Ronald sollevò una spalla. «Suppongo si possa dire così, ma solo di recente. La prima volta che l'ho incontrato, era un tipo normale, abbastanza simpatico. La seconda volta, non riusciva a stare fermo. Si spaventava facilmente, specialmente quando entrava qualcuno di nuovo. Continuava a guardarsi alle spalle, anche, come se si aspettasse che qualcuno lo sorprendesse.»

«Sembrava più ansioso quando il suo maestro era nella stanza?»

«No.» Ronald ci guardò come un gufo, passando da Matt a me e viceversa. Avevamo allarmato il povero ragazzo. «Perché volete saperlo? Riguarda la sua scomparsa?»

«Vogliamo solo trovarlo perché possa fare una mappa per me,» lo rassicurò Matt.

Presi il braccio di Matt, sperando che lo interpretasse come un segnale per moderare le sue domande. Ronald era troppo sospettoso.

«Era bravo,» borbottò Ronald. «Ma non così tanto come dicono tutti».

«Ha visto i suoi lavori?» chiese Matt.

«No, ma so per certo che non poteva essere così bravo. Era solo un apprendista del primo anno. Il cliente che lo ha commissionato deve essersene reso conto e ha voluto indietro i suoi soldi, ecco perché ha litigato con Daniel.»

Sentii i muscoli di Matt tendersi sotto la mia mano. «Come sai che hanno litigato?»

«Ho sentito il signor Duffield dirlo al signor Onslow e ad altri, una settimana fa o giù di lì.»

Prima della scomparsa di Daniel, allora. «Sai quale era il motivo per cui hanno litigato?» chiesi.

«No. Il signor Duffield non ha sentito.»

«Grazie,» disse Matt. «Speriamo che il ragazzo si faccia vivo dopo essersi divertito a spese di tutti».

Ronald annuì tristemente. «Spero sia così. Era un presuntuoso, ma non mi piace pensare che gli sia successo qualcosa di brutto.»

Salimmo sulla carrozza che ci attendeva, e Matt bussò sul soffitto una volta che ci fummo sistemati. Bryce si diresse verso Clerkenwell.

«Non abbiamo scoperto molto,» dissi con un sospiro.

«Al contrario.» Matt si tolse il cappello e si scompigliò i capelli. «Abbiamo scoperto che Duffield è specializzato nel subcontinente, quindi è qualcosa che posso usare quando parlerò con lui. Abbiamo anche scoperto che Daniel ha litigato con un cliente. Scommetterei che il cliente è lo stesso che gli ha commissionato la creazione di quella mappa. Forse hanno litigato perché Daniel non gliela restituiva.»

«Sembra probabile.» Il brougham sbandò intorno a un angolo e appoggiai la mano sul sedile accanto a me per tenermi salda. «Siamo stati molto fortunati che Ronald fosse disposto a parlarci. Non sapevamo nemmeno che sarebbe stato lì.»

«Questo è il brivido del lavoro clandestino. Non si sa mai chi si incontrerà o quali informazioni salteranno fuori. Mi tiene sulle spine.» In effetti sembrava piuttosto rinvigorito dall'incontro. I suoi occhi erano più luminosi di quanto non fossero stati per tutto il giorno, e un piccolo sorriso soddisfatto gli sfiorava le labbra.

«Sei piuttosto portato per questo,» dissi. «Sono colpita dal fatto che tu abbia mantenuto il personaggio per così tanto tempo, anche quando nessuno guardava.»

«Anche tu te la sei cavata bene.»

«I miei nervi sono stati tesi al limite per tutto il tempo. Odio pensare a quanto si sarebbero logorati se Onslow avesse sospettato che stavamo mentendo.»

«Non ne aveva la minima idea». Sorrise apertamente. «Siamo una bella squadra.»

Non ne ero così sicura. Non avrebbe avuto bisogno di me alla gilda, né in banca. Sembrava sempre più probabile che mi avesse chiesto di accompagnarlo per giustificare la spesa del mio stipendio. Un piccolo pizzico di colpa mi strinse le viscere, ma lo misi da parte. Volevo lavorare, e non chiedevo più di quanto avrei guadagnato come assistente di un negoziante. Inoltre, a giudicare dalla sua mancanza di preoccupazione per il numero crescente di persone a suo carico, Matt poteva permettersi il mio stipendio e molto altro ancora.

Il distretto industriale di Clerkenwell era interamente operaio. Poche carrozze signorili si avventuravano per le sue strade cupe e strette. La luce del sole e il colore sembravano aver abbandonato quel sobborgo, e anche la speranza, a giudicare dai volti infelici. Le fabbriche, tuttavia, erano più simili a laboratori che a grandi stabilimenti manifatturieri. La maggior parte erano di proprietà di artigiani che erano riusciti a racimolare abbastanza capitale dagli investitori per ampliare i loro sforzi. Anni prima, mio padre era stato avvicinato da un orologiaio che voleva investire in un'impresa del genere. Offrì a mio padre una parte dei profitti in cambio di un po' di denaro iniziale in anticipo, ma mio padre - da uomo conservatore - era diffidente nell'idea di impegnare denaro in un progetto che avrebbe potuto non produrre risultati. Preferiva tenere il suo laboratorio sul retro del negozio per poter andare e venire a suo piacimento.

Matt mi aiutò a scendere i gradini della carrozza ed entrammo nell'edificio di mattoni con l'insegna Worthey, Fabbricante di Orologi di Pregio dipinta sulla facciata. Il ritmico clangore dei macchinari echeggiava nel vasto spazio, sostenuto dal ronzio di centinaia di piccoli ingranaggi e da occasionali rintocchi. Quattro uomini in grembiuli di cuoio sedevano a un lungo banco, smistando pezzi in piccole scatole. Altri due, accanto alle macchine, giravano manovelle e alimentavano il carbone mentre altri quattro sedevano ai tavoli, assemblando gli orologi.

Un tipo baffuto sedeva in un ufficio. Alzò lo sguardo dalle sue carte e ci vide nello stesso momento in cui noi vedemmo lui. Ci salutò e, notando i nostri abiti di buona fattura, sorrise. Era stata una fortuna che Miss Glass avesse insistito perché comprassi abiti nuovi più adatti all'essere la sua dama di compagnia rispetto ai noiosi abiti grigi e marroni che avevo indossato per tutta la vita. Mi sentivo ancora un po' a disagio nei vistosi blu e verdi del mio nuovo abbigliamento, ma lei diceva che così avevo un aspetto "molto migliore."

«Buon pomeriggio, signore, signora», disse l'uomo, stringendo la mano di Matt. «Benvenuti da Worthey. Il mio nome è Archibald Worthey. Come posso aiutarvi?»

«Stiamo cercando un orologiaio specifico,» disse Matt. «Forse lavora qui, o forse lo conoscete».

Il sorriso dell'uomo si spense un po'. Era la reazione standard ogni volta che dicevamo che stavamo cercando qualcuno e non che eravamo interessati ad acquistare un nuovo orologio da tasca o da tavolo.

Uno degli operai si avvicinò all'ufficio, con l'attenzione rivolta al piccolo orologio da viaggio che teneva in mano. La cassa era aperta, e stava armeggiando con i meccanismi.

«Sarò da voi tra un momento, Pierre,» disse Worthey. A Matt, disse: «Il vostro accento. È americano?»

L'operaio si immobilizzò. Non alzò lo sguardo dall'orologio, ma non gli prestava più attenzione. L'attrezzo gli pendeva inerte dalla mano.

Mi voltai di nuovo verso Matt. «Lo è,» disse lui. «Ho incontrato l'orologiaio in America, a dire il vero, sebbene fosse inglese. È stato cinque anni fa. Ora lo sto cercando. Conoscete un orologiaio eccezionale che potrebbe essere stato fuori dal paese in quel periodo? Sarebbe anziano, con i capelli bianchi».

Worthey scosse la testa. «Non mi viene in mente nessuno.

Pierre potrebbe saperlo. È anziano e ha viaggiato molto». Ridacchiò. «Pierre? Conoscete... Oh. Se n'è andato».

Mi voltai di scatto, così come Matt. L'operaio se n'era effettivamente andato, dopo aver posato l'orologio sul tavolo vicino alla porta. Uscii a grandi passi dall'ufficio e scrutai gli altri uomini al lavoro nella fabbrica. Nessuno indossava lo stesso berretto blu di Pierre, e il posto alla fine del lungo banco era vuoto.

Accanto a me, il respiro di Matt divenne più pesante, più irregolare. Lo presi per un braccio. «Aveva la barba bianca,» dissi a bassa voce. «Ma non sono riuscita a vedergli il viso».

«Dove diavolo è andato?» disse Worthey, con le mani sui fianchi. «Non è ora della sua pausa.»

Presi in mano l'orologio da viaggio su cui Pierre stava lavorando, ma lo lasciai andare con un sussulto. «È caldo.»

Matt partì di corsa.

CAPITOLO 3

Matt cercò a piedi l'uomo di nome Pierre, mentre io feci guidare lentamente Bryce per le strade di Clerkenwell. Gli gridai di fermarsi non meno di otto volte, e scesi per ispezionare ogni uomo con la barba bianca che avvistavo. Nessuno indossava lo stesso berretto blu di Pierre, e tutti mi rivolsero sguardi vacui quando li interrogai. Era possibile che mentissero, tuttavia. Dato che non avevo visto il volto di Pierre, non avevo modo di sapere che aspetto avesse.

Dopo due ore, ordinai a Bryce di tornare alla fabbrica. Matt non c'era, così marciai nell'ufficio di Worthey. «Quell'uomo che era qui prima,» dissi. «Pierre. Qual è il suo nome completo?»

«Mi scusi, Mrs...?»

«Miss Steele. Sono la figlia di...» Dirgli che ero la figlia di Eliot Steele avrebbe potuto non giocare a mio favore. «Lasci stare.» Pochi orologiai mi avevano trattata senza timore o riserve dopo la morte di mio padre. Pur non conoscendo il signor Worthey, ciò non significava che lui non potesse aver conosciuto mio padre.

Worthey sospirò e ripose il pennino nel calamaio. «Pierre DuPont. Perché? Che interesse ha per lui?»

«Potrebbe essere l'uomo che il mio datore di lavoro cerca. È francese?»

Annuì. «Di Marsiglia. È venuto in Inghilterra qualche anno fa.»

«Ha un accento francese?»

«Sì, molto marcato.»

Quindi non era Chronos. Matt aveva detto che l'orologiaio magico aveva un accento inglese della classe media e aveva lavorato a Londra. Appoggiai le mani sullo schienale della sedia di fronte a me e chinai il capo. Avremmo dovuto interrogare Worthey prima di inseguire Pierre.

Ma se non era Chronos, perché era fuggito quando aveva sentito l'accento americano di Matt? E perché l'orologio era sembrato caldo?

«Da quanto tempo lavora qui?» chiesi.

«Tre mesi.»

Un orologio sulla mensola del camino suonò le ore. Worthey controllò il suo orologio prima di rimetterlo in tasca. «Mi scusi.» Si diresse a grandi passi verso la porta dell'ufficio e suonò la campanella appesa lì.

Come automi, gli uomini al lungo bancone posarono gli attrezzi e si alzarono. Quelli alle macchine tirarono delle leve e gli ingranaggi si arrestarono stridendo. Un silenzio spettrale calò sul laboratorio della fabbrica.

«Le dispiace se parlo brevemente ai suoi uomini prima che vadano?» chiesi a Worthey. «Potrebbero sapere qualcosa su Pierre che potrebbe aiutarci.»

Lui tese una mano. «Prego, faccia pure, ma dovrà essere rapida. A nessuno piace rimanere qui più del necessario.»

Mi scortò giù per i gradini mentre gli uomini prendevano i loro cappotti dagli uncini disposti lungo il muro.

«Prima che andiate, uomini,» tuonò il signor Worthey, «Miss Steele vorrebbe farvi alcune domande su Pierre. Chi di voi lo conosce bene?»

Sguardi vacui mi fissarono.

«Qualcuno sa dove lavorava prima di venire qui?» chiesi.

Scossero la testa.

«E per quanto riguarda amici e famiglia?» chiesi.

Ancora teste che si scuotevano.

«Non ha parenti,» mi disse Worthey. «Chiedo sempre i

parenti più prossimi per ognuno dei miei uomini, nel caso accada il peggio. Mi ha detto di non averne.»

«Dove vive?»

«Non lo so. Si presenta ogni mattina al lavoro e ritira la sua paga dal mio ufficio quando è il momento. Non è affar mio se dorme sotto un vecchio carro rotto ogni notte. È un bravo orologiaio, un lavoratore solido che non ha richiesto addestramento, e se ne sta per conto suo. Non potrei chiedere di più.»

Mi si strinse il cuore. Mentre gli uomini uscivano in fila, sentii come se ogni speranza se ne fosse andata con loro.

Attesi nella carrozza un'altra ora che Matt tornasse e fui più sollevata di quanto volessi ammettere quando lo vidi svoltare l'angolo. Il crepuscolo gli avvolgeva il viso nell'ombra finché non mi raggiunse allo sportello aperto della brougham. Già sapevo, dalle sue spalle curve, che non era riuscito a trovare Pierre, ma non ero preparata all'intensità della stanchezza che lo stava flagellando. Occhiaie scure gli cerchiavano gli occhi, nette contro la sua pelle pallida, e profonde rughe gli incorniciavano la bocca. Inciampò mentre saliva nell'abitacolo, e lo afferrai per le spalle. Tuttavia, il suo peso e lo slancio lo scagliarono contro di me, schiacciandomi contro il sedile.

«Cristo,» borbottò, rialzandosi. Si toccò la tasca della giacca sul petto mentre si lasciava cadere sul sedile di fronte. Si prese la testa tra le mani e diede un calcio al cappello, ora sul pavimento, allontanandolo dallo sportello. «Scusami, India.»

Ricacciai indietro il nodo che mi saliva in gola e gridai a Bryce di riportarci a casa. Chiusi lo sportello e mi sedetti di nuovo. «Matt.» Quando non rispose, gli allontanai una mano dal viso. Lui abbassò l'altra e mi guardò attraverso le folte ciglia. Volevo chiedergli se stava bene, ma vedevo che non era così, e non volevo offendere il suo orgoglio maschile alludendo alla sua malattia. «Non credo che quell'uomo fosse Chronos.»

Lui alzò la testa per guardarmi bene. «Perché no?»

«Secondo Worthey, era francese con un accento marcato.»

«Potrebbe fingere per non farsi notare.»

«Vero.» Sospirai. «Vorrei avergli visto la faccia per potertelo descrivere, ma ho visto solo la sua barba bianca.»

«È più di quanto abbia visto io,» sbottò. Abbassò di nuovo la testa. Desiderai accarezzargli i capelli, offrirgli un po' di conforto. Non ero sicura, però, che sarebbe stato gradito. «Torneremo e faremo altre domande domani.»

«Ho interrogato Worthey e gli altri operai,» dissi.

Si raddrizzò. «Cos'hai scoperto?»

«A quanto pare il suo nome è Pierre DuPont. È originario di Marsiglia ma vive in Inghilterra da qualche anno. È arrivato da Worthey tre mesi fa. Non ha famiglia, e Worthey non ha un suo indirizzo. Se ne stava per conto suo e non ha fatto amicizia con i colleghi.»

Matt rovesciò la testa all'indietro e chiuse gli occhi. «Vorrei comunque tornare domani. Potrebbe presentarsi al lavoro come se nulla fosse.»

Capii dal suo tono che non nutriva molte speranze.

Il suo respiro divenne improvvisamente più rapido, più affannoso, e un rivolo di sudore gli colò dalla fronte. Sembrava spettrale nella luce fioca. Mi spostai per sedermi accanto a lui e gli toccai la fronte.

«Stai bruciando.»

Le sue palpebre tremolarono. Stava dormendo? O...?

«Matt?»

Nessuna risposta.

«Matt!» lo scossi, e lui si afflosciò contro di me.

«Mmm?» Il suo dito armeggiò con la tasca della giacca. Lo aiutai a estrarre l'orologio magico e a sfilargli il guanto. Gli richiusi le dita attorno al congegno, lasciando la mia mano sulla sua, e stesi l'altro braccio dietro le sue spalle. Lui appoggiò la testa sotto il mio mento.

Da quell'angolazione non potevo vedere le sue vene diventare blu, ma sapevo dal suo respiro regolare che la magia fluiva attraverso di lui, rinvigorendolo, sebbene non guarendolo del tutto. Avrebbe avuto bisogno di dormire, una volta arrivati a casa.

Scacciai i pensieri sulla sua malattia e mi godetti semplicemente la sensazione di averlo tra le braccia. Non tutte le zitelle avevano la fortuna di stringere un uomo forte e affascinante come quello, e intendevo assaporare ogni secondo, imprimendo nella memoria ogni muscolo teso.

Stavamo passando davanti alle grandi case colonnate di Mayfair quando Matt finalmente si raddrizzò. «Mi dispiace,» mormorò senza incrociare il mio sguardo.

«Non scusarti.» Strinsi forte le mani in grembo. Sembravano volersi tendere di nuovo verso di lui. «Dimentichi che ti ho già visto così. E anche peggio.» Il giorno in cui era stato arrestato, senza la possibilità di portare con sé l'orologio, lo avevo quasi visto morire. Il solo pensarci mi faceva rivoltare lo stomaco.

«Questo non significa che io voglia ripetere quella performance.»

Improvvisamente mi sentii a disagio e non sapevo dove guardare. Odiava che lo vedessi indebolito, eppure era già successo e sarebbe successo di nuovo, se avessimo mantenuto questo stretto rapporto di lavoro.

Nessuno di noi due parlò mentre tornavamo a casa, dove fummo accolti sulla porta d'ingresso da uno strano uomo vestito con un abito formale e guanti bianchi.

«Chi è lei?» chiese Matt.

«Il nuovo maggiordomo. Bristow, al vostro servizio.» L'uomo snello e ben rasato, con un labbro inferiore carnoso e uno superiore sottile, si inchinò. «Lei è Mr. Glass?»

«Lo sono, e questa è Miss Steele.»

Bristow si raddrizzò e si fece da parte. «Bentornati a casa, signore, signora. Miss Glass e Miss Johnson sono in salotto, a fare conoscenza con il resto del nuovo personale.»

Le sopracciglia di Matt si inarcarono. «Siete stati veloci.»

«In effetti, signore.» Bristow prese i nostri cappelli e guanti, poi si ritirò nel guardaroba per appenderli.

Matt mi fece cenno con la mano di precederlo. «Pare che si siano date da fare, mentre eravamo fuori.»

Sembrava ancora molto stanco, e mi morsi il labbro per impedirmi di ordinargli di salire a riposare. Dubitavo che avrebbe gradito le mie premure.

«Eccovi qui,» disse Miss Glass al nostro ingresso in salotto. Sedeva come una regina sul trono, circondata dai suoi cortigiani. In questo caso, i cortigiani erano vestiti da servitori. Uno, un giovane, indossava la livrea da lacchè, e due donne di mezza età e una ragazza di circa diciannove anni indossavano grembiuli sopra uniformi nere. Avevo visto quelle uniformi nell'armadio delle livree al piano di sotto.

Willie marciò verso Matt, con le mani sui fianchi. «Sembri essere stato investito da un cavallo di ferro,» disse a bassa voce.

«Non cominciare,» ringhiò Matt, piano.

«Va' di sopra a riposare. Questo può aspettare.»

«No, non può.» La oltrepassò e salutò la zia con un bacio sulla guancia.

Willie mi fulminò con lo sguardo. «Avresti dovuto prenderti più cura di lui,» sibilò.

Avrei tanto voluto risponderle per le rime, ma non mi venne in mente nulla da dire. Aveva ragione. Avrei dovuto essere più consapevole di quanto tempo avesse cercato Pierre DuPont e di come ciò avrebbe gravato sulla sua salute. Ma l'avevo dimenticato, nell'eccitazione di aver trovato un orologiaio magico.

Perché DuPont era decisamente magico. Avevo sentito il calore della sua magia nell'orologio su cui stava lavorando.

Miss Glass ci presentò il nuovo personale. La governante si rivelò essere la moglie del maggiordomo, e la giovane cameriera era la loro figlia. Tutto il personale proveniva dalla casa del vecchio vicino della signorina Glass. Il loro datore di lavoro era recentemente deceduto e la sua casa era stata chiusa fino a quando l'erede, un nipote che viveva in Nuova Zelanda, non fosse tornato o l'avesse venduta.

Miss Glass osservò con un sorriso soddisfatto il nuovo personale uscire in fila dal salotto. «Che fortuna che il vecchio signor Crowe sia morto proprio ora.»

«Non per lui,» disse Willie.

«Tutto ciò che faceva era stare a letto da mattina a sera a lamentarsi con la povera signora Bristow. Quella è a malapena viva. È una cosa meritevole dare al personale una nuova casa, qui. Sono tutti piuttosto grati.»

«È solo finché non partiamo. Non lasciar credere loro che sia permanente.»

Miss Glass tese la mano, e Matt l'aiutò ad alzarsi. «Ora che abbiamo personale adeguato, possiamo ricevere visite.»

Willie gemette.

«Avremo pasti adeguati, grazie alla cucina della signora

Potter, e anche cene eleganti. Assumeremo un lacchè temporaneo e personale di cucina extra per gli eventi più grandiosi.» Diede una pacca sul braccio di Matt. «È un peccato che questa casa non possa ospitare di più, o avremmo almeno altri sei membri del personale permanente.»

Willie contò sulle dita, le labbra che si muovevano mentre lo faceva. «Ci sono più servitori che padroni ora! Si riderebbe di noi in tutta la California se i nostri amici a casa venissero a sapere di queste maniere spocchiose.»

«Non avevate personale in America?» Miss Glass schioccò la lingua. «Un paese così selvaggio e incivile. Be', quello è il passato. Ora puoi vivere come sei nato per fare, Matthew.»

«Non aspettarti intrattenimenti su grande scala, zia,» disse lui. «Sei la benvenuta a ricevere amici, ma temo che non mi unirò a te. Sono molto impegnato.»

«Certo che ti unirai a me, e certo che ci saranno cene eleganti. In che altro modo dovresti incontrare la tua sposa?»

Willie scoppiò in una risata fragorosa, dondolandosi sui talloni e battendosi le cosce. «Lui, sposare una floscia rosa inglese che avvizzirà al primo accenno di sole californiano?» Sbuffò.

La bocca di Miss Glass si strinse così tanto che le sue labbra scomparvero del tutto. Circondò con le mani il braccio di Matt, ancorandolo al suo fianco. «È un Glass. Non può sposare una selvatica, spinosa come un...»

«Cactus?»

«Cespuglio secco spinto dal vento.»

«Quelli non sono spinosi.»

«Questa conversazione è irrilevante.» Matt si liberò dalla stretta della zia. «Il matrimonio è l'ultima cosa a cui penso.» Lanciò un'occhiataccia a Willie, facendo svanire il suo sorriso compiaciuto. «Ho cose più importanti da fare, al momento.»

«Sciocchezze,» sbottò Miss Glass. «Niente è più importante del tuo futuro.»

«Ecco, su *questo* siamo d'accordo,» mormorò Willie.

Matt sospirò e si massaggiò la fronte. «Grazie per aver assunto il personale. Ammetto di essere sorpreso che voi due siate andate abbastanza d'accordo da agire così in fretta.»

«La signora Bristow rimetterà in sesto questa casa in men che non si dica.» Miss Glass scrutò il viso di Matt. «Hai un aspetto malaticcio. Non ti senti bene?»

«Sto bene.»

«Forse dovresti riposare,» dissi io. «Sembri sul punto di ammalarti,» aggiunsi a beneficio di Miss Glass.

Lei aggrottò la fronte. «India è saggia. Ascoltala e riposa. Lewis può portarti la cena di sopra tra un po'. Anzi, può farti da valletto, oltre a svolgere i suoi compiti di lacchè.»

«Non ho bisogno di un valletto.»

«Ogni gentiluomo di qualità ha bisogno di un valletto. È così che si fanno le cose, qui.» Lo spinse verso la porta.

Matt alzò le mani. «Vado. Tornerò giù più tardi.»

«Ce n'è bisogno?» chiesi. «Dovresti riposare a lungo. Altrimenti non sarai al meglio domani, e penso che sarà un'altra giornata piena.»

«India ha ragione,» disse Miss Glass.

«Devo discutere gli eventi della giornata con gli altri,» disse lui.

«Posso farlo io.» Gli rivolsi un sorriso rassicurante.

Lui sospirò. «Mi sento superfluo.»

«Non lo sei,» disse Willie. «Solo, non sei necessario.»

Matt guardò ognuna di noi a turno e scosse la testa. «Vedo che le probabilità sono contro di me. So quando ritirarmi.»

Una volta che se ne fu andato, Willie si voltò verso di me, mani sui fianchi. «Perché fa quello che vuoi tu, e non quello che dico io? Quando gli ho detto di riposare, si è rifiutato. Lo fai tu ed è tutto d'accordo.»

«Questo perché non hai un delicato tocco femminile,» disse Miss Glass.

«Eh?»

«Se vuoi che un uomo faccia quello che vuoi, devi suggerirglielo con discrezione, non ordinarglielo. Devi mostrargli i vantaggi di fare ciò che vuoi, come ha fatto India quando gli ha ricordato che domani sarà di nuovo impegnato e non vorrà sentirsi male. Lei è una meraviglia nella suggestione discreta.»

«Lo sono?» Sbattei le palpebre. «Mi è stato detto che posso essere piuttosto schietta.»

«Willie è schietta. Tu sei semplicemente brava a manipolare, almeno per quanto riguarda Matthew. Sono piuttosto perplessa sul perché lei non sia sposata, ragazza mia.»

Risi e cercai lo sguardo di Willie per ridere con lei. Ma lei si limitò a scrollare le spalle.

«Scommetterei il ranch che è perché è troppo esigente,» disse Willie, guardandomi con occhio critico.

«Difficilmente,» dissi. «Se tu incontrassi Eddie Hardacre, ti chiederesti perché non sono stata più esigente.»

«Forse hai spaventato tutti gli altri. Che ne pensi, Letty?»

«Sono abbastanza d'accordo,» disse Miss Glass. «Sei troppo intelligente per una donna, India, e all'occasione hai una lingua che tiene testa a chiunque. Nessun uomo vuole una moglie più intelligente di lui, e di certo non ne vorrebbe una che gli ricordi questo fatto di fronte ai suoi amici.»

Willie annuì e mi rivolse una scrollata di spalle dispiaciuta. «Non è troppo tardi per te, se è il matrimonio che vuoi.»

«Io... non lo so,» dissi, intorpidita. Come era nata questa conversazione? Mi sentivo disorientata, incerta se rimanere ad ascoltare la loro schietta valutazione o andarmene e fingermi offesa.

«Ricordi le mie parole, India, il mondo è un posto crudele per una donna non sposata,» disse Miss Glass, con voce grave. «Una vedova ha una certa libertà e indipendenza, ma una zitella no. Se puoi sposarti, dovresti.»

«Non è così male,» disse Willie, la schiena rigida. «In California, una donna come me può fare ciò che le piace.»

«Ma India non è una donna come te. Tu sei... unica. A malapena una donna, in realtà.»

«Non sei la prima persona a dirlo.»

La signorina Glass prese la mia mano e la picchiettò. «Non si preoccupi, mia cara. Le troverò un brav'uomo che non sia intimidito dal suo cervello. Non troppo giovane, ovviamente, ma un uomo che ha bisogno di una moglie. Forse un vedovo con dei bambini piccoli.»

Ritrassi la mano. «Va benissimo così, grazie. Posso trovare marito da sola, se decido di averne bisogno.»

Lei emise un *tsk tsk*. «Non aspetti troppo. Il tempo è essenziale.» Lasciò il salotto.

Mi sedetti sul divano, senza fiato. Era così che mi sentivo spesso quando contemplavo il mio futuro. Un giorno, Matt sarebbe tornato in America portando con sé amici e famiglia. Io non ero né l'una né l'altra, e la mia casa era Londra. A differenza di Miss Glass, non avevo famiglia a tenermi occupata, e sebbene avessi guadagnato quattrocento sterline aiutando a catturare il Dark Rider, la ricompensa non sarebbe durata per sempre. Avevo bisogno di lavorare, per ragioni finanziarie oltre che per compagnia. Una vita lunga e solitaria si stendeva davanti a me se non avessi lavorato o non mi fossi sposata.

Tuttavia, Eddie mi aveva insegnato che essere legata a un uomo tramite il matrimonio non era qualcosa che volevo. Non potevo rinunciare alla mia indipendenza, alle mie quattrocento sterline, o persino al mio corpo, per qualcuno che li avrebbe trattati con disprezzo. Forse, dopotutto, avrei dovuto trasferirmi in America, e comportarmi come un uomo, come faceva Willie.

* * *

«Non dovresti arricciare il naso in quel modo quando hai una brutta mano,» disse Willie, distribuendo l'ultima carta a ciascuno.

Raccolsi la mia e la aggiunsi alle altre. «Forse arriccio il naso così tu *pensi* che io abbia una brutta mano.»

«Non sei così brava a nascondere le tue emozioni.»

Duke piazzò due fiammiferi davanti a sé. «Devi mantenere un'espressione impassibile.»

«Pensavo di averlo fatto.» Guardai Cyclops.

Lui scosse la testa. «Non prendertela, India. Il poker è solo un gioco, e non stiamo giocando per dei ranch.»

Willie gettò un fiammifero sul tavolo.

Mescolai le mie carte, ma formavano ancora solo una coppia di sei. Dato che tutti avevano capito dalla mia espressione che avevo poco in mano, passai. «Credo che andrò a leggere.»

Mi unii a Miss Glass sul divano, svegliandola involontariamente. Lei sbatté le palpebre e si sistemò i riccioli grigi sulla nuca. «Che ore sono, India?»

«Le dieci meno tre minuti.»

«Ora di ritirarsi.»

Tutti si alzarono e le augurarono la buonanotte. Non appena se ne fu andata, Cyclops chiuse le porte.

«Finalmente!» Willie gettò le sue carte sul tavolo, scoperte. «Pensavo non se ne andasse più.»

«Non avevi niente?» Duke mostrò le sue carte. «Ti avrei battuto.»

«Tieni, prendi i miei fiammiferi. Non mi interessa.» Li spinse verso la sua considerevole pila. «Non ha senso giocare se non ci sono soldi veri in ballo. Questo...» Fece un gesto verso il tavolo da gioco. «Questo è patetico. Noi siamo patetici. Cristo, ho bisogno di fumare.»

«Non qui dentro,» scherzò Duke.

«Il drago non è qui per vedere.» Willie tirò fuori la pipa dalla tasca e si mise a caricarla col tabacco dalla sua scatola.

«Cos'hai scoperto alla gilda, oggi, Cyclops?» chiesi, ansiosa di procedere.

«Che Daniel non era molto benvoluto dagli altri apprendisti.» Si sedette e allungò le lunghe gambe verso il fuoco. «Era un cartografo abile e lo sapeva. Gli piaceva darsi delle arie con gli altri apprendisti, dicendo loro che era stato scelto dal maestro della gilda senza alcun addestramento precedente.»

«Sembra un gran bel bastardello,» disse Duke.

«Si è parlato del fatto che fosse magico?» chiesi.

Cyclops scosse la testa. «Credevano che mentisse sul non avere alcuna formazione precedente. Tutti pensavano che fosse troppo bravo per essere un apprendista del primo anno. Continuerò a fare indagini domani.»

«Sii discreto. Non vogliamo destare sospetti.»

«Sa quello che fa.» Willie spense il fiammifero con un gesto e tirò una boccata dalla pipa. «Non è una signorinetta alle prime armi, no?»

«Suppongo che questa sia una frecciatina rivolta a me.»

Lei sollevò una spalla. «Prendila come vuoi.» Sorrise attorno alla pipa. «Non significa che non mi piaci. Non sarai sempre una novellina, se continui a frequentarci.»

Non ero sicura di come prenderla, così non dissi nulla.

«Cos'è successo a voi, oggi?» Duke attizzò il fuoco per rivelare le braci ardenti sotto la cenere. «Perché Matt era così stanco quando siete tornati a casa?»

Raccontai loro della nostra visita da Worthey e dell'operaio francese che era fuggito. La speranza sui loro volti era palese.

«È qualcosa,» sospirò Willie, espellendo una nuvola di fumo sia dal naso che dalla bocca. «Sia lodato il Signore.»

«Dobbiamo trovarlo, prima di sapere se ci sarà utile,» dissi.

«E lui non vuole essere trovato,» aggiunse Duke. «Perché?»

«Perché dev'essere Chronos, e Chronos sa che i maghi sono trattati male dalle gilde,» disse Cyclops. «È andato nel panico quando ha riconosciuto Matt. I maghi dovrebbero essere un segreto, ma Matt sa che lui è un mago. DuPont sarà preoccupato.»

«Forse,» dissi. «Ma Worthey era irremovibile sul fatto che fosse francese, non inglese, e noi sappiamo che Chronos è inglese. Potrebbe essere che fosse semplicemente un mago degli orologi e sospettasse che noi lo sapessimo.»

«Cosa pensa che gli succederà se la gente scoprirà che è un mago?» chiese Duke. «Non possiede un negozio di orologi, quindi non importa che la gilda non lo voglia come membro.»

«Forse è più di questo.» L'occhio scuro di Cyclops fissò Duke. «Forse le gilde vogliono tutti i maghi morti.»

Sussultai. I tre si voltarono a guardarmi. «Nessuno mi ha attaccata,» dissi. «Anche se Abercrombie e gli altri membri della Gilda degli Orologiai sembrano sospettare che io... che io abbia qualche abilità magica.»

«È solo una teoria,» disse Cyclops con la sua voce profonda e rassicurante. «Sono sicuro che Daniel verrà trovato sano e salvo, e il comportamento di Pierre DuPont potrà essere spiegato.»

Annuii e sorrisi, ma il mio cuore continuò il suo ritmo folle. D'ora in poi mi sarei guardata le spalle a ogni passo. «Anche se avessi ragione, e DuPont fosse Chronos, deve sapere che Matt non vuole che gli accada nulla di male. Supponendo che sia

Chronos, allora ha salvato la vita di Matt. Sicuramente, se c'è qualcuno di cui *può* fidarsi, quello è Matt.»

«Quando una persona è braccata, non si fida di nessuno. Nemmeno delle persone di cui si fidava, e specialmente se sono con un'estranea, non importa quanto bella ed elegante sia.»

Ebbi la sensazione, dal modo in cui gli altri chinarono il capo, che Cyclops parlasse per esperienza. Odiavo pensare a lui come a un uomo braccato. Era un'anima gentile e amichevole.

«Tutto questo supponendo comunque che DuPont sia Chronos,» dissi. «Sono ancora molto incerta.»

«Chi altro potrebbe essere?» chiese Duke.

«Mirth.»

«Immagino. Forse Mirth, Chronos e DuPont sono tutti lo stesso uomo.»

«Mirth era in un ospizio per anziani,» disse Willie pensierosa. «Quell'uomo di oggi doveva essere in forze, se è sfuggito a Matt.»

Aveva ragione. Niente di tutto ciò aveva senso, e c'erano troppe possibilità e nessuna certezza. Una cosa, però, la sapevo bene: dovevamo trovare DuPont e Mirth.

«E adesso?» chiese Duke.

Sfortunatamente, nessuno di noi riuscì a pensare a nient'altro oltre a sorvegliare la fabbrica di Worthey per vedere se DuPont tornava. Duke e Willie si assegnarono il compito. Nel frattempo, Matt, Cyclops e io avremmo continuato a cercare Daniel, fino a mercoledì, quando Matt avrebbe aspettato in banca che Mirth si presentasse. Se non avessimo più visto Pierre DuPont, forse Mirth avrebbe saputo qualcosa su di lui che avrebbe potuto aiutarci. Era molto probabile che si conoscessero, come minimo.

Noi quattro studiammo il fuoco in silenzio finché l'orologio sulla mensola suonò le dieci e mezza. Stavo per ritirarmi quando Willie si tolse la pipa dalla bocca e ritrasse le gambe. Si sporse in avanti e mi guardò. «I maghi ereditano la loro magia, sì?»

«Così ci è stato detto,» disse Duke.

«Mio padre non era magico,» feci notare.

«Non lo sappiamo. Potrebbe aver nascosto la sua magia, perché voleva mantenere la sua appartenenza alla gilda e il suo negozio.»

Era una possibilità che avevo considerato più e più volte. Da dove veniva la mia magia? Gli orologi e le pendole di papà erano pezzi eccellenti ma interamente terreni. Non avevo sentito alcun calore in essi dopo che li aveva toccati. Questo lasciava solo un'altra possibilità, una che non volevo contemplare. Mio padre non era il mio vero padre, e mia madre poteva non essere la mia vera madre. Non ero veramente una Steele, dopotutto. Chi erano, allora, i miei genitori? E perché i membri della gilda avevano improvvisamente iniziato a sospettare di me intorno al periodo della morte di papà? Chi aveva dato loro il sentore della mia magia quando nemmeno io stessa ne ero a conoscenza?

Tante domande e nemmeno l'ombra di una risposta. Sembrava tutto così sbagliato, in qualche modo; come se dovesse accadere a qualcun altro, non alla semplice e vecchia me. La mia vita era stata priva di eventi fino a quel momento, con genitori amorevoli e una casa sicura e felice. Era impossibile pensare che non fossero veramente mia madre e mio padre. Assolutamente impossibile.

«Dove vuoi arrivare?» chiese Cyclops a Willie. «Cosa c'entra la famiglia di India con Chronos?»

«Non Chronos,» disse lei. «Daniel. Da chi ha preso la sua magia? Non dal commissario Munro, scommetterei.»

«Suo nonno materno era un cartografo,» dissi. «Daniel deve aver ereditato l'abilità da sua madre, e lei l'ha presa da suo padre.»

«Allora è lì che devi andare domani. A trovare la madre e il nonno, e scoprire perché hanno permesso che diventasse apprendista del maestro della gilda quando la magia di Daniel doveva essere tenuta nascosta.»

CAPITOLO 4

La visita al nonno di Daniel dovette attendere, poiché Matt voleva prima incontrare Jeremiah Duffield. Andammo a piedi fino alla Burlington Arcade, dato che non era lontana, mentre Cyclops tornava alla sede della Gilda dei Cartografi e Willie e Duke si davano il cambio per sorvegliare la fabbrica di Worthey. La nostra passeggiata sotto il sole primaverile mi diede il tempo di mettere Matt al corrente delle teorie di cui avevamo discusso la sera prima, in sua assenza. Lui concordò sul fatto che avremmo dovuto parlare con la famiglia di Daniel per saperne di più sulle sue abilità magiche.

Accennammo un saluto all'usciere all'ingresso della galleria, vestito con la sua uniforme tradizionale composta da tight, bottoni d'oro e cappello a cilindro con treccia dorata. «Voi inglesi avete delle usanze parecchio strane» disse Matt una volta che fummo fuori dalla portata dell'usciere.

«Trovi strani i loro vestiti? Dovresti vedere le guardie alla Torre.»

Lui sorrise e mi picchiettò la mano, che tenevo al riparo nell'incavo del suo braccio. «Andiamo, mia cara. Troviamo questo cartografo, così potremo dedicarci ai nostri acquisti.»

Sorrisi, sollevata che fosse tornato il tipo allegro di sempre. La sua capacità di scrollarsi di dosso i problemi era notevole, quella o la sua abilità nel nasconderli.

Trovammo il negozio di Duffield tra una gioielleria e un negozio di giocattoli. Un bel mappamondo su un piedistallo d'ottone occupava una posizione privilegiata in vetrina, circondato da un'esposizione di oggetti di cui un intrepido esploratore avrebbe potuto aver bisogno: una bussola, mappe dell'India, una borraccia, occhiali protettivi, uno scrittoio da viaggio completo di carta, inchiostro e penne, e una pistola nella sua fondina.

Quando entrammo, un uomo alzò lo sguardo. Era solo nel negozio. «Buongiorno» disse con vivacità, uscendo da dietro il bancone. «Benvenuti. Splendida mattinata, non è vero?»

«Molto» disse Matt.

«Come posso aiutarvi, oggi?»

«Siete voi Jeremiah Duffield?»

«Sono io. Avete sentito parlare di me?» Il suo sorriso si allargò. Era più giovane di quanto mi aspettassi, forse sulla quarantina. I suoi capelli neri avevano cominciato a diradarsi, lasciando un'attaccatura a V sulla fronte, ma non avevano un filo di grigio. Si teneva dritto e impettito, raggiungendo quasi l'altezza di Matt. Con le sue spalle larghe e lo sguardo blu e diretto, era una figura piuttosto imponente.

«Il mio nome è Prescott» disse Matt, «e questa è mia moglie. Voglio che creiate una mappa per me.»

Il sorriso si indurì. «Siete l'americano che ha visitato la gilda ieri.»

«Sono io.»

«Avete fatto domande su Daniel, il mio apprendista scomparso.»

«Ho sentito dire che era il migliore, e io voglio solo il migliore per creare questa mappa per me. È molto speciale.»

«Vi sbagliate. Lui non era il migliore, era solo un apprendista. *Io* sono il migliore.»

«Questa è un'affermazione piuttosto audace.» Matt sembrava divertito, come se stesse stuzzicando Duffield.

La cosa parve spiazzare Duffield. Volse lo sguardo da me a Matt, come se sperasse che la mia reazione lo aiutasse a capire mio "marito". Per un negoziante, era importante prendere le misure al cliente. Era facile vendere a un uomo che voleva essere visto all'avanguardia in fatto di mode tra i suoi amici, ma meno a un uomo a cui importava poco delle apparenze. Il signor Prescott si stava rivelando difficile da inquadrare, e io, la signora Prescott, non avevo intenzione di aiutarlo in alcun modo.

Duffield indicò le targhe che accompagnavano un'esposizione di due mappe e un mappamondo su un tavolo vicino. «Ho i premi che lo dimostrano.»

«I premi significano poco per me» sentenziò Matt. Girovagò per il negozio, prendendo in mano oggetti, ispezionandoli sommariamente per poi riporli. Si comportava come il tipo di cliente che i negozianti detestavano ma di cui avevano bisogno. Mostrava poco rispetto per la merce e disprezzo per il negoziante stesso. I gentiluomini di quel genere di solito avevano più soldi che buone maniere. Valeva la pena ignorare la loro maleducazione per mantenere la loro clientela. «Tuttavia, dato che il vostro apprendista è scomparso, sembra che io debba accontentarmi dei vostri servizi.»

«Cercherò di non deludervi, signore.»

Matt continuò la sua lenta passeggiata per il piccolo negozio. «Vorrei una mappa dell'India. Una regione nel nord-est, per essere precisi.»

«Allora siete venuto nel posto giusto.» Duffield indicò la sua vetrina e diverse mappe incorniciate appese alle pareti. «Sono un esperto del subcontinente. Ho visitato l'India molte volte. Ci siete mai stato, signore?»

«In India?» Lo sguardo di Matt saettò verso di me. «Non ancora.»

Il mio viso avvampò, e le labbra di Matt si incurvarono in un piccolo sorriso curioso.

«Avete intenzione di andarci?» chiese Duffield.

«È la ragione per cui desidero la mappa.»

«Sì, certo. È un posto affascinante, così vibrante e complesso. Si potrebbe visitare ogni anno per il resto della vita senza mai stancarsi.»

«Non ne dubito.»

«Desiderate una delle mie mappe esistenti della zona, o vi serve qualcosa di più personale?» Duffield aprì un cassetto lungo e piatto dietro il bancone e ne estrasse una pila di mappe. Le posò sul bancone.

Matt passò un po' di tempo a esaminarle. Io rimasi in piedi a guardare, in attesa. Sentivo che finora non avevamo concluso alcunché e non riuscivo a capire dove Matt volesse arrivare non facendo domande più approfondite. Il silenzio si protrasse e non riuscii più a sopportarlo.

«Parlatemi della gilda di cui siete maestro» dissi a Duffield. «Il paese di mio marito non ha gilde, vedete, anche se gli ho spiegato il sistema. Durante la nostra visita di ieri ho trovato la Gilda dei Cartografi piuttosto affascinante. C'è qualcosa che non capisco bene, però. I negozi di mappe sembrano essere rari a Londra, quindi a cosa serve la gilda?»

«I negozi sono effettivamente rari» disse Duffield. «Questo è uno dei soli quattro in città. Non siamo una gilda molto grande, ma abbiamo più di quattro membri.» Parlava lentamente e deliberatamente, come se fossi dura d'orecchi o una semplicetta. «Molti cartografi non hanno affatto negozi, ma si affidano a cartolai per vendere le loro mappe in conto vendita. Altri sono impiegati dal governo, dalle compagnie ferroviarie e da varie imprese private.»

«Affascinante. Il processo di creazione delle mappe sembra piuttosto complesso.»

«Oh, lo è. Nascono come disegni, tracciati dalla mano stessa di un cartografo dopo un'ampia ricognizione. Sapete cos'è una ricognizione, Mrs. Prescott?»

Oh, buon Dio. Non mi attribuiva proprio la benché minima intelligenza? «Credo di sì. Vi prego, continuate. È interessante.»

«Il disegno viene poi rifinito, abbellito e migliorato finché il cartografo non è soddisfatto. Qui il processo può terminare, se la mappa commissionata è un pezzo unico per un cliente privato.»

«Come nel caso del mio amico che ha commissionato qualcosa al vostro apprendista» disse Matt, prestando attenzione ora.

Duffield deglutì. «Un vostro amico?»

«Dovete ricordarvelo. Ha commissionato una mappa piuttosto elaborata del centro di Londra. Sfortunatamente, non l'ha mai ricevuta.» Matt scosse la testa con tristezza. «Ho sentito che l'apprendista si è rifiutato di dargliela, anche se non riesco a immaginarne il motivo.»

Duffield sembrò improvvisamente accaldato e a disagio. «Nemmeno io.»

«Non fa apparire la vostra attività molto professionale.»

«Posso assicurarvi che nella vostra situazione non accadrà. L'apprendista in questione non è più qui, come sapete. Era un ragazzo molto ribelle, di grande talento ma per niente adatto al lavoro di negozio. Ho promesso di avvertire Mr. McArdle non appena la mappa salterà fuori. Sono sicuro che lo farà, prima o poi.»

McArdle! Avevamo un nome. Ora ci serviva solo un indirizzo. Duffield doveva avere un modo per contattarlo se aveva promesso di consegnargli la mappa. Lanciai un'occhiata al registro aperto sul bancone. Molto probabilmente i suoi dati erano lì dentro.

«Vi prego, ditemi di più sulla realizzazione delle mappe» dissi a Duffield. «È così interessante.» Mi posi di sbieco verso il bancone, con Duffield tra me e esso. Ciò significava che la sua schiena era rivolta a Matt e al registro. Non avevo bisogno di guardare Matt per comunicargli la mia intenzione. Lui si appoggiò al bancone e scrutò la pagina del registro, sottosopra. «Perché alcuni clienti vogliono commissionare una mappa quando ce ne sono già così tante disponibili a un costo relativamente basso?» chiesi.

Gli occhi di Duffield brillarono mentre tornavamo all'argomento più sicuro. «L'unicità aggiunge valore, vedete, e questo è tutto ciò che alcuni clienti vogliono. Valore e un'opera d'arte.»

«Come il mappamondo in vetrina?»

Matt girò silenziosamente la pagina del registro e continuò a scorrere.

Mi spostai verso la vetrina e Duffield mi seguì con un sorriso impaziente che tradiva un accenno di timidezza. «Avete ragione, Mrs. Prescott. L'ho fatto solo per esposizione, anche se è in vendita se viene fatta l'offerta giusta.» Fece per voltarsi a guardare Matt, così finsi un attacco di tosse. Duffield si preoccupò per me con un'espressione corrucciata finché non passò.

«Grazie» dissi, accettando il suo fazzoletto e tamponandomi la fronte. «Siete molto gentile. Vi prego, ditemi di più sulla cartografia. Cosa succede a una mappa una volta finita se non viene consegnata direttamente al cliente privato? Le rilegate insieme in un libro?»

«Ho una pressa da stampa in un'altra sede. Riproduco le mie mappe con la pressa e le vendo qui nel negozio.»

Matt girò un'altra pagina del registro. Quanto indietro doveva andare? Non potevo discutere di mappe ancora per molto.

«E quelle rilegate in guide e atlanti?» chiesi.

«Quelle sono solitamente commissionate dagli editori. Una volta che la mia mappa è finita, la invio a loro e la rilegano con altre e con il testo dell'autore. Ne ho pubblicate diverse, sapete.»

«Tutte del subcontinente?»

Annuì. «È il mio posto preferito.»

Sorrisi. «Anche a vostra moglie piace l'India?»

«Non c'è mai stata.» Il suo volto si incupì. «Non le piace il caldo.»

«Fortunatamente il caldo non mi dà fastidio» disse Matt, raggiungendoci. «Non vedo l'ora di intraprendere il mio viaggio.» Mi sorrise con un trionfo non mascherato. Doveva aver trovato l'indirizzo di McArdle.

«Andrete anche voi, Miss Prescott?» mi chiese Duffield.

«Lo sto seriamente considerando, se Mr. Prescott riuscirà a sopportare la mia presenza» aggiunsi con una risatina.

«Certo, mia cara» disse Matt. «Viaggerei fino in capo al mondo con voi. Siete un'ottima compagnia.»

Resistetti all'impulso di alzare gli occhi al cielo. Aveva l'abitudine di esagerare con i complimenti quando recitava una parte.

«La mappa dell'India, Duffield» disse Matt. «Acquisterò una delle vostre mappe normali della regione piuttosto che commissionare qualcosa di nuovo. Anche se apprezzo l'arte quanto qualsiasi gentiluomo, una mappa più funzionale mi sarà più utile in questa occasione.»

«Benissimo, signore.» Duffield tornò al bancone e scelse una delle mappe dalla pila che aveva tirato fuori dal cassetto. «Questa è una buona mappa generale della zona, ma vi suggerisco una guida per le città e i villaggi. Le loro mappe sono più dettagliate.»

Matt comprò sia una mappa che una guida, e ringraziammo

Duffield. Lui ci accompagnò alla porta, e potei vedere che voleva dire qualcos'altro ma si trattenne.

«Cosa c'è?» chiese Matt, notandolo anche lui.

Duffield si schiarì la gola. «Quando incontrerete il vostro amico, il signor McArdle, vi prego di ribadire quanto mi dispiaccia che il mio apprendista si sia rivelato così subdolo. Apprezzerei se non parlaste di questo con nessun altro. La mia reputazione, sapete...»

«Capisco.»

«Ovviamente, se la mappa non verrà ritrovata, gli rimborserò i soldi.»

«Penso che preferirebbe avere la mappa.»

Le labbra di Duffield si serrarono. «Temo che sia probabilmente andata persa.»

Sapeva dei furti a casa di Daniel e delle mappe scomparse? «Dovreste chiedere alla famiglia se potete dare un'occhiata alle cose dell'apprendista» dissi. «Forse la mappa è tra quelle.»

«Ci ho provato, ma il nonno mi ha negato l'ingresso. Non gli sono mai piaciuto.»

«Lo conoscete?»

«È anche lui un cartografo, ma di scarsa fama.» Sembrava dispiaciuto. «Più tardi, ho sentito che molte delle mappe di Daniel sono state rubate. Una faccenda terribile. Non riesco a pensare chi potesse avere interesse per quelle, a parte il signor McArdle, ovviamente.»

Matt mi offrì il braccio e uscimmo dal negozio. «Andiamo, mia cara. Voglio portarti a fare spese.»

Passeggiammo pigramente davanti agli altri negozi della galleria e fingemmo di interessarci alle loro vetrine. «Hai trovato un indirizzo per McArdle?» chiesi.

«È a Chelsea. Devo congratularmi con te per aver distratto l'attenzione di Duffield. Molto ben fatto. Faremo di te anche una giocatrice di poker.»

«Ne dubito.» Camminammo ancora un po', ma non notai davvero nessuna delle merci nelle vetrine. La mia mente era ancora a Duffield. Più ci pensavo, più non potevo credere a quanto bene fosse andato l'incontro. Non aveva sospettato nulla.

«Ha scaricato la colpa delle effrazioni a casa di Daniel direttamente su McArdle» dissi.

«Esatto. McArdle sembra il sospettato più ovvio. Ha commissionato la mappa, Daniel si è rifiutato di dargliela. Hanno litigato e McArdle lo ha rapito per riaverla. Quando ha scoperto che Daniel non ce l'aveva, ha perquisito la casa.»

«La domanda è: che cosa ne ha fatto di Daniel?»

Continuammo a camminare in un silenzio greve finché Matt si fermò davanti a una modista. Indicò la vetrina dove diversi cappelli colorati erano posati su degli spuntoni. «Vedi qualcosa che ti piace?»

«Puoi smetterla con la farsa adesso. Siamo ben lontani dal negozio di Duffield.»

«Chi ha parlato di farsa?»

Lasciai il suo braccio. «Smettila, Matt.»

«Hai ragione. Hai bisogno di un nuovo abito da sera piuttosto che di un cappello.» Diede un'occhiata lungo la galleria e indicò con un cenno del capo una sarta. «Credo di aver perso la discussione con zia Letitia. Dobbiamo rassegnarci a qualche cena occasionale.»

Lo fissai, sentendomi un po' a disagio. «Intendi che dovrei partecipare a queste cene?»

«Certo.»

«Ma io non sono...» Importante. Non lo dissi e mi limitai a stringermi nelle spalle.

«Fai parte della casa tanto quanto Willie o persino zia Letitia.»

«Non credo che dame di compagnia o assistenti partecipino a eventi come cene formali nelle ville di Mayfair.»

«Come fai a saperlo? Sei mai stata una dama di compagnia o un'assistente prima d'ora? O hai mai partecipato a una cena in una villa di Mayfair?»

Strinsi gli occhi. «Mi stai prendendo in giro.»

«No, India, non ti sto prendendo in giro.» Mi prese la mano e la infilò nell'incavo del suo braccio. «Se devo sopportare quelle maledette cene, anche tu dovrai farlo. Non costringermi ad affrontare da solo sia la zia che Willie nel mio stato di debolezza.»

Sorrisi e scossi la testa. «Sei incorreggibile.»

«Significa che acconsenti?»

«Se proprio devo, ma dovrai convincere anche tua zia.»

«Sarà d'accordo anche lei.» Sembrava piuttosto sicuro, ma sospettavo che Miss Glass non avrebbe acconsentito così facilmente. Era molto ligia al modo corretto di fare le cose, e l'ordine sociale era di primaria importanza. «Vediamo cosa può fare per te la sarta, adesso.»

«Ma siamo occupati. Abbiamo così tanto da fare.»

«Possiamo prenderci qualche minuto.»

«Chiaramente non sei mai stato nel negozio di una sarta prima d'ora.»

Un'ora e mezza dopo, ero stata misurata, punzecchiata, fatta girare su me stessa e giudicata da Madame Lisle e dalle sue due assistenti mentre Matt guardava. Nonostante le mie proteste, furono scelte sete per due abiti da sera, uno color salvia e avorio, e l'altro di un rosa intenso. Madame Lisle disegnò alcune idee preliminari basate sull'ultima collezione della Casa Worth nel *The Young Ladies Journal* che pensava si sarebbero adattate alla mia figura. Matt pagò un acconto e io insistetti per restituirglielo più tardi usando i soldi della ricompensa. Il primo abito sarebbe stato disponibile all'inizio della settimana successiva.

«E se Chronos venisse trovato prima di allora?» gli chiesi.

«Attraverseremo quel ponte quando ci arriveremo. Per ora non è un problema.»

Una frase fatta era tutto ciò che aveva da dire sulla questione? Stavo per insistere ulteriormente quando mi guidò verso una confetteria vicino all'ingresso della galleria.

«Cosa ti piace?» chiese, esaminando la gamma di dolciumi colorati nei barattoli dietro e sopra il bancone. «Gocce di menta piperita? Occhi di bue? Palline di brandy?»

«Non mi comprerai dei dolci.»

Mi guardò con un'espressione corrucciata. «Oggi sei particolarmente testarda.»

Incrociai le braccia sul petto e mi resi conto troppo tardi che così facendo non facevo altro che dargli ragione. «Non è vero.»

«In realtà, i dolci sono per mia zia. Volevo solo la tua opinione.»

«Oh.» Il mio viso si accese. Mi sentii una ragazzina viziata e una vera stupida. «In tal caso, niente di troppo duro.»

«Ottima idea.»

Ordinò un sacchetto di marshmallow, un altro di gocce di cioccolato e un terzo di caramelle dure miste. «Peccato che non vendano fudge» disse. «Ora, *quella sì* che è una delizia.»

«Non le piaceranno le caramelle dure» dissi mentre uscivamo.

«Quelle non sono per lei.» Si mise in tasca due dei sacchetti e aprì il terzo. «Dai. Prendine una.»

Scelsi un bastoncino di zucchero di Gibilterra rosso e bianco. «Perché sei così gentile con me?»

«Non mi è permesso essere gentile con la donna che mi ha salvato la vita?»

Abbassai lo sguardo sulla caramella mentre ci dirigevamo verso il pallido sole. Non mi piaceva che mi venisse ricordato di come fosse quasi morto nella cella della Stazione di Polizia di Vine Street. Se non fossi riuscita a fargli avere il suo orologio... Non osavo pensarci.

«Mi mette a disagio» dissi, mettendomi la caramella in bocca.

«Ti ci abituerai.»

Tornammo a casa a piedi, dividendo i dolci, e Matt scherzò sulla produzione di fudge in Inghilterra. Quel dolce sembrava piuttosto delizioso, così come i cioccolatini che aveva assaggiato sul Continente, in gioventù. Parlava di quei giorni con nostalgia, senza troppa tristezza. Mi chiesi se in quei momenti pensasse ai suoi genitori, o se non ci pensasse più affatto. Erano morti quattordici anni fa. Mio padre era morto da solo poche settimane, e sebbene pensassi a lui ogni giorno, il terribile dolore nel mio cuore si era un po' attenuato. C'era ancora, ma non bruciava più così tanto. Tenersi occupati aiutava.

Al nostro ritorno, Miss Glass era nel bel mezzo della sua prima visita. Infatti, secondo Bristow, che ci accolse alla porta, si trattava delle cugine di Matt e dell'altra sua zia, Lady Rycroft. Deviai verso le scale con l'intenzione di dirigermi in camera mia, ma Matt mi afferrò per un braccio.

«Oh no, tu non vai da nessuna parte» disse. «Non affronterò una stanza piena di donne Glass senza rinforzi.»

Risi. «Potrebbe andare peggio. Willie potrebbe essere con loro.»

Lui trasalì. «Ti prego, vieni con me. Proteggimi.»

«Non hai bisogno di protezione. Le tue cugine ti adoreranno, proprio come zia Letitia.»

«Secondo zia Letitia, sono tutte terribili come la madre. La mia richiesta è ancora valida.»

«Oh» dissi con finta innocenza. «Se è solo una *richiesta*...»

Il suo sguardo si strinse.

Sghignazzai. «Andiamo, allora. Prima le incontri, prima l'incontro finirà.»

Entrai per prima nel salotto e sostenni l'impatto di cinque sguardi accigliati. Chiaramente la mia presenza non era prevista — o voluta — da nessuna di loro. Mi sentii un po' ferita dalla disapprovazione di Letitia Glass. Pensavo che fossimo diventate amiche, in un certo senso. Ma sembrava che non ritenesse che io dovessi incontrare le sue nipoti.

«Eccoti qui, Matthew» disse, accettando il bacio di Matt sulla guancia.

«Buongiorno» rispose Matt con disinvoltura. «Zia Beatrice, non mi aspettavo di rivedervi così presto dopo il nostro ultimo incontro.»

«Nemmeno io.» Lady Rycroft mi sorprese con la sua battuta pronta. L'ultima volta che l'avevamo incontrata, Matt aveva rimproverato suo marito a casa sua, di fronte ai suoi domestici. Lady Rycroft era stata scortese con sua cognata e con me, e sdegnosa nei confronti della madre di Matt. Vederla seduta con le mani in grembo mentre le sue tre figlie erano appollaiate sul divano di fronte era un bel cambiamento di scena. «Spero che oggi potremo iniziare con il piede giusto. Non ho alcun desiderio di essere nemici.»

«Nemmeno io» disse lui. «Siamo famiglia, dopotutto.»

Lei gli rivolse un sorriso tirato. A dire il vero, poteva essere tirato a causa del suo turbante, non perché le dispiacesse l'idea di essere imparentata con lui. Il turbante le inclinava gli occhi e le levigava la pelle sulla fronte. Non aveva però alcun effetto sui solchi profondamente incisi intorno alla bocca. «Permettimi di presentarti le mie figlie.»

Le ragazze erano disposte secondo uno schema, dalla più alta alla più bassa, dalla più scura alla più chiara, dalla più carina alla più ordinaria. E, come si scoprì, dalla più giovane alla più grande. Stimai la loro età tra i venti e i venticinque anni.

«Miss Patience Glass, la mia primogenita.» Lady Rycroft indicò la ragazza dai capelli castani il cui viso somigliava a quello della madre, con linee che scendevano dagli angoli della bocca anche se non ancora così profonde. «Miss Charity Glass» disse, indicando la ragazza al centro, i cui capelli castano scuro ricadevano su una fronte pensierosa. «E infine, Miss Hope Glass.» Lady Rycroft favoriva chiaramente la figlia minore e carina, con i capelli neri come la mezzanotte e la pelle lattea. Ed era chiaro, dalle smorfie delle ragazze più grandi, che loro lo sapevano.

Matt si inchinò sulla mano di ogni ragazza a turno e diede loro il benvenuto a casa sua. «Ditemi, rassomigliate tutte ai tratti dei vostri nomi di battesimo?» chiese.

Hope rise. «Tutt'altro, temo. Patience non sopporta di aspettare, Charity è abbastanza gentile quando qualcuno guarda, e io sono una romantica *senza speranza*, secondo la mamma.»

Matt rise.

«Hope!» la rimproverò sua madre. Le smorfie delle due sorelle maggiori si approfondirono, ma nulla di tutto ciò ebbe effetto su Hope. Il suo sorriso divenne alquanto malizioso. Avrei scommesso che sua madre aveva il suo bel da fare con lei. Era insolito che le due ragazze più grandi non fossero già sposate, alla loro età. A differenza di me, loro avevano qualcosa da offrire a un marito oltre a un'istruzione. Il loro padre era un gentiluomo terriero e senza dubbio avrebbe garantito una dote adeguata alle figlie. La più giovane e carina, Hope, non avrebbe dovuto avere molti problemi a trovare marito, ma avrebbe potuto essere costretta ad aspettare che la maggiore si sposasse prima. Alcune famiglie funzionavano così.

«Zia Beatrice, vi ricordate della mia assistente, Miss Steele» disse Matt, indicandomi. Era evidente dal semplice fatto che avesse dovuto presentarmi che Lady Rycroft non aveva intenzione di riconoscere la mia presenza.

«Sì» disse lei, seccamente.

«Piacere di conoscervi» disse Hope. «Ditemi, Miss Steele, che genere di cose fate per il cugino Matthew?»

Lanciai un'occhiata a Miss Glass, ma lei sembrava non ascoltare. Mi chiesi se fosse caduta in uno dei suoi episodi di assenza in cui sembrava dimenticare di essere in compagnia. «Partecipo alle riunioni con lui, prendo appunti, cose del genere...»

«Matthew, non c'è bisogno che la tua assistente rimanga» disse Lady Rycroft. «Sono sicura che sia occupata.»

Matt si irrigidì. «Lei resta.» Era passato da cordiale a ringhioso in un batter d'occhio, cogliendo alla sprovvista tutti gli ospiti. Lady Rycroft e le sue figlie trattennero il fiato.

«Certo che dovrebbe restare, mamma» disse Hope con una risata nervosa e un'occhiata a sua madre. «Sembra una persona piacevole.»

La mascella di sua madre si indurì. «Siamo qui per discutere di affari di famiglia. Lei non è di famiglia.»

«Ma si occupa di tutti i miei affari» disse Matt, a voce bassa. «Lei resta.» Mi indicò di sedermi nell'unica sedia rimasta, mentre lui restava in piedi.

Esitai, incerta se volessi essere coinvolta nelle loro beghe. Alla fine, mi sedetti solo perché non volevo che Lady Rycroft vincesse una discussione, anche una piccola e insignificante come questa.

«Vedo che questa non è una visita privata, allora» esordì Matt. «Quindi fareste meglio ad andare al sodo, zia.»

«Oh, ma è una visita privata» disse Miss Glass, riscuotendosi. «Non è vero, Beatrice? Le ragazze volevano conoscerti, Matthew.»

«È vero» disse Hope in fretta. «Le nostre cameriere hanno detto che eravate il gentiluomo più affascinante che avessero mai visto, dopo la vostra visita dell'altra settimana.»

«Basta così, Hope» sbottò Lady Rycroft. Fece un respiro profondo e alzò le mani. «Ricominciano. Letitia ha ragione, e questa è una visita privata. Volevo presentarvi le mie ragazze perché possiate scegliere.»

Matt inclinò la testa di lato, come se non avesse sentito bene. «Scegliere?»

«Chi sposare, ovviamente.»

CAPITOLO 5

«Sposarmi!» A Matt sfuggì una risata soffocata, ma nessuno si unì a lui.

All'improvviso desiderai non essere rimasta. Era proprio una faccenda di famiglia, di un genere in cui non volevo essere coinvolta.

«Non devi scegliere adesso» gli disse Lady Rycroft, con il viso perfettamente serio. «Dovrai prima imparare a conoscerle meglio.»

Matt si sedette sul bracciolo della mia poltrona, vicinissimo a me. La cosa non passò inosservata a nessuno nella stanza. Cinque visi arcigni si voltarono di nuovo verso di me, come se fosse colpa mia. Lui scosse la testa, più e più volte. «Siete sicura che sia quello che volete?»

Perché non le aveva già cacciate via da casa sua a suon di risate? Non poteva davvero prenderlo in considerazione. O sì?

«È quello che sia Lord Rycroft che io vogliamo, sì. Senza alcun dubbio.»

«Ma mio zio mi detesta. Detesta tutto di me.»

Lo sguardo di Lady Rycroft scivolò sulle sue mani. «C'è da considerare il futuro delle ragazze.»

Ah, ora capivo. Matt era l'erede, e le ragazze non erano sposate. L'intera tenuta un giorno sarebbe passata a lui, mettendo a rischio il benessere delle figlie se non si fossero accasate. Sembrava che sistemare le due maggiori in una situazione qualsiasi, felice o meno, non fosse probabile alla loro età e con le loro espressioni acide.

«Tutto questo è terribile» mormorò Hope, premendosi la mano guantata sulla guancia accaldata.

«Sono assolutamente d'accordo» disse Matt. «Zia Letitia, di certo non approvi questa sfacciata parata.»

Lei allargò le mani. «Andava fatto, Matthew. Meglio togliersi il pensiero. Vorrei però che ti ricordassi che c'è ben altro pesce nel mare, oltre a queste tre.»

«Letitia!» ansimò Lady Rycroft, inorridita. «Dovresti incoraggiarlo a scegliere una delle tue nipoti. È la cosa giusta da fare.»

«La cosa giusta per chi?» scattò Miss Glass. «Non per Matthew, te lo posso assicurare.»

Lady Rycroft si indispettì. «Le mie ragazze sono educate, perbene e di famiglia stimata. Sarebbero ottime mogli.»

«Non per Matthew.»

«Perché no?»

«Preferirei non discuterne di fronte a loro.»

Hope sollevò il mento, e i suoi occhi brillarono. Le sue due sorelle maggiori studiavano le mani giunte in grembo.

«Mi sento come se fossi entrato in uno spettacolo teatrale. Anzi, una farsa.» Matt si strofinò la fronte. «Mettiamo in chiaro una cosa. Non ho alcuna fretta di sposarmi, ma quando lo farò, sarà con una donna scelta da me.»

«Le sto dando tre scelte perfettamente valide qui!» Il viso di Lady Rycroft divenne sempre più rosso, abbinandosi al suo turbante.

Le sue figlie sembravano soltanto desiderose di sprofondare nel divano. Nemmeno Hope incontrò lo sguardo di Matt.

Lui sospirò. I primi segni di stanchezza cominciarono a mostrarsi intorno ai suoi occhi e nella curva delle sue spalle.

«Pensa alle mie ragazze» disse Lady Rycroft. «Pensa alla tua *famiglia*, Matthew. Vorresti vederle soffrire?»

«E come soffrirebbero, se non mi sposassero?»

«Venendo cacciate dalla loro casa!»

«Non caccerò nessuno da Rycroft. Inoltre, mio zio sembra

essere in buona salute. Dubito che passerà a miglior vita tanto presto.»

Lei agitò la mano, come se la salute di suo marito fosse irrilevante per la discussione. Io, per inciso, ero d'accordo con Matt; Lord Rycroft poteva vivere per altri vent'anni o più. «Vorresti che le mie figlie diventassero delle vagabonde senza casa?»

Soffocai uno scoppio di risa. Le ragazze potevano ritrovarsi povere secondo i loro standard, se il padre fosse morto prima che si sposassero, ma difficilmente sarebbero diventate delle vagabonde. Non conoscevano il significato della parola povertà. Nessuna di loro lo conosceva e mai lo avrebbe conosciuto.

Matt mi diede una gomitata, ed ebbi la sensazione che anche lui stesse cercando di non ridere. Mantenne un'espressione seria, tuttavia, mentre esaminava a turno ciascuna delle ragazze. Solo Hope sostenne il suo esame con un'espressione calma che non potei fare a meno di ammirare.

«Zio Richard non ha forse stanziato una somma per tutte loro?» chiese Matt.

«Sì. Ma la loro casa...» Il labbro inferiore di Lady Rycroft tremò. Tirò fuori un fazzoletto dalla borsetta e si tamponò l'angolo dell'occhio. «La tenuta di Rycroft è tutto per loro.»

«Allora è deciso. Quando erediterò, potranno vivere lì, e io vivrò altrove.»

«Supponendo che tu non abbia sposato una di noi» disse Patience.

Hope fulminò sua sorella. Patience si strinse nelle spalle con fare innocente.

«Non vuoi vivere lì?» gli chiese Charity.

Lui incrociò il suo sguardo. «No.»

«Perché no? Che c'è che non va a Rycroft?»

«Sarebbe un cappio al collo, per me, proprio come lo fu per mio padre.»

Sia Patience che Charity lo fissarono sbigottite, con le bocche aperte come botole scardinate. Gli occhi acuti di Hope, tuttavia, si addolcirono mentre guardava Matt.

«Tutto questo è terribile» disse lei. «Non lo sopporto. Lo abbiamo appena conosciuto ed eccoci qui a discutere di matrimonio come se fossimo merce di scambio e lui il premio.»

«La discussione non poteva essere rimandata ulteriormente» disse sua madre con un singulto.

«Avevi promesso che non saresti stata così diretta, mamma. Ci hai messe in imbarazzo di fronte a nostro cugino.»

Mi schiarii la gola, ma lei non mi prestò attenzione. Chiaramente non pensava che fosse un problema essere imbarazzate di fronte a me.

«Non c'è tempo per negoziati delicati» disse Lady Rycroft. «Potrebbe tornare in America da un giorno all'altro.»

«Non lascerà l'Inghilterra» annunciò Miss Glass.

Tutti si voltarono a guardarla.

«Zia Letitia» disse Matt a bassa voce. «Ne abbiamo già parlato.» Abbandonò il resto della sua blanda ramanzina. Non importava quante volte l'avesse detto, non sembrava mai entrarle in testa.

«Io non voglio vivere in America.» La maggiore, Patience, mise il broncio. «È così *selvaggia*.»

«A quanto pare abbiamo già ridotto il numero di candidate a due» disse Hope, con un lampo malizioso negli occhi. «Questo dovrebbe rendere la tua scelta più facile, cugino. Oh, perché non te la rendo ancora più facile? Mi ritiro dalla gara.»

«Hope!» sbottò Lady Rycroft. «Smettila di essere così ostinata e sprezzante. È assai sconveniente per una signora.»

«Quello che sto cercando di dire è che vorrei conoscere Matthew come mio cugino, senza questo dramma che ci pende sulla testa.» Rivolse a Matt un debole sorriso. «Mi scuso davvero. Spero che non influenzerà la sua percezione di noi. Non siamo tutte così terribili.»

Lui sorrise. «Lo vedo.»

Alzai gli occhi verso di lui, sbattendo le palpebre.

«Mi dica, zia Beatrice» disse lui, suonando improvvisamente allegro. «Ha detto alle sue figlie in quale *ramo* opera la famiglia di mia madre?»

Il sangue le defluì dal viso. Continuò a tamponarsi gli occhi con rinnovato vigore.

«Che ramo è?» chiese Hope, guardando dall'uno all'altra.

«Quello illegale. La famiglia di mia madre è composta per lo più da fuorilegge.»

«Oh.» Hope si morse il labbro. «Questo è, ehm, interessante.»

«Lo è, non è vero? F venire voglia di ritirarvi pure voi dalla gara, Charity?»

«Tutt'altro» disse la sorella di mezzo, sporgendosi in avanti. «Sembra molto intrigante.»

Hope ridacchiò, solo per soffocare la risata con la mano quando la sorella le diede una gomitata nelle costole.

«La famiglia di tua madre è irrilevante» tagliò corto Lady Rycroft.

Non lo era stata, una settimana prima.

«Non lasciate che Willie vi senta dire una cosa del genere» disse Matt.

«Credo sia ora di andare.» Lady Rycroft si alzò e ordinò alle sue ragazze di alzarsi con un cenno della mano. «Saremo lieti di rivederti, Matthew. Ti preghiamo di farci visita al più presto. Forse organizzerò una cena in tuo onore.»

Matt fece un inchino. Ciascuna delle ragazze fece una riverenza mentre sfilavano via.

Hope, tuttavia, non seguì immediatamente sua madre. «Non si è arresa.» Sorrise, trasformando il suo viso da carino a notevole. «Devi restare sempre in guardia, cugino.»

«Hope!» strillò Lady Rycroft.

«Arrivo, mamma.» Fece l'occhiolino a Matt. «Alla prossima, cugino. È stato un piacere conoscerti. Oh, e anche lei, Miss Steele. È stata così silenziosa durante quello scambio. Mi sembra quasi di non averla conosciuta.»

«Era quello il punto, no?» dissi, odiando la tensione nella mia voce e il modo in cui il mio cuore non smetteva di martellare. Dopotutto era solo una sciocca conversazione. «Che io me ne stessi seduta in silenzio ad ascoltare senza interrompere?»

Matt mi rivolse un'espressione accigliata.

Il sorriso di Hope appassì. «Beh. Sembrerebbe che anche lei abbia il suo pungiglione, dopotutto.» Seguì sua madre.

Matt andò ad accompagnarle alla porta, e io rimasi nel salotto con Miss Glass. Volevo che la poltrona mi inghiottisse. Perché avevo risposto a Hope in quel modo?

Sapevo perché. E non mi piaceva. Nemmeno un po'.

«Ragazze orribili, tutte quante» disse Miss Glass arricciando il naso. «Così simili alla madre. Non si lasci ingannare dalla cordialità di Hope. È intelligente, quella. Troppo intelligente, se vuole la mia opinione.»

Sospirai. «Una ragazza intelligente non può essere una cosa positiva, vero?»

«Non mi riferisco a lei, mia cara.» Si alzò e mi offrì la mano. «Lei è una ragazza dolce. La sua intelligenza è di un genere completamente diverso da quella di Hope.»

Le presi la mano. Non potevo biasimarla per la sua precedente freddezza nei miei confronti. Dopotutto, doveva essere preoccupata che io fossi una distrazione per suo nipote. Avrei dovuto rassicurarla che non ero una giocatrice in quella partita e non lo ero mai stata. «Non ho idea di cosa voglia dire, Miss Glass, ma apprezzo comunque il pensiero.»

Matt entrò con passo deciso e notò le nostre mani unite. «India? Che c'è?»

«Niente.»

«Non è un niente. Sembri turbata. Non lasciare che ti influenzi. Non sono importanti.»

Ritirai la mano e mi lisciai le gonne. Non riuscivo a sostenere il suo sguardo. Vedeva troppo quando mi guardava con quell'intensità. Era fin troppo snervante, e mi sentivo già abbastanza innervosita dopo lo scambio con Hope. «Usciremo di nuovo prima di pranzo?» chiesi.

«No.»

«Allora vado a fare una passeggiata.»

* * *

UNA PASSEGGIATA attraverso Hyde Park mi schiarì le idee e calmò i nervi. Quando tornai a casa, un pranzo a base di carni fredde e insalate era imbandito sul tavolo della sala da pranzo.

«Potrei abituarmi ad avere dei servitori» disse Duke, servendosi del manzo affettato.

«Hai visto DuPont?» chiese Matt.

Duke scosse la testa. «Anche Worthey era furioso. Dice che non ci si può fidare della parola di un francese e che se quell'uomo oserà farsi vedere, si ritroverà senza lavoro. Willie resterà per il resto del pomeriggio, per ogni evenienza.»

Miss Glass entrò e prese posto. «Faremo del nostro meglio per evitarle, ma potrebbe non essere sempre possibile, soprattutto se riceverà un invito a cena.»

La fissammo tutti. «Scusa?» chiese Matt.

«Le tue cugine Glass.» Lo guardò come se fosse tardo di comprendonio.

«Cosa c'entrano loro?» chiese Duke.

«Erano qui con la loro madre» gli disse Matt. «L'intenzione è che io scelga una di loro da sposare.»

Duke sogghignò. «A Willie dispiacerà essersi persa quella conversazione. Ne hai scelta una?»

«No!»

Miss Glass rabbrividì. «Grazie al cielo hai buon senso, Matthew.»

Duke ridacchiò. «Le hai avvertite che la fortunata sposa dovrà vivere in California?»

«Non ha fatto nulla del genere» disse Miss Glass con uno sbuffo, «dato che non lascerà l'Inghilterra.»

«Ho detto loro che non sto cercando moglie.» Matt sorseggiò il suo vino e fece per posare il bicchiere sul tavolo, ma cambiò idea e lo vuotò tutto.

«Quando posso aspettarmi di trovarti a casa, Matthew?» chiese Miss Glass. «Devo invitare dei visitatori, ma non ha senso se non sei qui.»

Matt la scrutò da sopra l'orlo del bicchiere. «Non ti arrendi, vero?»

«Ho solo a cuore i tuoi migliori interessi. Un gentiluomo dovrebbe sposarsi, altrimenti diventa egoista e ozioso. E dovrebbe sposarsi bene, non per amore. I matrimoni d'amore non funzionano mai una volta che il primo fiore avvizzisce e muore. Non vorrei che commettessi un errore di cui poi ti pentiresti.»

«I miei genitori si sono sposati per amore e la cosa è andata piuttosto bene.»

Lei si ficcò un grosso pezzo di pollo in bocca e non incontrò il suo sguardo.

Matt sembrava voler controbattere, poi si voltò improvvisamente verso di me. «Pronta, India? Mi ritrovo ad avere una certa fretta, tutto d'un tratto.»

* * *

«Mi dispiace per il modo in cui le mie cugine e zie ti hanno trattata» disse Matt in carrozza mentre ci dirigevamo verso la casa di Daniel.

«Non devi scusarti.»

«Si abitueranno a te.»

Strinsi più forte la presa sulla mia borsetta ma rimasi in silenzio. Non ero dell'umore giusto per discutere di cugine, zie o della sua futura moglie. Lui, tuttavia, sembrava di sì.

«Il fatto è che non posso dire loro perché non posso prendere in considerazione il matrimonio, al momento. Ma tu capisci, vero? Non posso pensare a sposarmi finché la mia salute non migliora. Sarebbe ingiusto per la mia sposa se dovessi morire poco dopo le nozze.»

«Capisco.»

Tamburellò con le dita sul davanzale. «Bene.»

«Ma finché non glielo dirai, le tue zie continueranno questo… gioco.»

Lui gemette. «Non sono sicuro di avere la pazienza necessaria per essere un gentiluomo inglese facoltoso. Preferisco essere un povero americano con parenti criminali. È più liberatorio.»

«Allora prima tornerai a casa, meglio sarà. Mi mancherai. Mi mancherete tutti» aggiunsi, nel caso pensasse che stessi flirtando con lui.

La carrozza si fermò con uno strattone e all'improvviso mi ritrovai Matt seduto accanto a me. «Non è stato giusto da parte mia» disse a bassa voce. «È stato sconsiderato ed egoista. Sono un uomo fortunato, e non dovrei lamentarmi come un bambino petulante.»

«Oggi sei di malumore. Capisco.»

«Smettila di essere così comprensiva!» Si passò una mano sul viso, fino al mento. Quando la allontanò, fui sciocccata dalla stanchezza che tirava gli angoli dei suoi occhi. Non aveva dormito prima di pranzo? «Dimmi che mi sto comportando da stronzo.»

«Una signora inglese di buona famiglia non usa quella parola.»

Un angolo della sua bocca si sollevò, come speravo.

«Ma hai ragione» continuai. «Ti stai comportando da stronzo. Ma visto che ti sei scusato, ti perdono.»

«Uno di questi giorni dirò qualcosa che ti turberà davvero. Qualcosa di imperdonabile.»

Ne dubitavo.

Arrivammo a casa di Daniel a Hammersmith e ci presentammo alla cameriera che aprì la porta. Avevamo deciso di non recitare una parte con la famiglia di Daniel. Avremmo ottenuto risposte più dirette alle nostre domande se avessero saputo che lo stavamo cercando.

La cameriera ci condusse nel salotto dove era seduta una donna. Matt ripeté le presentazioni. «Ci manda il Commissario Munro» concluse.

La donna si irrigidì. I suoi occhi azzurro chiaro si sgranarono per un brevissimo istante. Era sulla quarantina, ben vestita con un panciotto elegante sopra un abito a righe nere e verdi. Doveva essere stata bellissima in gioventù, con il suo viso a forma di cuore, gli zigomi alti e la bella figura. Anche adesso era adorabile, nonostante le tracce delle lacrime versate di recente.

«È lei Miss Gibbons?» chiesi.

Esitò, poi annuì. «Mary, vada a chiamare Mr. Gibbons e porti il tè.» A noi disse: «Mio padre vorrà conoscervi.»

«E noi vogliamo conoscere lui» disse Matt.

«È un detective?» chiese lei, con lo sguardo che scivolò su di me prima di tornare su Matt.

«Un investigatore privato. Il commissario Munro è venuto da noi dopo che i suoi uomini non hanno fatto progressi. Ci tiene molto a trovare Daniel.»

«Vi ha informato del suo... legame con mio figlio?»

Matt annuì.

Lei chinò il capo e giunse le mani in grembo, l'immagine di

una donna pudica e assennata. Non era affatto come me l'ero immaginata. Pensavo che fosse vivace e gioviale, il tipo di donna che ha delle tresche con gentiluomini al di fuori del matrimonio. Era stato sbagliato da parte mia giudicarla senza conoscere la situazione, e ora me ne sentivo in colpa.

Un uomo entrò a passo di marcia e fui subito colpita dalla somiglianza tra lui e il commissario. Entrambi erano alti e robusti, di età simile.L'uomo aveva uno sguardo diretto che colse immediatamente la situazione e la valutò. Avrei scommesso che andava fiero del controllo e dell'ordine nel suo dominio. Scoprire che sua figlia aspettava un figlio da un uomo sposato doveva essere stato un bello shock; soprattutto perché quella figlia sembrava obbediente e docile, non ribelle e civettuola.

Matt ripeté le presentazioni. Alla menzione del nome di Munro, le narici di Mr. Gibbons si dilatarono.

«Era anche ora che facesse qualcosa» ringhiò.

«Ha provato, papà» disse Miss Gibbons a bassa voce, ma con fervore. «Lo sai che ci ha provato.»

«Eppure ha fallito a ogni tentativo.»

Lei abbassò di nuovo la testa.

«Munro ci ha informato delle effrazioni qui» disse Matt. «Crediamo che siano collegate alla scomparsa di Daniel.»

Gibbons grugnì. «Se è tutto ciò che avete scoperto, state sprecando i soldi di Munro e il mio tempo.»

Matt rimase del tutto calmo. Era molto meno turbato dalla bruschezza di Gibbons che dalle macchinazioni matrimoniali delle sue zie. Interrogare sospetti e testimoni, e recitare una parte per scovare i criminali, gli veniva naturale. Sorseggiare il tè nei salotti con le signore, no.

«Non è tutto ciò che abbiamo scoperto» proseguì Matt. «Anzi, abbiamo saputo una cosa notevole su Daniel. Qualcosa che ha ereditato.»

Miss Gibbons inspirò bruscamente. La cameriera colse quel momento per entrare con un vassoio. Miss Gibbons la congedò e versò lei stessa il tè. Mi porse una tazza. «Cosa avete scoperto?» chiese in un sussurro.

«Judith» scattò suo padre.

Lei serrò le labbra trementi.

«Non sappiamo a cosa si riferisca» disse Mr. Gibbons.

«Certo che lo sapete.» Matt lo ignorò e si rivolse a Miss Gibbons. «Non temete. Non siamo qui per perseguitarvi. Desideriamo soltanto trovare suo figlio. Sembra sempre più probabile che la sua scomparsa sia legata alla magia e a una particolare mappa magica che ha realizzato per un cliente.»

Mr. Gibbons incrociò lo sguardo della figlia. Non sembrava più sicuro di sé; piuttosto, pareva un uomo a disagio. Chiaramente non era abituato a discutere di magia con degli estranei. Considerando come le gilde trattavano coloro che avevano abilità magiche, non c'era da stupirsi. Essendo lui stesso un cartografo, doveva aver tenuto segreta la propria magia per anni, per non farsi notare.

«Sappiamo che Daniel ha ereditato il suo dono magico da voi» dissi.

Mr. Gibbons scosse la testa verso la figlia, avvertendola di non parlare.

«Papà, possiamo parlare con loro. Se non lo facciamo...» Deglutì. «Se non lo facciamo, potremmo non trovare mai Daniel.»

Mr. Gibbons sembrò sul punto di intimarle di tacere, ma poi i lineamenti del suo viso si ammorbidirono. Annuì.

«Non è un dono.» Miss Gibbons si asciugò gli occhi con il fazzoletto. «È una maledizione. E non l'ha ereditata da me.»

«L'ha presa da me» disse il signor Gibbons. «Mia figlia non è magica.»

«Ha saltato una generazione?» sbottai.

Mr. Gibbons chinò il capo. «Cosa ne sapete di magia?»

«Molto poco.»

«Come me. Ma so che, sebbene sia un tratto ereditario, è comune che salti una generazione o due prima di riapparire.»

«Tenete segreta la vostra magia al mondo esterno» disse Matt. «Chi ne è a conoscenza?»

«Nessuno. Mio padre mi avvertì, fin da piccolo, di tenerla segreta. Anche lui era magico, e sapeva in prima persona cosa succedeva ai maghi se i membri della gilda venivano a sapere delle loro abilità. A un suo amico fu revocata l'iscrizione alla gilda. Senza l'iscrizione, dovette rinunciare al suo negozio. Aveva fatto il cartografo per tutta la vita e non riuscì a trovare altro lavoro in città. Perse gli amici e i suoi figli soffrirono la fame, si ammalarono e morirono. Fece appello contro la decisione, più e più volte, sostenendo di non aver fatto nulla di male. Sei mesi dopo, fu trovato morto.»

Sussultai.

«Come morì?» chiese Matt.

«Ufficialmente, si tagliò la gola.» Mr. Gibbons scosse la testa. «Ma mio padre non riusciva a capire perché un uomo mancino avesse tenuto il coltello nella mano destra per togliersi la vita.»

Oh, mio Dio.

Miss Gibbons scoppiò in lacrime. Suo padre la guardò e strinse le labbra. Mi spostai per sedermi accanto a lei e le misi un braccio intorno alle spalle. Era difficile consolarla quando tutto ciò a cui riuscivo a pensare era il cartografo magico assassinato, forse dalla sua stessa gilda.

«Sicuramente cose del genere non accadrebbero oggigiorno» dissi guardando Matt, in cerca di sostegno.

Lui annuì e mi rivolse un piccolo sorriso, che non mi rassicurò.

«Se la pensa così, allora è molto ingenua, Miss Steele» disse Mr. Gibbons. «La gilda è un nido di vipere, pronte a colpire chi è migliore di loro. Vogliono mantenere le posizioni, i clienti e la loro reputazione, e per farlo devono sradicare tutti i maghi. Dopotutto, chi andrebbe da un semplice cartografo quando può andare da un mago in grado di creare una mappa reattiva?»

«Reattiva?» fece eco Matt.

«Una mappa magica rivela luoghi e percorsi visibili solo all'uomo che l'ha commissionata e al mago che vi ha infuso la magia, naturalmente. E solo per un breve periodo.»

«Qualcuno alla gilda sapeva che Daniel era magico?»

«Non l'ho mai detto loro, né avrebbe potuto farlo lui. Non sapeva di esserlo.»

«Avresti dovuto» balbettò la madre, con le lacrime che le scorrevano lungo le guance. «Avresti dovuto avvertirlo, come tuo padre avvertì te. *È tutta* colpa tua.»

Il viso del signor Gibbons divenne cinereo. «Volevo solo proteggere il ragazzo. Pensavo che per lui sarebbe stato più sicuro intraprendere un mestiere diverso, magari entrare in polizia, come voleva suo padre. Quando scoprii che aveva ereditato la mia magia, tenni lontano da lui tutte le mappe e gli strumenti per la cartografia. Speravo che avrebbe coltivato altri interessi..» Abbassò la testa. «Ma non fu così, e quando seppi che creava mappe in segreto era già troppo tardi. Disse che voleva fare l'apprendista da un cartografo della gilda. Mi opposi ma suo padre insistette.» Le sue labbra si torsero in un ghigno. «Munro è uno sciocco.»

«Lui non conosceva i pericoli perché *tu* non gli hai mai parlato della magia di Daniel» gemette Miss Gibbons. «O della tua.»

«Non mi avrebbe creduto. Gli uomini come Munro non credono. Negano e ignorano, anche quando le prove vengono presentate loro. Dirlo a Munro non avrebbe causato altro che scherno e ridicolo. E questa famiglia ne ha già sopportato abbastanza per mano sua. Basta, Judith. Basta.»

«Avrebbe potuto salvare Daniel» disse lei debolmente.

«Ne dubito» dissi. «Daniel chiaramente amava creare mappe. Ce l'aveva nel sangue. La sua abilità sarebbe stata scoperta dai membri della gilda, prima o poi.»

«Pensate che siano stati loro, non è vero? Pensate che abbiano preso mio figlio?» Si premette il fazzoletto sul naso, scossa dai singhiozzi.

«Non lo sappiamo.»

«La gilda era a conoscenza che lei possedeva abilità magiche?» chiese Matt a Mr. Gibbons.

«Gliel'ho tenuto nascosto,» disse lui, «come mi raccomandò di fare mio padre. Non ho mai usato la mia magia per creare una mappa. Mai. Se l'avessi fatto, avrei potuto creare pezzi meravigliosi, come Daniel. Ma non osai rischiare.»

«Ci parli del fatto che le mappe magiche funzionano solo per un breve periodo» dissi, incuriosita che il tempo giocasse un ruolo nella magia di una mappa. Colsi lo sguardo di Matt su di me e mi voltai dall'altra parte. Sapeva perché lo chiedevo e non volevo leggere disapprovazione nei suoi occhi. Non voleva che parlassi della mia magia con nessuno.

Mr. Gibbons si strinse nelle spalle. «Non c'è niente da dire. Mio padre mi disse che la magia è fugace. Le mappe prendono vita per mostrare un percorso o un luogo nascosto, ma solo per ore o forse per qualche giorno. Dopodiché, non succede più.»

A meno che non vi fosse infusa la magia di un orologiaio, forse. L'orologio di Matt possedeva sia la magia di Chronos sia quella del dottore che gli aveva salvato la vita. La magia del tempo estendeva la vita della magia del dottore. Poteva funzionare allo stesso modo per qualsiasi tipo di magia combinata con quella di un orologiaio?

«Conoscete altri maghi?» domandò Matt.

Sia Mr. Gibbons che Miss Gibbons scossero la testa.

«Posso dare un'occhiata alla stanza di Daniel?»

«Se proprio deve.» Mr. Gibbons ci condusse su per le scale fino alla stanza del nipote. «La polizia l'ha già perquisita, così come noi. Non troverete nulla.»

Non era una casa grande, ma era abbastanza confortevole e sospettai che fosse migliore di quella che un semplice cartografo avrebbe potuto permettersi. Era certamente meglio della casa che io e mio padre avevamo sopra il negozio. Forse il commissario Munro provvedeva al loro benessere per permettere a suo figlio di avere una buona sistemazione.

La camera da letto era ricavata nel sottotetto. Matt dovette chinarsi per entrare. Controllammo sotto il letto, negli armadi, nei cassetti, sotto il materasso e il tappeto, la parte inferiore di sedie e scrivanie. Non trovammo nulla di sospetto o di interessante.

«Ha menzionato qualcosa riguardo al cliente, McArdle, che gli ha commissionato una mappa speciale?» chiese Matt mentre tornavamo di sotto.

Entrambi scossero la testa. «Intende dire che la commissione è stata fatta direttamente a lui?» chiese Mr. Gibbons. «O tramite il suo maestro?»

«Direttamente.»

Padre e figlia si scambiarono un'occhiata. «Come ha fatto a

scoprire che Daniel possedeva capacità magiche?» chiese Miss Gibbons, premendosi le dita sulle labbra tremanti.

«Una dannata ottima domanda» disse Mr. Gibbons. «E un'altra domanda... come ha imparato Daniel a fare mappe magiche? Non è stato certo da me.»

«Potrebbe essere stato lo stesso signor McArdle,» dissi, «o qualcuno che conosce.»

«L'avete interrogato?»

«Stiamo per andare a farlo» disse Matt.

La signorina Gibbons strinse il braccio di Matt con una mano, e tenne il fazzoletto sulla guancia con l'altra. «Ritrovi mio figlio, signore. La prego. La supplico.»

«Faremo del nostro meglio, Miss Gibbons.»

Tornammo alla carrozza in attesa e Bryce ci condusse all'indirizzo a Chelsea, non molto lontano.

«È stato un errore non dire a Daniel della sua magia» dissi. «Avrebbe dovuto saperlo per potersi proteggere.»

Matt si limitò a osservarmi attentamente da sotto le ciglia semi abbassate, venate da linee rosse simili a ragnatele.

«Lo so,» dissi con un sospiro. «Sono consapevole che mio padre non me l'ha detto, anche se molto probabilmente lo sapeva.»

«Non possiamo esserne sicuri.»

«Anche se non era magico, suo padre o suo nonno dovevano esserlo stati. Magari gli era stato detto, a un certo punto, nel caso in cui lui — o io — avessimo sviluppato l'abilità. Avrebbe dovuto dirmelo.»

«Non dargli tutta la colpa» disse Matt con dolcezza. «Se da piccolo non ha mostrato alcuna abilità magica, forse tuo nonno ha accantonato la cosa. Forse aveva intenzione di dirglielo quando avrebbe avuto figli, ma la sua morte prematura glielo ha impedito.»

«Suppongo.» Mi strofinai la fronte. «È tutto così strano, Matt. Non voglio essere magica se questo comporta un pericolo. Meno male che il mio potere è molto debole.»

«Lo è?»

Alzai lo sguardo. «Cosa intendi?»

«Il tuo orologio ha folgorato un uomo, facendogli perdere i sensi. Un altro orologio a cui hai lavorato ha deviato per colpire un uomo alla testa. Sono imprese notevoli e, finora, nessuna delle persone magiche con cui ho parlato ha riportato avvenimenti del genere.»

Cercai di ridere, ma fu una risata debole. «Non riesco a immaginare una mappa che uccida qualcuno.»

Lui sogghignò. «Il globo di bronzo della gilda potrebbe fare dei bei danni.» Allungò la mano oltre lo spazio tra noi e la posò sulla mia. «Non ti accadrà nulla di male, India. Me ne assicurerò io.»

«Grazie.»

«Ma devi fare in modo che il tuo segreto resti tale, un segreto. Abercrombie e gli altri membri della gilda possono sospettare che tu sia magica, ma ciò non significa che tu debba dimostraglielo.»

«Lo dirò alle persone solo quando sarà necessario.»

«O per niente.» Mi strinse la mano. «Ora riprendiamo i nostri ruoli di Mr. e Mrs. Prescott e vediamo cosa possiamo scoprire da McArdle.»

* * *

McArdle viveva in affitto in un'ordinata casa di mattoni rossi a Chelsea, dalla signora Dawson, una vedova sulla sessantina i cui abiti sarebbero stati l'apice della moda vent'anni prima. Sfortunatamente, aveva saldato l'affitto ed era partito proprio il giorno prima, portando via con sé le sue cose.

Matt sembrava sul punto di esplodere nel linguaggio più colorito imparato nel selvaggio West, quindi mi intromisi io. «Cosa può dirci di lui?» chiesi alla padrona di casa.

La signora Dawson sollevò il mento nello stesso modo in cui faceva la Miss Glass quando si impuntava. «Perché?»

Matt tirò fuori delle monete dalla tasca. «Rispondete alla domanda.»

Lei tese la mano e lui le fece cadere le monete sul palmo. «Stava per conto suo» disse. «Usciva ogni giorno, ma non mi diceva dove, e io non glielo chiedevo.»

«Ha mai menzionato mappe o cartografi?»

«No.»

«Ha menzionato di aver avuto una discussione con qualcuno?» chiese Matt.

«Tornò a casa un pomeriggio di pessimo umore, borbottando a proposito di un ragazzo presuntuoso.»

«Quanto si arrabbiò?» chiesi. «Colpì oggetti, li lanciò?»

«Non era un uomo violento. Era abbastanza piacevole, semplicemente se ne stava per conto suo.»

«Di dov'era?»

«Era britannico, ovviamente.» Si premette una mano sul petto, un'espressione inorridita sul volto. «Permetto solo a inglesi perbene di alloggiare in casa mia. Gli stranieri non sono i benvenuti.»

«Noi americani non dobbiamo neanche provarci?» chiese Matt, caricando molto il suo accento.

Lei gli rivolse un sorriso tirato. «Potrei fare un'eccezione per un gentiluomo come voi.» Fece cenno con lo sguardo alla tasca da cui lui aveva preso i soldi.

«Da quale parte dell'Inghilterra veniva il signor McArdle?» chiesi. «Aveva un accento?»

«Non che io abbia notato. Non mi ha menzionato città, contee o villaggi. Non so da dove venisse.» Lanciò un'occhiata oltre di noi, poi si avvicinò. «C'è un'altra cosa. Qualcosa che ha lasciato. Come sua padrona di casa, mi sentirei malissimo se mi scrivesse per chiedermi di spedirgliela e io non riuscissi a trovarla, ma a volte, le piccole cose si perdono.»

Non capii. Ce l'aveva o no?

Matt le passò altre monete. Lei ne controllò la quantità, poi le intascò e ci fece segno di seguirla su per le scale. Fissai la sua schiena, un po' costernata dalla sua doppiezza. Poteva vestirsi e parlare da snob, ma era disperata quanto, be', quanto lo ero stata io per quei pochi giorni prima di andare a lavorare per Matt.

Ci condusse nel suo piccolo salotto e aprì il kit da cucito. «Ho trovato questo sul pavimento, sotto il comò nella sua camera da letto. Deve esserci rotolato.» Lasciò cadere un piccolo oggetto rotondo di metallo sulla mano di Matt.

Lui lo ispezionò, girandolo un paio di volte. «È un bottone

d'oro» disse seccamente. «Non vi ho pagata per darmi uno dei bottoni di McArdle.»

Lei si limitò a stringersi nelle spalle.

«Posso vedere?» chiesi.

Mi mise il bottone in mano e io inspirai con un respiro affannoso.

«Cos'è?» chiese lui, accigliato.

Il mio sguardo si incrociò con il suo. «È caldo.»

CAPITOLO 6

Portammo il bottone con noi e lo ispezionammo in carrozza, sulla via del ritorno. «È di certo un calore magico» dissi. «Non deriva dal tocco umano o dal sole. Sto iniziando a imparare la differenza.»

Il vecchio metallo si era notevolmente opacizzato e parte del disegno si era consumato con il tempo. Il bordo non sembrava essere mai stato perfettamente rotondo, ma piuttosto battuto con un attrezzo grezzo fino a ottenere una forma circolare. Un piccolo gambo di un metallo diverso era stato attaccato sul retro, e chiaramente non faceva parte del bottone originale.

«C'è un'iscrizione» dissi, tenendolo vicino al finestrino per avere più luce. «Ma non riesco a leggerla. C'è anche un'immagine, ma non è chiara.»

Matt si sporse per guardare meglio, premendo il suo braccio contro il mio. «Non la distinguo neanch'io.»

«Quindi da qualche parte c'è anche un mago specializzato in bottoni.»

«O un fabbro. Molto probabilmente è morto. Questo bottone è vecchio.»

Lo lasciai cadere nella mia borsetta. «Mi chiedo a cosa servano i bottoni magici.»

«Ad abbottonarsi i vestiti senza bisogno di mani umane?» disse lui con noncuranza.

«Capisco come potrebbe essere utile. Potrei sistemarmi i capelli mentre la giacca si abbottona da sola. Risparmierei, oh, qualche secondo di fatica.»

«Risparmiare svariati secondi nella propria giornata è una cosa utile, in particolare per una persona a cui piace tenersi occupata e rendere conto di ogni minuto della sua giornata.»

Sbattei le palpebre, guardandolo. «Ti stai riferendo a me?»

Lui sollevò una spalla, ma la scintilla maliziosa nei suoi occhi mi diede la risposta.

«Non ho bisogno di rendere conto di ogni minuto della mia giornata, grazie. Anche se mi piace tenermi occupata, questo te lo concedo.»

«Sai, controlli spesso l'orologio.»

«Non più di chiunque altro.»

«Se sei vicino a una pendola, invece, controlli quella.»

«Adesso stai dicendo sciocchezze. Non sono ossessionata dal tempo.»

Lui non disse nulla, ma il suo sorriso si allargò.

«Te lo dimostrerò.» Aprii la borsetta e gli porsi l'orologio. «Puoi tenerlo per un giorno. Non mi disturba affatto.»

«Molto bene. E a casa girerò tutte le pendole.»

Lo guardai infilare il mio orologio in tasca e cercai di non preoccuparmi. Quell'orologio mi aveva salvato la vita. Dovevo davvero separarmene? E se fossi stata attaccata di nuovo?

«Ne avrò molta cura» disse lui. «E sarai con me per tutto il tempo, quindi non avrai bisogno delle sue proprietà magiche per salvarti.»

Mi torturai le dita in grembo. «Se lo perdi, dirò a Lady Rycroft che ti sei messo in testa di sposare sua figlia.»

«Quale? Ti prego, dimmi Charity. Sembra il tipo di ragazza che si troverebbe bene in California con la mia famiglia.»

Risi e gli diedi una gomitata. Il suo sorriso si affievolì e lo sguardo si fece serio mentre mi fissava più a lungo di quanto fosse appropriato. Poi sbadigliò.

Quando arrivammo a casa, Bristow consegnò a Matt un biglietto. Il volto di Matt, già un po' grigio, impallidì ulteriormente. Lo strinse per lunghi istanti, poi lo piegò e se lo mise in tasca.

«C'è qualcosa che non va?» chiesi.

«È da parte di Munro, chiede un aggiornamento sulla nostra indagine.»

«Se è solo questo, perché sembri così preoccupato?»

Lui sorrise all'improvviso. «Non lo sono. Solo stanco.»

Non gli credetti neanche per un momento.

A Bristow disse: «La prego, giri tutte le pendole della casa verso il muro.»

Bristow non batté ciglio a quella strana richiesta. Io, invece, alzai gli occhi al cielo. «Non mi disturba minimamente non sapere che ore sono.»

«Bene.»

«Adesso puoi smetterla di sorridere in modo così compiaciuto.»

«Lo farò, domani, se mi dimostrerai che ho torto e che il tempo non è importante per te.»

«Sei un uomo impossibile.»

«Se questa è la cosa peggiore che puoi rinfacciarmi, allora sono contento.»

Mi allontanai a grandi passi, incerta se fossi arrabbiata con lui o se volessi ridere alle mie stesse spalle. A volte era davvero sconcertante.

Matt si unì a noi per cena dopo aver riposato, così come Cyclops, Duke e Willie, di ritorno dai loro compiti assegnati. Con la presenza di Miss Glass, evitammo di aggiornarci finché lei non andò a letto. Alla fine ci diede la buonanotte a... a un'ora tra le nove e le nove e mezza. Forse.

«DuPont non è tornato» disse Willie, accomodandosi sulla poltrona del salotto con la sua pipa. «Non credo che lo farà.»

«Maledizione» mormorò Matt.

Duke aprì una finestra e guardò male Willie. «Miss Glass sentirà l'odore del fumo domattina, lo sai.»

Lei soffiò un anello di fumo nella sua direzione.

«Cyclops?» chiese Matt. «Hai qualcosa da riferire?»

«Sì. C'è qualcosa di strano che succede alla gilda.»

Matt si sporse in avanti. «Che genere di stranezza?»

«Difficile a dirsi. Il tesoriere è tornato di nuovo, oggi, quando non ce n'era bisogno.»

«Mr. Onslow.» Annuii. «Lo abbiamo incontrato, insieme al suo apprendista, Ronald Hogarth.»

«L'apprendista ora lavora per Duffield» disse Cyclops. «Onslow se ne lamentava con il vecchio lacchè. A quanto pare, Duffield glielo ha rubato questo pomeriggio.»

«Come si ruba un apprendista?» chiese Duke.

«Pagandolo di più. Onslow si lamentava di non potersi permettere di eguagliare l'offerta di Duffield, e il ragazzo ha colto al volo l'occasione di lavorare per il maestro della gilda. Non è questa la parte sospetta.» Cyclops fece roteare il brandy nel bicchiere e allungò i piedi nudi verso il fuoco. «Oggi ha incontrato un uomo alla gilda. L'uomo non ha dato il suo nome al lacchè, ma Onslow lo conosceva bene. Hanno parlato sottovoce nell'atrio, poi sono spariti in un ufficio con l'ordine di non essere disturbati. Quando non ho rispettato gli ordini e li ho disturbati, erano chini sul registro di tesoreria. Un registro che, come ho scoperto più tardi, non lascia mai le mani di Onslow. Secondo i servitori a cui ho chiesto, nessun altro guarda quel registro, nemmeno il maestro della gilda. A quanto pare si fida di Onslow e non si interessa di cifre.»

«Cosa pensi che stia combinando?» chiesi.

«Molto probabilmente, sta rubando dalla tesoreria della gilda» disse Willie.

«È abbastanza facile da fare» disse Duke.

Cyclops annuì. «Soprattutto se nessun altro vede il registro, ma anche in quel caso, il denaro può essere nascosto in bella vista.»

Sbattei le palpebre, guardandoli a turno. «Parlate come se aveste esperienza in materia.»

Duke e Cyclops non incrociarono il mio sguardo, mentre Willie sfoggiò un ghigno attorno alla pipa. «Noi non abbiamo l'aureola come te» disse. «Non offenderti, India.»

Ricambiai il suo sorriso. «Ce l'hai, un'aureola. L'ho vista. Solo che fingi che non ci sia. Non offenderti, Willie.»

Lei grugnì, ma il suo sorriso rimase.

Matt si schiarì la gola. «Mi chiedo se il tizio che Onslow ha incontrato sia un cliente.»

«O se abbia qualcosa a che fare con la scomparsa di Daniel»

aggiunse Duke. «Forse sta pagando anche lui per una mappa magica, ma in via non ufficiale.» Il suo viso si illuminò e si sollevò a metà dalla sedia. «Magari Onslow ha rapito Daniel e lo tiene da qualche parte, costringendolo a creare mappe magiche per clienti speciali disposti a pagare profumatamente.»

Era una teoria valida e, a giudicare dai cenni di assenso, non ero l'unica a pensarla così. «Dovremmo indagare su Onslow e forse seguirlo» dissi. «Se tiene Daniel da qualche parte, dovrà pur andarlo a trovare di tanto in tanto.»

«Lo seguirò io» disse Duke.

Matt scosse la testa. «Ho bisogno che tu e Willie condividiate i compiti alla fabbrica di Worthey, almeno finché non saremo del tutto sicuri che DuPont non tornerà.»

«Seguirò io Onslow» dissi. «Non c'è bisogno che tu e io indaghiamo insieme. Potremmo anche dividerci e—»

«No. Non ci divideremo. Se ti succedesse qualcosa...» Tracciò un taglio nell'aria con la mano. «Non ci divideremo. Non suggerirlo di nuovo.»

Mi raddrizzai e squadrai le spalle. «È perché sono una donna? Pensi che sia incapace di seguire qualcuno senza essere notata?»

«No. Ti credo incapace di proteggerti da qualcuno che voglia farti del male.»

«Vuoi aggiungere un "senza offesa" per addolcire la pillola?»

Lui fece una smorfia. «Mi dispiace, India, ma no. Non m'importa se questo ti offende o no. Sono responsabile per te, ora che vivi e lavori qui.»

Stavo per ribattere che non era responsabile per me, quando Willie intervenne per prima. «Non è perché sei una donna. È perché non sai combattere come un uomo. E non porti con te Mister Colt come faccio io.»

«Potrei portare una pistola, se volessi.»

«Ma non la useresti.»

Lì mi aveva in pugno. Con un sospiro di rassegnazione, annuii. «Molto bene. Lavoreremo insieme.»

Matt mi osservò ancora per un momento, poi alla fine disse: «Bene. Cyclops, continua alla Gilda dei Cartografi, ma fai attenzione. Fammi sapere se succede qualcos'altro, o se scopri l'identità di quell'uomo.»

Raccontammo loro quello che avevamo saputo dalla famiglia di Daniel e mostrammo il bottone della padrona di casa di McArdle. Nemmeno loro riuscivano a immaginare un uso per un bottone magico. Sembrava non avere alcuno scopo, soprattutto se la magia durava solo per breve tempo, come le altre magie.

«Pensi che la tua magia del tempo possa essere estesa su questo bottone e fare durare la sua più a lungo?» chiese Cyclops, restituendomi il bottone.

«Non lo so» dissi. «Non che importi, visto che non so come fare. Anche se lo sapessi, perché mai qualcuno vorrebbe fare una cosa del genere per un bottone?»

«Allo stesso modo, perché mai qualcuno vorrebbe un oggetto magico se la magia è fugace?» disse Matt, toccando la tasca dove teneva l'orologio. «Per quanto ne so, la maggior parte della magia è inutile senza longevità.»

«Tranne la magia della cartografia. Anche se la magia durasse solo pochi minuti, il percorso nascosto diventerebbe comunque visibile abbastanza a lungo da permettere a qualcuno di memorizzarlo.»

Lui annuì pensieroso.

«Dobbiamo trovare Daniel» dissi, greve. «La sua povera madre è così sconvolta. E anche Munro, immagino.»

«Ricominceremo da capo domani seguendo Onslow.» Si alzò e ci diede la buonanotte.

Diedi un'occhiata alla pendola sulla mensola del camino, dimenticando che era stata girata verso il muro. Lui se ne accorse e sorrise. Se fossi stata una bambina, gli avrei fatto la linguaccia. Invece, sollevai il mento.

«Qualcuno vuole giocare?» chiese Duke dopo che Matt se ne fu andato. Tirò fuori carte e fiammiferi dal cassetto del tavolo da gioco.

Willie fece una smorfia. «Io no. Non è divertente quando la posta in gioco non è reale.»

«E tu cosa farai? Leggerai un libro?» Sbuffò.

«Potrei.» Tirò fuori la pipa. «India, quale mi consigli?»

Le porsi *I tre moschettieri*, che avevo preso in prestito dalla biblioteca di Matt ma che non avevo ancora iniziato. «Prova questo. Ho sentito dire che è piuttosto divertente.»

«Ci sono battaglie e un sacco di sangue?»

«Lo spero proprio. Noi innocenti dobbiamo pur divertirci in qualche modo.»

Lei ridacchiò.

«India?» chiese Duke. «Vuoi giocare?»

«Credo che mi ritirerò. Buonanotte.»

Invece di andare direttamente nella mia camera, mi diressi verso quella di Matt e bussai piano alla sua porta. Lui aprì e io deglutii a fatica, costringendomi a incrociare il suo sguardo e a non guardare il suo petto nudo. Non fu un'impresa facile.

Si fece da parte e mi indicò di entrare.

«No, grazie» dissi con voce affettata. Feci una smorfia. Sembravo esattamente la bigotta ingenua di cui Willie mi accusava di essere.

Lui appoggiò l'avambraccio contro lo stipite della porta e incrociò le gambe alle caviglie. «Dev'essere importante» disse con voce strascicata. «Sei venuta a vedere che ore sono?»

«Molto divertente. Lo sai che potrei semplicemente girare una delle pendole, se volessi.»

«Ma non lo farai perché sei una persona onorevole.»

«Non *così* onorevole. Non lo farò perché sospetto che mi scopriresti. Hai la tendenza a spuntare alle spalle della gente.»

Fece un ghigno decisamente malizioso. Non gli importava minimamente di essere seminudo. Avrei dovuto saperlo, basandomi sull'esperienza precedente. Nonostante avessi già visto il suo fisico impressionante, non me ne stancavo. Questa volta, però, decisi di non cedere alla tentazione e di non restare a bocca aperta. Non era da signora fargli sapere che mi piaceva quello che vedevo.

«Vorrei davvero che tu non facessi quel sorrisetto» dissi, tenendo lo sguardo fisso sul suo e senza abbassarlo.

«Non sto facendo un sorrisetto, sto sorridendo. Sto sorridendo perché sembra che tu stia cercando di non sbattere le palpebre.»

Sbattei le palpebre.

«Non riesco a capire cosa tu abbia contro lo sbattere le palpebre» continuò. «Sei sicura di non voler entrare? Prometto di mettermi una camicia.»

Sollevai una spalla. «Non m'importa se lo fai o no. Sembri avere l'impressione che la tua nudità mi turbi. Non è così. Non sono certo una pivellina sensibile.»

Le sue labbra si contrassero. «Davvero? E allora perché non guardi sotto il mio mento?»

«Hai un bel mento, e non ho bisogno di guardare al di sotto. Si dà il caso che io preferisca incrociare lo sguardo della persona con cui sto parlando. Smettila di fare quel sorrisetto!»

Non la smise. «Allora?» chiese.

«Allora cosa?»

«Sei venuta nella mia stanza per una ragione. O era semplicemente per sorprendermi in déshabillé?»

Ebbi la netta sensazione di stare perdendo una battaglia alla quale non sapevo di partecipare finché non fu troppo tardi. «Sono venuta a chiederti del biglietto di Munro.»

Il sorrisetto svanì. Abbassò le braccia e le incrociò sul petto. «Cosa c'è da sapere?»

«Cosa c'era scritto?»

«Te l'ho detto. Voleva che lo aggiornassi sui nostri progressi. Domani andrò a trovarlo di persona.»

«Verrò con te.»

«No.»

«Pensavo che saremmo rimasti insieme durante la nostra indagine» dissi, rinfacciandogli le sue stesse parole.

«Tu puoi rimanere qui mentre esco. Ti passerò a prendere quando avrò finito.»

«Matt, cos'altro c'era in quel biglietto? Non mentirmi» dissi prima che potesse parlare.

Le sue sopracciglia si aggrottarono. «Non credo di averti mai mentito.»

«Forse non mentire, ma so che cercherai certamente di evitare di rispondere. Come stai facendo ora. Allora? Cosa c'era in quel biglietto?»

Lui distolse lo sguardo.

«Permettimi di leggerlo.»

Squadrò le spalle. «Mi stai dando ordini adesso? Mi sembra di ricordare che sono *io* a dare lavoro a *te*.»

«Ti ho salvato la vita. Credo che questo mi dia certi privilegi.»

Lui rise. «Sei una donna formidabile.»

Altri uomini avrebbero potuto considerarlo un tratto negativo, come di certo avevano fatto Eddie e i fratelli della mia amica Catherine Mason. Ma Matt ne era divertito. Era bello piacere per come ero e non dover nascondere sempre la mia schiettezza sotto una facciata di cortesia.

«Dopotutto è meglio che tu entri» disse.

«Ma qualcuno potrebbe vedere.» Guardai su e giù per il corridoio. Non c'era nessuno in giro, ma qualcuno avrebbe potuto salire le scale da un momento all'altro e vedermi entrare o uscire dalle sue stanze. Già vivevo in bilico sul baratro della rispettabilità abitando in casa di Matt, ma almeno sua zia non pensava ci fosse nulla di sordido nell'accordo. Non volevo che la sua opinione su di me peggiorasse.

«Lo sai che potrei prenderti in carrozza quando siamo soli, se volessi.»

«Perché credi che tenga le tendine aperte?»

Lui rise. «Allora aspetta qui.»

Sorrisi mentre voltava le spalle. Non solo perché mi piaceva ammirare i fasci di muscoli sulle sue spalle e la forma a V della parte superiore del suo corpo, ma anche perché mi piaceva la sua compagnia quando era così. Poteva anche farsi un po' gioco di me, ma non mi dispiaceva, e mi piaceva pensare di fare lo stesso con lui.

«Lo sapevo,» disse, voltandosi e sorprendendomi a fissarlo. «Sapevo che in segreto volevi guardarmi nudo.»

«Dovevo pur guardare qualcosa, visto che che ti eri girato. Era una lotta tra la tua schiena e il pavimento.»

«E la mia bella schiena ha vinto.»

«Avrei dovuto scegliere il pavimento,» dissi, accettando il biglietto. «Non è così arrogante da pensare di essere una distrazione.» Lessi il biglietto mentre lui attendeva, di nuovo con le braccia conserte. Dovetti leggerlo due volte perché non avevo afferrato tutto la prima volta.

Era effettivamente del Commissario Munro, e chiedeva un aggiornamento sulla nostra indagine. Tuttavia, proseguiva menzionando che un uomo, il quale sosteneva di essere uno sceriffo americano, gli aveva fatto visita e lo aveva messo in guardia dal fidarsi di Matt. Munro non diceva se credeva all'uomo o meno, ma pensai che il fatto che lo avesse informato giocasse a favore di Matt.

Piegai il biglietto e glielo resi. «Dev'essere lo sceriffo che hai scoperto che ti ha seguito fin qui.»

«Payne. È corrotto, e questo lo rende più pericoloso della maggior parte dei fuorilegge, perché può letteralmente farla franca anche con un omicidio. Mi vuole morto perché sono l'unico a sapere che è corrotto.»

«Gli altri uomini di legge non ti credono?»

Scosse la testa. «Neanche quelli onesti che mi assumono. Payne ha coperto bene le sue tracce. Per ogni crimine di cui l'ho accusato, ha ribattuto con una ragione valida per spiegare le sue azioni.»

«Perché dovrebbe venire fin qui per prenderti?»

«Qui ho meno amici, in particolare nelle forze di polizia.»

«Farai meglio a fare attenzione a chi ti segue.» Rabbrividii, ricordando i problemi che avevamo avuto con il Dark Rider. Il fuorilegge ci aveva seguiti fin qui, era entrato in casa, aveva stretto amicizia con me e aveva tentato ogni sorta di tranello per ferire Matt. Sembrava che tutto stesse per ricominciare.

Mi prese la mano e la strinse. «Non sarà sfacciato come il Dark Rider,» disse gentilmente. «È troppo rischioso, e a lui non piace il rischio. Mantiene un basso profilo e usa metodi più subdoli per raggiungere i suoi scopi. È così che è riuscito a sfuggire all'attenzione degli uomini di legge onesti.»

«Sarà anche più subdolo, ma sei comunque in pericolo.» Posai l'altra mano sulla sua, intrappolandola. «Devi stare molto attento.»

«Anche tu. Abbiamo passato così tanto tempo insieme...» Al mio cipiglio, aggiunse: «Il Dark Rider ha presunto che tu fossi speciale per me. Lo sceriffo Payne potrebbe fare lo stesso.»

«Oh. Sì, certo. Ma non è una scusa per lasciarmi indietro e continuare l'indagine senza di me.»

«Non oserei.»

«Non credo che dovresti restare da solo in questo momento. L'unione fa la forza.»

«Sissignora.»

«Matt, sono seria.»

Si sporse in avanti e mi baciò sulla fronte. Fu un bacio leggero e casto, durato meno di un secondo, ma che mi scombussolò comunque i nervi. «Apprezzo la tua preoccupazione.»

Il bacio mi tolse letteralmente il fiato, così non riuscii a rispondere, rimanendo lì come una stupida, con la sua mano intrappolata tra le mie.

«Buonanotte, India.» Lanciò un'occhiata lungo il corridoio verso le scale. «Dovresti andare a letto.» Liberò la mano, mi fece un sorriso tirato e chiuse la porta.

«Buonanotte, Matt.»

* * *

La mattina seguente arrivò un invito a cena da Lord e Lady Rycroft, ma solo per Matt e Miss Glass. L'unica persona a cui la cosa diede fastidio fu Matt. Io ero piuttosto contenta di non dover sopportare un altro impegno sociale con le ragazze Glass e i loro genitori.

«Non parteciperò a meno che non siamo tutti invitati,» disse a sua zia quando lei glielo presentò.

Miss Glass piegò lo spesso cartoncino color crema a metà e passò l'unghia del pollice lungo la piega. «Non essere assurdo. Questa è l'Inghilterra, Matthew. Che ti piaccia o no, qui facciamo le cose in un certo modo. Non c'è motivo di prendersela. India e Willie non se la sono presa.»

«A te non piace nemmeno la famiglia di tuo fratello,» dichiarò lui. «Né desideri che mi leghi in matrimonio a nessuna delle tue nipoti. Perché vuoi che ci vada?»

«Perché siamo una famiglia.»

Sembrò sul punto di protestare di nuovo, poi chiuse la bocca e sospirò pesantemente.

«Assicurati solo di non cadere vittima del fascino delle ragazze,» disse Miss Glass.

Willie ridacchiò. «Hanno del fascino? Dal modo in cui le hai descritte, Matt, non sembravano affascinanti.»

«Hope ha un certo non so che che piace ad alcuni uomini,» disse Miss Glass. «Ma è una piccola subdola volpe di cui non ci si può fidare. Se ti ritrovi seduto accanto a lei, devi conversare con la persona dall'altro lato, chiunque essa sia. Capito?»

«Sono abbastanza sicuro di aver detto che non ci vado,» le disse lui.

«Sappiamo entrambi che invece ci andrai.»

Willie sbuffò mentre lei e Duke indossavano i cappelli. «Mi dispiace quasi di perdermelo, adesso,» disse. «Potrebbe essere divertente vederti annegare in una conversazione noiosa.»

Matt si appellò a me. «Ti viene in mente qualcosa che potrebbe salvarmi?»

L'unica ragione che avrebbe potuto salvarlo era legata alla sua salute, ma non voleva che la zia sapesse della sua malattia. Scossi la testa. «Non dovresti andare? Si sta facendo tardi.»

Tirò fuori il mio orologio dalla tasca e aprì il coperchio con movimenti lenti e deliberati che senza dubbio avevano lo scopo di prendermi in giro. «È ancora presto. Ma hai ragione, dovrei vedere Munro. Buona mattinata, signore.» Mi rivolse un sorriso mentre riponeva il mio orologio in tasca. «Passate del bel *tempo*.»

Lo fulminai con lo sguardo, il che non fece altro che rendere il suo sorriso più smagliante.

Uscì con Duke e Willie. Cyclops era già andato alla sede della corporazione. Cercai di leggere nel salotto con Miss Glass, ma trovai difficile concentrarmi. L'orologio sulla mensola del camino mi invitava a girarlo. Occhieggiai Miss Glass, seduta sul divano con un ricamo in grembo. Avrebbe raccontato a Matt se avessi spiato l'ora?

Fui salvata dal mio dilemma da alcune visite. «Mrs. e Miss Haviland, madam,» annunciò Bristow. «Le ho fatte accomodare in salotto.»

Miss Glass lasciò cadere il ricamo e batté le mani. «Le Haviland! Che meraviglia. Non vedo la mia vecchia amica da un'eternità. Grazie, Bristow. Scenderemo tra un momento.»

«Scenderemo?» feci eco.

«Sei la mia dama di compagnia quando non sei l'assistente di Matthew. Andiamo.»

Due donne, che erano chiaramente madre e figlia a giudicare dai loro simili visi ovali e dagli occhi azzurri, si alzarono dal divano. «Letitia,» disse la madre con disinvoltura. «Che piacere rivederti. Quando ho saputo che vivevi qui con tuo nipote, ho capito che dovevo assolutamente farti visita.»

Intendeva dire che voleva vedere Matthew o Miss Glass? O entrambi?

Miss Glass salutò Miss Haviland e mi presentò. Mi furono offerti sorrisi educati e appena qualche sguardo fugace. Gli sguardi di entrambe le signore mi scivolarono oltre, verso la porta.

«È qui?» chiese Mrs. Haviland.

«Harry è all'estero, al momento,» disse Miss Glass.

Il cuore mi sprofondò. Miss Glass era di nuovo confusa, pensava che Matt fosse suo padre. Le donne Haviland si scambiarono un'occhiata.

«Il signor Matthew Glass è fuori,» dissi loro.

«Oh.» Mrs. Haviland guardò di nuovo la porta. In cerca di una via di fuga?

«Bristow sta portando il tè.»

«La vostra famiglia è molto amica dei Glass, Miss Steele?» chiese Mrs. Haviland.

«Ho conosciuto il signor Glass qualche settimana fa, mentre guardava degli orologi nel negozio di mio padre.»

Le labbra di Mrs. Haviland si strinsero. «Una negoziante? Oh. Che... interessante. Letitia, sai quando tornerà Matthew? Abbiamo una mattinata piena di visite, ma desideravo tanto conoscerlo.»

«Tornerà presto,» disse Miss Glass. «Sono sicura che anche a lui farebbe piacere conoscervi.»

Bristow arrivò con tè e torta. Miss Haviland allungò la mano per una fetta di torta, ma la ritrasse di scatto quando sua madre la fulminò con lo sguardo. Sorseggiò invece il suo tè con un'aria annoiata e affamata.

«Come siete graziosa, Miss Haviland,» disse Miss Glass. «Eravate solo una bambina l'ultima volta che vi ho vista.»

«Non vorrei sembrare presuntuosa,» disse Mrs. Haviland, «ma la mia Oriel ha molti talenti.» Sorrise a sua figlia. Oriel Haviland ricambiò il sorriso. «Sa cantare, suonare il pianoforte e l'arpa, disegnare, dipingere, cucire, ed è un'eccellente cavallerizza.»

«Santo cielo! C'è da meravigliarsi che un gentiluomo non vi abbia già accalappiata.» Non riuscii a capire se Miss Glass fosse seria o sarcastica. «Matthew sarà molto lieto di fare la vostra conoscenza, ne sono certa. Apprezza molto una signorina di talento, soprattutto se graziosa.»

«Per quanto tempo si fermerà a Londra vostro nipote, Miss Glass?» chiese Mrs. Haviland.

«Non tornerà in America.»

«Davvero? Abbiamo sentito voci contrastanti.»

«Voci?» feci eco. «Da chi?»

«Da tutti,» disse Oriel Haviland, parlando per la prima volta. «È l'argomento di discussione ovunque andiamo, non è vero, mamma?»

A quella notizia, Miss Glass si raddrizzò un po'. «Certo che lo è. Mio nipote è un ottimo gentiluomo. È alto, affascinante, intelligente, di buon carattere e molto bello.»

Le donne Haviland guardarono verso la porta ma, non vedendo entrare nessuno, sospirarono nelle loro tazze da tè.

Arrancammo in una conversazione educata per quella che giudicai essere meno di mezz'ora, per fortuna. Di più sarebbe stato penoso per tutte noi. Le Haviland chiaramente non erano interessate a Miss Glass, ma solo a Matt. La discussione tornava di frequente su di lui, a volte guidata da Miss Glass, altre da Mrs. Haviland. Sua figlia rimase per lo più in silenzio, anche se la sorpresi spesso a guardarmi.

Finalmente, Mrs. Haviland finì il suo tè e guardò l'orologio sulla mensola del camino. «Santo cielo, si è fatta quest'ora? Dobbiamo proprio andare.»

Guardai l'orologio, ma era ancora girato dalla parte sbagliata. Miss Haviland, vedendo il mio sorriso, arrossì.

«Vi prego di dire al signor Glass che siamo dispiaciute di non averlo incontrato,» disse sua madre. «Dovete venirci a trovare, Letitia, con vostro nipote, naturalmente. Sarete entrambi i benvenuti. Venite presto. Oriel starà sulle spine finché non conoscerà il vostro intrigante nipote, non è vero, mia cara?»

«Sì, mamma.»

Miss Glass tirò il cordone del campanello e Bristow arrivò per accompagnare le Haviland alla porta.

«Che ragazza affascinante,» disse Miss Glass una volta che furono fuori portata d'orecchio.

«Come fa a saperlo?» dissi. «Ha a malapena aperto bocca.»

«È proprio questo che la rende così affascinante. Nessuno vuole ascoltare il chiacchiericcio di sciocche ragazzine. Mi chiedo se abbia davvero tutti i talenti che sua madre sostiene. Non è possibile, vero? Nessuno è bravo in *tutto*.»

«Non definirei musica, arte ed equitazione 'tutto'. E il suo ingegno? È ben informata? È in grado di sostenere una conversazione interessante?»

Miss Glass sbuffò. «Onestamente, India, a volte ti piace proprio essere difficile. Sarebbe una sfortuna per Matthew se fossi tu a sceglierli una sposa.»

«Avevo l'impressione che volesse scegliere da solo la propria sposa. Anzi, ha detto che al momento non ne sta cercando affatto.»

Lei fece un gesto con la mano mentre si sedeva. «Tutti gli uomini lo dicono, eppure tutti si sposano, non è vero? Vieni. Leggimi qualcosa mentre riposo gli occhi.»

Le lessi per quello che mi parve un'eternità, finché Bristow non annunciò un'altra visita. Questa, però, era per me.

«Catherine!» Abbracciai forte la mia amica. «È così bello vederti. Mi sei mancata terribilmente.» Fu solo dopo averlo detto che mi resi conto di quanto fosse vero. Da quando ero andata a vivere con Matt, sentivo come se la mia vita si fosse divisa in due parti distinte: prima della morte di mio padre e dopo. Prima della sua morte, avevo vissuto un'esistenza spensierata, felice e senza eventi. Dopo, ero stata inseguita, accusata di furto, avevo scoperto di poter essere magica, avevo rischiato di venire uccisa e visto con i miei occhi quanto crudele potesse essere l'élite di Londra. Catherine era un legame con la mia vecchia vita, un tempo in cui mi ero sentita al sicuro, accolta e amata. Anche se mi piacevano Matt e i suoi amici, non sentivo di appartenere davvero alla sua casa e alla sua vita. I miei pensieri malinconici mi portarono le lacrime agli occhi e distolsi lo sguardo.

Non prima che Catherine le vedesse. «India, che succede? Va tutto bene?» Lanciò un'occhiata a Miss Glass, seduta serenamente sul divano. Non si era alzata e sembrava inconsapevole della presenza di Catherine. E anche della mia, avrei scommesso. Era di nuovo caduta nel suo mondo, dove il suo amato fratello era ancora in vita.

«Va tutto bene,» rassicurai Catherine. «Vederti mi fa sentire un po' di nostalgia della mia vecchia vita, tutto qui. Mi manca mio padre.»

Mi abbracciò di nuovo. «Lo so. È stato così difficile per te ultimamente.» Mi prese la mano e mi guidò verso la finestra, lontano da Miss Glass. «Sei assolutamente sicura che il signor Glass ti tratti bene?» sussurrò.

«Molto bene. Tutti qui sono stati gentili con me. Non preoccuparti.» Le presi le mani e le strinsi. «Raccontami le tue novità.»

«Beh.» Si appollaiò sul davanzale della finestra e fissò il suo ampio sguardo azzurro nel mio. «Mr. Abercrombie della corporazione è venuto a trovare mio padre ieri.»

Lo stomaco mi si rivoltò alla menzione del maestro della Corporazione degli Orologiai. Lo disprezzavo tanto quanto lui disprezzava me. Almeno io avevo una buona ragione: mi aveva falsamente accusata di furto e aveva bloccato il mio ingresso nella corporazione.

«Sai di cosa hanno discusso lui e tuo padre?» chiesi.

«Ho origliato.» Un lampo malizioso le illuminò gli occhi. Catherine era per lo più una brava ragazza, e certamente immatura, ma aveva un grande spirito. La prospettiva di un'avventura la attirava più di me. «Ha avvertito papà di tenerti a distanza.»

Gemetti e mi lasciai cadere contro il telaio della finestra. «Perché non mi lascia in pace?»

«Si è spinto fino a dire che la nostra amicizia non dovrebbe essere incoraggiata. Ma ti rendi conto che razza di uomo è? Chi è lui per dire con chi posso e non posso essere amica?»

Le strinsi le mani. «Come ha risposto tuo padre?»

«Ha detto che mi avvertirà, ma che spesso sono ostinata e faccio di testa mia. Abercrombie gli ha detto che un padre

dovrebbe controllare i propri figli, non lasciarli a briglia sciolta.»
Si morse il labbro e il suo sguardo si oscurò. «India, ha anche detto a papà che devi essere tenuta fuori dal commercio di orologi da tasca e da muro.»

Avevo una terribile sensazione al riguardo. «Perché?»

«Questa è la cosa strana. Papà non ha chiesto spiegazioni. Ha detto a Mr. Abercrombie che sei una brava persona e che non è colpa tua. Non so a cosa si riferisse. Tu lo sai?»

«No,» dissi con tutta la convinzione che riuscii a raccogliere. Ma io *lo* sapevo.

«Papà gli ha detto che non ha alcuna autorità su di te e che non può impedirti di cercare lavoro nel settore degli orologi. Tuttavia, ha assicurato ad Abercrombie che ora sei impiegata qui e non hai nulla a che fare con gli orologi. India, è stata la conversazione più strana che abbia mai sentito. Di cosa poteva trattarsi?»

Scossi la testa. «C'era altro?»

«Ha cambiato completamente argomento e ha menzionato qualcosa sulla Corporazione dei Cartografi.»

Inspirai e trattenni il fiato. «Continua.»

«Ho perso interesse, quindi non ho più ascoltato. Stavo ancora rimuginando su quello che aveva detto di te. Tutto quello che ho sentito è stato qualcosa riguardo a un altro che è stato trovato nella Corporazione dei Cartografi.»

Un altro.

«Qualunque cosa significhi, non è importante per la tua situazione. Oh, India, perché è così crudele con te?»

Non risposi. Fissai semplicemente il suo viso dolce e innocente. Aveva la stessa età di Daniel, l'"altro" a cui Abercrombie doveva riferirsi. Un altro mago, oltre a me. Quindi *sapeva* cosa fossi: ora era una certezza. Ma come faceva il maestro della Corporazione degli Orologiai a essere coinvolto negli affari dei Cartografi?

Cosa più importante, era coinvolto anche nella scomparsa di Daniel?

CAPITOLO 7

«*I*ndia?» Catherine mi toccò la guancia. «Sembri pallida. Stai bene?»

Annuii. «Sì. Sì, sto bene.» Le presi la mano e la condussi a una poltrona, poi mi sedetti accanto a Miss Glass sul divano. Dovevo deviare la conversazione prima che Catherine facesse qualche domanda pungente. «Raccontami cosa hai fatto ultimamente. Parlami del tuo signor Wilcox.»

«È il vostro spasimante?» chiese Miss Glass, improvvisamente vigile. «Adoro ascoltare storie di spasimanti da voi giovani. Ditemi, è affascinante? Attraente?»

Le labbra di Catherine si assottigliarono e si torturò le mani in grembo. «Non è nessuna delle due cose.»

Avevo sperato che continuasse a cianciare, come faceva spesso quando parlava di una delle sue conquiste, così da non dover pensare troppo, ma cadde in silenzio. «C'è qualcosa che non va, Catherine?»

Sospirò. «Più tempo passo in compagnia del signor Wilcox, più mi rendo conto che avevi ragione, India.»

«Io?»

«È rispettabile, posato e gentile.»

«Sembra ammirevole,» disse Miss Glass.

«Ma tu non vuoi un uomo rispettabile, posato e gentile,» dissi a voce bassa. «Vero, Catherine? Tu vuoi qualcuno di emozionante e interessante.»

«Voglio che sia gentile, senza dubbio. Ma, sì,» borbottò, con il mento chino sul petto, «un pizzico di eccitazione non guasterebbe. Oh, India, mi sento malissimo a dirlo, ma voglio qualcuno che mi porti a uno spettacolo nel suo giorno libero, invece di propormi una passeggiata. Voglio un uomo che rida alle mie sciocche battute, non che mi guardi come se fossi pazza.»

«Non sentirti in colpa,» le dissi. «Se è questo che vuoi in un pretendente, allora dovresti aspettare. L'uomo giusto arriverà. Cosa dice tua madre?»

«Non ne ho parlato con lei. Vuole vedermi sistemata con un uomo assennato, e il signor Wilcox è molto assennato.»

«Perché non le parli? Capirà.»

«Lo farò, ma volevo prima la tua opinione. A volte penso che tu mi conosca meglio dei miei genitori. Sei la mia migliore amica, India, e sento di poterti dire qualsiasi cosa.»

«Più dei tuoi genitori,» borbottai. Sotto quell'aspetto, ero stata come Catherine. Pur amando mio padre, non mi ero confidata molto con lui. Mi sarei confidata con mia madre, se fosse sopravvissuta fino alla mia età adulta? Non ne ero sicura. Spesso i figli non si confidavano con i genitori, preferendo gli amici.

Forse anche Daniel Gibbons aveva fatto così.

«Dovresti presentare Miss Mason a Duke o a Cyclops,» mi disse Miss Glass. «Sono uomini interessanti, di mondo, e ridono alle battute di Willemina, e le sue sono tra le più sciocche che abbia mai sentito.»

«Cyclops è quel grosso cocchiere con un occhio solo, non è vero?» chiese Catherine, arricciando il naso. «Ha un aspetto piuttosto spaventoso.»

«Non lo è,» la rassicurai. «E non è più il cocchiere. Mr. Glass ha assunto servitori veri e propri. Cyclops è amico di Matt, come anche Duke. Anche se non sono sicura che Duke sia disponibile.» C'era qualcosa tra lui e Willie, sebbene nessuno dei due sembrasse ancora saperlo.

Comparve Bristow e fece un inchino. «Desiderate una teiera di tè fresco, signora?»

«Sarebbe magnifico,» disse Miss Glass.

«Non per me.» Catherine si alzò. «Devo andare. Ho detto che

sarei solo andata a fare un giro al mercato. Arrivederci, Miss Glass.»

«Arrivederci, mia cara. Buona fortuna con il vostro problema con Mr. Wilcox. Siate gentile con quel poveretto.»

Catherine trasse un respiro per farsi coraggio. «Lo sarò.» Si voltò per andarsene, ma notò l'orologio sulla mensola del camino. «Perché l'orologio è rivolto verso il muro? Non funziona?»

«Funziona perfettamente,» disse Miss Glass prima che potessi parlare io. «Matthew mi ha detto che India non deve controllare l'ora per un'intera giornata. È una piccola scommessa tra loro.»

Le lanciai un'occhiata indagatrice. «Ti ha chiesto di spiarmi?»

Mi diede un colpetto sul braccio. «Non preoccuparti, cara. Non hai ceduto alla tentazione nemmeno una volta, quindi non ho niente da riferire. Siete una donna di grande carattere, e vi ammiro per questo.»

«Ti ha inquadrata bene, India,» disse Catherine con un sorriso.

Le baciai la guancia e l'accompagnai alla porta d'ingresso. «Fammi sapere se senti qualcos'altro sulla Gilda degli Orologiai o su quella dei Cartografi.»

«Perché i Cartografi?»

Feci spallucce. «Sono semplicemente curiosa.»

* * *

«È SICURAMENTE PAYNE,» disse Matt, togliendosi gli stivali con un calcio e appoggiandosi allo schienale della sedia. Eravamo seduti nel suo studio, lui alla scrivania di mogano e io sulla poltrona accanto al fuoco spento. Volevamo un po' di privacy, lontano da Miss Glass e dalla servitù, per discutere degli eventi della mattinata. Non gli avevo ancora detto ciò che avevo appreso da Catherine.

«Cosa ha detto a Munro?»

Matt tirò fuori l'orologio e lo strinse nel pugno. La luminescenza viola si insinuò lungo le vene della sua mano, salì sotto la manica e riemerse al colletto. Quando raggiunse l'attaccatura dei capelli, ripose finalmente l'orologio in tasca. Aveva un aspetto più sano, il viso non così pallido, ma la stanchezza non aveva abbandonato del tutto i suoi occhi. Mi ero abituata a vederla lì e quasi non la notavo più. Non avevo mai conosciuto Matt in piena e completa salute, ma sapevo che non poteva vivere così. Avrebbe dovuto godersi il fiore degli anni.

«Munro non ha voluto dire molto, solo che Payne gli ha detto che non ci si poteva fidare di me, poiché la mia famiglia infrange la legge.»

«Gli hai detto che Payne è corrotto?»

Annuì. «Ha detto che manderà un telegramma in California. Gli ho detto che non servirà a nulla, dato che nessuno là mi crede.» Sospirò. «Resta da vedere cosa farà Payne adesso, ma ti assicuro, India, che non è il tipo di uomo che se la prenderà con te per arrivare a me.»

«Grazie, questo è in qualche modo rassicurante, ma non mi piace neanche l'idea che prenda di mira te.»

«Sarà subdolo, qualunque cosa scelga di fare. Non può rischiare di destare sospetti, né qui né a casa. Laggiù si è dato un gran da fare per nascondere la sua doppiezza, e ha funzionato.»

«Finora.»

Mi rivolse un debole sorriso. «Mi piace il tuo ottimismo.» Si chinò in avanti, con i gomiti sulle ginocchia, e si passò le mani tra i capelli.

«Ti lascerò riposare, ma prima devo dirti una cosa. Catherine Mason è passata stamattina e mi ha raccontato di una conversazione che Abercrombie ha avuto con suo padre.»

Lui alzò lo sguardo. I capelli, bagnati dalla pioggia, gli spuntavano dalla testa in ciocche umide e scomposte. Resistetti all'impulso di ravvivarglieli. «Che diavolo voleva?»

Gli riferii ciò che mi aveva detto Catherine. «Vorrei fare una visita ad Abercrombie,» conclusi. «Con te, ovviamente.»

«No.»

Ero preparata a quella risposta. «Matt, dobbiamo affrontarlo riguardo a Daniel.»

«Dobbiamo stargli alla larga. Ha paura della tua abilità tanto quanto la Gilda dei Cartografi ha paura di quella di Daniel. La tua esistenza minaccia i suoi affari.»

«Ma non sto nemmeno costruendo orologi.»

«Non ora, forse, ma un giorno...»

Nessuno dei due parlò per un minuto, o forse due. Lanciai un'occhiata all'orologio sulla mensola, ma aveva girato anche quello dello studio. Maledetto.

«C'è un'altra cosa,» dissi. «Qualcosa mi ha colpito mentre parlavo con Catherine. Vedi, mi ha parlato del suo pretendente, invece di discuterne con sua madre. Mi ha fatto capire che le persone non sempre confidano le cose importanti ai loro genitori, ma a volte ne parlano con gli amici. Penso che dovremmo fare visita agli amici di Daniel. Ho scritto i loro nomi quando il commissario Munro è venuto da noi la prima volta.»

Matt aggirò la scrivania e prese il taccuino. «Ce ne sono due. Andremo a trovarli questo pomeriggio.» Batté il taccuino contro la mano. «Ottima idea, India. Dove sarei senza di te?»

«Potresti guardare tutti i tuoi orologi, per esempio.»

Lui sorrise. «Come procede la tua sfida?»

«Magnificamente. Non ho pensato all'ora neanche una volta. Puoi chiedere a tua zia, se vuoi, visto che l'hai reclutata per spiarmi.»

«Sapevo che avrebbe ceduto e te l'avrebbe detto.»

Ricambiai il sorriso. «Non mi dispiace che ti abbia fatto da spia.»

Il suo sorriso svanì. «Perché? Cosa stai tramando?»

«Niente.» Mi alzai. «Ma cerca di dormire un po', così sarai fresco per la cena di stasera con i Rycroft. È un peccato che Miss Haviland non ci sarà. Ho detto a tua zia che è precisamente il tipo di ragazza che ti piacerebbe. Obbediente, placida e molto dotata. Penso che Miss Glass stia pianificando di organizzare una serata qui, in modo che la ragazza possa mostrare i suoi talenti.»

Lui gemette. «Sei perfida.»

«Preferisco astuta.»

Mi diressi alla porta, guardando di nuovo la mensola per abitudine, dimenticando che l'orologio era stato girato.

«Ti ho vista,» mi gridò dietro. «Cederai prima che finisca la giornata.»

Chiusi la porta sulla sua risatina.

L'APPRENDISTA DEL CARTOGRAFO

* * *

I DUE AMICI di Daniel alloggiavano nella stessa casa, non lontano da quella di Daniel a Hammersmith. Il loro salotto non era del tutto privo di tocchi femminili, come ci si sarebbe aspettati da degli scapoli. Mentre le poltrone in pelle, la scrivania e i tavoli erano pezzi solidi e semplici, le graziose tende a fiori e i cuscini rallegravano la stanza. Immaginai che i due uomini fossero più giovani di me ma più grandi di Daniel di tre o quattro anni. Quello biondo e snello, Mr. Connor, lavorava come impiegato d'ufficio, e il signor Henshaw, più scuro e tarchiato, lavorava in una fabbrica di scarpe. Essendo sabato, nessuno dei due era al lavoro.

«Faremo tutto il possibile per aiutarvi a trovare Daniel,» disse Mr. Connor. Sembrava il più estroverso dei due. Fu il primo a rispondere alle nostre domande e possedeva un'aria sicura. Il più silenzioso Mr. Henshaw parlava solo se interpellato. «Siamo estremamente preoccupati per lui, non è vero, Thomas?»

Mr. Henshaw annuì.

«Ma come abbiamo detto alla polizia, non sappiamo dove sia. Non si è fermato qui, tornando a casa. A volte lo fa, ma non quel giorno.» Il signor Connor si scostò i capelli biondi dalla fronte con un movimento secco della testa.

«Forse non conoscete i suoi movimenti,» disse Matt, «ma potreste avere altre informazioni. Vi ha mai parlato di cose che non avrebbe detto alla sua famiglia?»

«Che genere di cose?»

«Qualsiasi cosa.»

«Una ragazza, forse,» precisai, visto che Matt se la stava cavando malissimo.

I due uomini si scambiarono un'occhiata. Il sopracciglio sinistro di Mr. Henshaw si inarcò e il cipiglio di Mr. Connor si approfondì. Sembrava che stessero comunicando silenziosamente tra loro, ma non riuscivo a capire cosa significassero i segni.

«Aveva un'amica speciale?» chiesi. «Qualcuna che incontrava in segreto e di cui non parlava alla sua famiglia?»

«No,» disse Mr. Connor. «Niente del genere.»

«Ma c'è qualcosa,» insistette Matt. «Dovete dircelo. Dobbiamo sapere tutto se vogliamo trovarlo.»

Gli uomini si scambiarono di nuovo un'occhiata e Mr. Henshaw annuì. «Non dovete dirlo alla sua famiglia, però» disse Mr. Connor. «Il nonno di Daniel sarebbe furioso se scoprisse che il ragazzo creava e vendeva mappe. Daniel non sapeva perché il vecchio fosse così contrario. E severo.»

Mr. Henshaw si picchiettò la tempia. «È matto.»

«Questo resta tra noi,» disse Matt. «A Mr. Gibbons non verrà detto nulla.»

Mr. Connor parve sollevato. «Daniel era frustrato dal fatto che la sua famiglia volesse che smettesse di disegnare mappe. Daniel non poteva smettere. Era come una compulsione. *Doveva* farlo.»

«Quando cercava di smettere, diventava di malumore,» aggiunse Mr. Henshaw. «Non era una persona con cui si voleva stare, in quei momenti.» Guardò il suo amico.

Mr. Connor annuì. «Così gli abbiamo suggerito di disegnarle in segreto, cosa che ha fatto.» Aprì il primo cassetto della scrivania. «Teneva qui le sue matite, righelli, carte e altri strumenti. Creava le sue mappe su questa scrivania.» Sfiorò la superficie con la mano come se potesse ancora vedere le mappe di Daniel.

Mr. Henshaw posò una mano sulla spalla di Mr. Connor.

«Ma disegnare non era abbastanza per Daniel,» continuò Mr. Connor. «Voleva guadagnarci dei soldi. Erano dannatamente belle, con vostro permesso, Miss Steele. Non ho mai visto niente di simile a quello che faceva. Le sue mappe erano straordinarie opere d'arte, e anche incredibilmente accurate.»

«Così si procurò un piccolo carretto e si mise a vendere le sue mappe,» disse Mr. Henshaw.

«Per strada?» chiese Matt.

Mr. Connor annuì. «All'inizio, nei suoi giorni liberi, girovagava semplicemente su e giù per le principali vie del mercato, ma scoprì che Oxford Street era più redditizia. Vedete, non tutti comprano mappe. Daniel si rese conto che doveva stare dove facevano acquisti i gentiluomini di un certo ceto, un posto dove potesse essere ritrovato. Un cliente lo cercò persino per aver solo sentito parlare della sua reputazione.»

Alla gilda questo non doveva essere piaciuto affatto. «Il suo maestro, Mr. Duffield, ha scoperto che vendeva mappe senza licenza?» chiesi.

«Non che ne siamo a conoscenza,» rispose Mr. Connor, sedendosi sul bordo della scrivania. «Daniel, dal suo carretto, vendeva solo mappe già disegnate. Non accettava commissioni per mappe nuove. Insisteva con chiunque volesse commissionargliene una che si rivolgesse a Duffield e seguisse i canali corretti. Non voleva irritare il maestro o la gilda.»

Eppure l'aveva già fatto vendendo dal suo carretto. Sapevo fin troppo bene come alle gilde piacesse controllare il commercio dei prodotti che rientravano nella loro giurisdizione.

«Daniel potrebbe avervi fatto credere di non accettare commissioni all'insaputa di Duffield,» disse Matt, «ma magari non è vero.»

«Invece sì.» Gli occhi di Mr. Henshaw lampeggiarono. Matt non batté ciglio. «Non ci teneva segreti.»

Matt estrasse la mappa di Daniel dalla tasca interna della giacca. «Allora vi ha detto anche chi ha commissionato questa mappa e perché.»

Mr. Henshaw si smontò. Scambiò un'occhiata incerta con il signor Connor, ma l'amico teneva lo sguardo fisso sulla mappa.

«Dove l'avete presa?» chiese.

«Non è importante,» disse Matt. «Ma dato che non conoscete la risposta, ciò dimostra che Daniel non vi ha detto tutto. Cosa sapete al riguardo, signori?»

Mr. Connor fece spallucce. «Niente, in realtà. Ha menzionato che un gentiluomo lo ha avvicinato in Oxford Street dopo aver sentito parlare della sua reputazione. Ha commissionato a Daniel una mappa speciale del centro di Londra. Potrebbe essere questa.»

«Speciale?» dissi.

«Non ha specificato, e ammetto di non essere stato abbastanza interessato da chiedere. Non pensavo fosse importante. È importante, Mr. Glass?»

«Non lo so ancora,» disse Matt. «Daniel ha detto al gentiluomo di passare per il negozio di Duffield?»

«Per quanto ne so, sì. È *quella* la mappa?»

«Non ne sono sicuro,» disse Matt. «Quello che so è che Daniel in seguito ha litigato con l'uomo che ha commissionato la mappa speciale di cui parlate. Vi ha menzionato un litigio?»

Mr. Connor scosse la testa e guardò Mr. Henshaw. Mr. Henshaw fece spallucce. «Potrebbe essere quel giorno che è venuto qui di pessimo umore e non ha voluto dire perché.»

«Potrebbe essere,» concordò il signor Connor. «Vorrei aver insistito, ora. Pensate che il tipo con cui ha litigato, il cliente, sia quello che lo ha fatto nascondere o... o lo ha rapito?»

«È troppo presto per dirlo,» disse Matt.

«C'è un'altra cosa,» disse Mr. Henshaw con la sua voce bassa e incerta. Guardò il suo amico, che gli fece cenno di continuare. «Ricordi quando Daniel disse che avrebbe fatto un po' di soldi?»

«Potrebbe essere collegato alla mappa speciale,» disse pensieroso Mr. Connor. «Daniel ci disse che avrebbe ricevuto più soldi di quanti ne avesse mai visti in vita sua. Abbastanza da portare noi tre fuori da Londra e andare a vivere da qualche parte in campagna insieme, lontano dalle nostre famiglie.»

«Tutto da una sola commissione?» chiesi. Anche se potevo credere che un uomo che conosceva la rarità di una mappa magica avrebbe pagato un prezzo elevato per una di Daniel, sembrava improbabile che Daniel conoscesse il proprio valore. Suo nonno pensava che non fosse nemmeno consapevole di essere magico, ma *qualcuno* doveva averglielo detto, insegnandogli anche gli incantesimi per creare una mappa magica.

«Oxford Street è una via lunga,» disse Matt. «C'è una zona particolare che Daniel frequentava?»

«A molti commercianti non piaceva che stesse fuori dai loro negozi,» disse Mr. Connor. «Molti gli ordinavano di andarsene se si tratteneva troppo a lungo. Solo il vecchio giocattolaio vicino a Baker Street fu gentile. Gli permetteva di rimanere davanti finché voleva.»

«Grazie,» disse Matt, alzandosi. «Siete stati di grande aiuto.»

«Per favore, fateci sapere non appena lo troverete,» disse Mr. Connor, stringendo la mano di Matt. «Siamo molto preoccupati. Questo non è da Daniel.»

«No,» intervenne Mr. Henshaw. «Non se ne sarebbe andato senza farci avere sue notizie. Gli è successo qualcosa.»

«Almeno qualcuno sta facendo qualcosa. Pensavo che suo padre si fosse arreso, e invece eccovi qui.»

«E stiamo seguendo ogni pista finché non lo troveremo,» li rassicurai.

* * *

Alcuni negozi di Oxford Street avevano già chiuso per la giornata, ma la maggior parte erano ancora aperti, compreso il negozio di giocattoli. Neanche i Pregiati Orologi di Abercrombie avevano ancora chiuso. La sua grandiosa posizione ad angolo, dall'altro lato della strada, dominava i locali più piccoli nelle vicinanze, proprio come Abercrombie dominava quelli sotto di lui nei ranghi della gilda.

«Non devi scendere dalla carrozza,» disse Matt.

«Non sono preoccupata per Abercrombie. Non cercherà di farmi arrestare di nuovo. Sa che sei amico del commissario di polizia.»

«Il coinvolgimento di Munro è l'ultima delle preoccupazioni di Abercrombie, se ci prova,» disse cupamente mentre scendeva dalla carrozza. Abbassò il predellino e mi tese la mano.

Non osai chiedergli di elaborare; sospettavo che la risposta potesse non piacermi. Il passato di Matt era stato movimentato, per usare un eufemismo. Dopo la morte dei suoi genitori, aveva vissuto con la famiglia di sua madre, la maggior parte dei quali erano fuorilegge. Doveva aver imparato alcuni dei loro metodi criminali prima di staccarsi da loro. Non ero così sciocca da pensare che fosse un santo che non avrebbe mai cercato vendetta contro coloro che facevano del male alle persone a cui teneva. Pensare di essere una di quelle persone, tuttavia, era inebriante come un bicchiere di brandy. Due, in effetti.

«Venite, Miss Prescott,» disse Matt con un sorriso gioviale. «Andiamo a comprare dei giocattoli inglesi per nostro nipote e nostra nipote, che ci aspettano a casa in California.»

«Un'idea eccellente, Mr. Prescott.»

Misi la mano sul suo braccio e gli permisi di condurmi nel piccolo negozio con la porta rosso vivo e il bordo della finestra in tinta. Da bambina mi sarebbe piaciuto molto entrare in questo negozio, ma la figlia di un orologiaio di solito non comprava giocattoli in Oxford Street. Suo padre, ingegnoso, glieli costruiva con pezzi di ricambio.

«Oh, guarda,» dissi, indicando un automa di una madre con i suoi figli che prendevano il tè. «Mio padre me ne fece uno identico. Si gira la manovella che avvolge gli ingranaggi sotto la base, facendo funzionare tutte le parti a intervalli diversi.»

«Io avevo figure di soldati come questi,» disse Matt, prendendo in mano una delle giubbe rosse. «Mi tenevano occupato per ore.»

I giocattoli erano chiaramente fatti per i figli di genitori facoltosi. C'erano cavalli a dondolo scintillanti con lunghe criniere, bambole graziose, case delle bambole arredate con perfetti mobili in miniatura e persino un trenino a orologeria della Bing.

«Ne ho solo sentito parlare,» dissi, accovacciandomi per guardare meglio. «Non ne ho mai visto uno dal vivo. Sai che funzionano secondo gli stessi principi degli orologi?» Presi in mano la locomotiva per ispezionarla, ma il negoziante sembrava ansioso, così la rimisi giù.

«Buon pomeriggio,» disse con un sorriso smagliante. Aveva proprio l'aspetto che un giocattolaio dovrebbe avere, con guance rosee, capelli candidi e occhi amichevoli. Fui così contenta che corrispondesse al modello che sorrisi con entusiasmo.

«Buon pomeriggio,» dissi. «Mio marito e io stiamo cercando qualcosa per nostro nipote e nostra nipote. Cosa ci consiglia?»

Ci mostrò il suo negozio, caricando alcuni degli automi perché potessimo vederli in funzione. Era assolutamente affascinante, e glielo dissi. «Il suo negozio è una delizia. Non è vero, Mr. Prescott?»

«Sì, mia cara,» disse Matt, con gli occhi che scintillavano di buon umore. Sembrava che il negozio avesse sollevato anche il suo spirito.

«Vedete qualcosa che piacerebbe a vostro nipote e a vostra nipote?» chiese il giocattolaio.

«Tutto,» dissi ridendo.

«Il trenino,» disse Matt.

Stavo per protestare che era troppo costoso, dato che in realtà non avevamo bisogno di giocattoli, ma dovevamo apparire facoltosi, e i facoltosi non si preoccupano delle spese.

«Vostro nipote lo terrà caro per anni,» disse il giocattolaio, prendendo la locomotiva dal tavolo.

«Così come nostra nipote,» disse Matt. «Prenderemo anche lo zootropio.»

Ci unimmo al giocattolaio al bancone mentre incartava delicatamente i regali. «Conoscete qualche buon negozio di mappe qui vicino?» chiese Matt con noncuranza. «Avevo sentito di un ragazzo che vendeva le sue mappe qui davanti, ma oggi non sembra esserci.»

«Si chiama Daniel,» disse il giocattolaio senza alzare lo sguardo. «Di solito viene il sabato, ma oggi non l'ho visto. Avrà trovato qualcosa di più importante da fare nel suo tempo libero, eh?»

«Sapete dove posso trovarlo?»

«No, mi dispiace.»

«Avete mai visto le mappe di Daniel? Sono buone come sostiene il mio amico McArdle?»

«Sono molto belle. Il vostro amico non esagera. Le mappe di Daniel sono un'opera d'arte in sé. Sono sorpreso che solo un tizio sia venuto qui a chiedere specificamente di lui. Voi siete il secondo, ovviamente.»

Solo uno? «Quello è il nostro amico,» dissi. «Il signor McArdle.»

«L'archeologo?»

Matt esitò un secondo prima di dire: «È così che si è presentato a voi?» Ridacchiò. «A McArdle piace darsi arie per rendersi più interessantedi quanto non sia.»

Il giocattolaio fece scivolare la locomotiva e le carrozze incartate verso di me e si mise a incartare lo zootropio. «Il suo hobby spiega perché lui e Daniel si siano messi a discutere di tesori romani.»

Matt si irrigidì. Mi sporsi in avanti. Un tesoro romano significava ricchezza, e Daniel aveva detto ai suoi amici che presto avrebbe ricevuto un sacco di soldi.

«McArdle parla sempre di tesori,» disse Matt ridendo e scuotendo la testa. «È ossessionato. Stava commissionando a Daniel una mappa di un'area nota per la presenza di tesori?»

«Non saprei, signore. Non ho sentito l'intera conversazione, solo un pezzetto, di sfuggita, mentre ero fuori a pulire la vetrina.» Mi passò il pacco con un sorriso. «Fa uno scellino e otto pence, signore.»

Matt lo pagò e portammo i nostri pacchi alla carrozza. Non appena ci allontanammo dal marciapiede, ci voltammo l'uno verso l'altra e sorridemmo.

«La mappa di Daniel deve mostrare a McArdle dove trovare il tesoro,» disse Matt. «Anche se non sono sicuro di come. Se ha commissionato a Daniel di disegnare una mappa della posizione del tesoro, non significa che sa già dov'è?»

«Forse sì. Forse non sta cercando di trovare il tesoro, ma di nasconderlo di nuovo dopo averlo trovato.»

«Allora perché la mappa, se lo sa già?»

Sospirai. «Non ha molto senso, vero?»

«Non scoraggiarti. Penso che siamo sulla pista giusta. So una cosa: dobbiamo scoprire tutto il possibile sull'archeologia romana a Londra, in particolare sui tesori che potrebbero essere sepolti sotto la città moderna.»

«Sai qualcosa sui tesori in generale?»

«L'archeologia va molto di moda in Italia, e mia madre ne aveva un vivo interesse. Mi portò a uno scavo quando avevo dodici anni. Non trovammo un tesoro, ma l'archeologo disse di aver trovato una volta una grande ciotola piena di monete, sepolta in quello che probabilmente era stato il giardino della villa di un ricco mercante.»

«Cosa avete trovato durante il vostro scavo?»

«Mura e qualche moneta, ma non tesori.»

Tesori. Monete. Tirai fuori il bottone dalla mia borsetta e lo ispezionai di nuovo. «Forse non è un bottone ma una moneta,» dissi, mostrandolo a Matt. «Il gambo è di certo un'aggiunta moderna.»

Lui me lo prese dal palmo della mano e lo ispezionò a sua volta. «Penso che tu abbia ragione. Forse è una moneta romana del tesoro di McArdle.»

«Una moneta romana magica.»

CAPITOLO 8

Miss Glass squadrò i pacchi nelle mani di Matt. «Che cosa hai lì?»

«Regali,» disse lui, posandone uno sul tavolo e porgendole l'altro.

«Per me? Oh, Harry, sei proprio tu. Sapevo che mi avresti portato qualcosa dai tuoi viaggi.»

Matt ormai non batteva più ciglio quando la zia aveva i suoi momenti di assenza. Le porse semplicemente uno dei pacchetti. «Questo è per te.» Le diede un bacio sulla guancia. «Il trenino è per India.»

«Per me!» Sgranai gli occhi. «Perché?»

«Hai mostrato interesse per i suoi meccanismi. Ho pensato che ti sarebbe piaciuto smontarlo per vedere come funziona.»

«Oh. È molto generoso da parte tua.» Accettai il pacchetto e mi lasciai cadere sul divano. Cosa si aspettava in cambio?

«Non avere l'aria così turbata,» disse lui con un sorriso sornione. «Consideralo il pagamento della mia scommessa persa. Non hai guardato un orologio per tutto il giorno.»

«Suppongo.»

«Uno zootropio!» esclamò Miss Glass con una risatina da ragazzina mentre lo scartava. «Adoro queste cose. Cosa mostra?» Fece girare il tamburo e sbirciò attraverso le fessure le immagini che roteavano. «Che giocattolino delizioso. Grazie, Matthew. Erano anni che nessuno mi regalava un giocattolo.»

«È un piacere, zia. Gli altri sono tornati?»

«Non ancora.» Posò lo zootropio. «Ora, prima di vestirci per cena, volevo parlarti della ragazza Haviland.»

Lo sguardo di Matt scivolò su di me. Gli feci un'alzata di spalle innocente. «Che c'è?» chiese lui, cupo.

«È una ragazza adorabile,» disse Miss Glass. «Molto carina.»

«Così mi hai detto. E anche piena di talenti. Ma sa conversare? È intelligente?»

Le labbra di Miss Glass si strinsero. Mi fulminò con lo sguardo. «Voi due vi siete messi d'accordo?»

«Cosa intendi?»

«Lascia perdere.» Si alzò. «Vado a vestirmi per cena. Dovresti fare altrettanto.»

«Mancano ore,» disse lui.

«Nondimeno.» Se ne andò stringendo il suo zootropio.

Lui si gettò su una poltrona con un profondo sospiro. «Sarà una serata lunga.»

«Dovresti riposare un po' prima di uscire,» dissi. «E usare il tuo orologio.»

«A proposito.» Tirò fuori il mio orologio e me lo restituì. «Congratulazioni. Sei una donna testarda come un mulo, come diciamo dalle mie parti.»

«Preferisco usare il termine "dalla volontà di ferro".»

Lui sorrise. «Cosa farai stasera? Giocherai a poker? Leggerai?»

«Giocherò con il mio trenino.»

***

Senza la presenza di Miss Glass, non mi presi la briga di vestirmi per cena. Duke, Cyclops e Willie si cambiavano solo quando ne avevano voglia, e stasera nessuno di loro lo fece. Riuscirono a fare rapporto a Matt prima che lui uscisse con la zia per cenare con i Rycroft. Secondo Willie e Duke, DuPont non era tornato in fabbrica, e secondo Cyclops, né Onslow né il misterioso gentiluomo si erano recati alla sede della gilda. Congedammo Bristow dopo che ci servì la cena, e io li informai di ciò che avevamo appreso dagli amici di Daniel e dal giocattolaio.

«Allora che facciamo adesso?» chiese Willie stravaccandosi sulla sedia e poggiando gli stivali su quella accanto.

«Vogliamo fare visita a un esperto di archeologia,» dissi, cullando il mio bicchiere di vino. «Non solo per scoprire di più sulla moneta e sui tesori, ma anche per trovare McArdle. Ho il sospetto che il campo dell'archeologia sia ristretto e che si conoscano tutti tra loro.»

«McArdle sembra essere la chiave,» disse Cyclops. «Mi chiedo come abbia sentito parlare di magia, se non è magico lui stesso.»

«E come ha scoperto di Daniel?» chiese Duke.

Era una buona osservazione. Era alquanto allarmante pensare che la reputazione di Daniel avesse preso piede così in fretta da spingere un uomo come McArdle a cercarlo.

«Forse la magia non è così segreta come crediamo,» disse Willie. Tirò fuori la pipa dalla tasca e si frugò nell'altra, in cerca di fiammiferi.

«Non in sala da pranzo,» brontolò Duke.

Lei gli fece un gestaccio ma si rimise la pipa in tasca.

«Willie potrebbe avere ragione,» disse Cyclops. «Mi pare che la maggior parte dei maghi ne sappia qualcosa grazie a storie di famiglia. Quanti maghi ci sono? Dozzine? Centinaia? Migliaia?»

«E poi ci sono persone come McArdle,» dissi, «che non sono magiche ma sono ben felici di pagare per la magia.»

«Non dimenticare i vermi come Abercrombie,» disse Willie. «Gente che sa della magia ma non lo dà a vedere.»

«Dal modo in cui la maggior parte dei membri della Gilda degli Orologiai mi ha guardata con timore nelle ultime settimane, devono sapere tutti che io sono...» Studiai il mio bicchiere, facendo roteare il contenuto in lenti cerchi. «Che possiedo...»

«Magia, India,» disse Willie. «Puoi dirlo. Non è una parolaccia.»

«Ma è una parola disprezzata, in certi ambienti.»

«Disprezzata o temuta?» disse Cyclops.

«Vorrei che Matt affrontasse Abercrombie riguardo alla sua

conversazione con Mr. Mason,» dissi. «Sembra sapere qualcosa di Daniel, e dovremmo scoprire di cosa si tratta.»

«Già,» disse Cyclops.

«Matt è troppo cauto. Non è da lui,» concordò Duke.

«Vuole tenere India lontana da Abercrombie.»

«Perché?» chiese Willie. «Cosa può farle Abercrombie, ora che Matt lo ha messo in guardia? Non tenterà più il trucco di farla arrestare. E poi, noi vogliamo solo parlare.»

Willie e io ci guardammo. Inarcai le sopracciglia. Lei annuì. Sorridemmo entrambe e ci voltammo verso gli uomini.

«Noi quattro faremo visita ad Abercrombie stasera,» dissi, posando il bicchiere.

«No.» Duke scosse la testa. «A Matt non piacerà.»

«Matt non è il nostro padrone,» disse Willie. «Cyclops? Tu vieni?»

Il grosso uomo annuì. «Voi due andrete comunque, e non ho intenzione di affrontare Matt e dirgli che vi ho lasciate andare da sole. Inoltre, vi servono un po' di muscoli.»

«Allora non c'è bisogno di te, Duke.»

Duke si alzò e si abbottonò il panciotto. «Vengo per impedirti di fare sciocchezze.»

«Non farò nessuna sciocchezza,» dissi, alzandomi anch'io.

«Non tu. Willie.» A lei, disse: «Forse non dovresti portare la pistola.»

«Prova solo a togliermela.» Scostò la sedia all'indietro, con un'aria minacciosa «Almeno questo sarà più interessante che scommettere fiammiferi a poker.»

* * *

CYCLOPS GUIDÒ il calesse fino alla sede della Gilda degli Orologiai a Warwick Lane, nella speranza di trovarvi Abercrombie. Sapevo che passava gran parte del suo tempo libero alla sede anziché a casa. Mio padre una volta aveva scherzato dicendo che Mr. Abercrombie faceva di tutto per evitare le due Mrs. Abercrombie, sua moglie e sua madre, che vivevano con lui. Papà diceva che le donne bisticciavano costantemente e che quasi gli dispiaceva per lui.

Duke guardò lo stemma e lanciò un fischio basso. «È grande quasi quanto la porta stessa. Cosa significa la scritta?»

«Il tempo è il sovrano di tutte le cose,» dissi, alzando lo sguardo verso il Vecchio Tempo e l'imperatore. «È in latino.»

«Parole più vere...» mormorò Duke, forse pensando alla situazione di Matt.

«Già,» disse Cyclops, altrettanto cupo.

Restammo tutti a fissare lo stemma, illuminato dalle due lampade montate ai lati. Il passare del tempo ci opprimeva tutti, così come la preoccupazione per la nostra mancanza di progressi nel trovare Chronos.

«Anche la Gilda dei Cartografi ha un vecchio che sorregge un globo nel loro stemma,» disse Willie, con le mani sui fianchi. «Perché tutti questi vecchi? Perché non mettere un giovane bruto muscoloso a sorreggere il globo, vestito solo di un panno attorno alla vita? Sarebbe più facile da guardare.»

«Perché le gilde sono gestite da vecchi,» dissi, bussando alla porta. «E ai vecchi non piace che gli si ricordi ciò che avevano un tempo e che hanno perso.»

«I muscoli?»

«La giovinezza.»

Lei sbuffò. «Anche i capelli e i denti. La pelle liscia.»

«La memoria,» aggiunse Duke. «Le donne che cadevano ai loro piedi.»

«Stiamo parlando della vita reale, non delle tue fantasie.»

La porta fu aperta dallo stesso valletto che mi aveva fatto entrare l'ultima volta che avevo affrontato Abercrombie all'interno della sede. Lo oltrepassai prima che mi riconoscesse e mi chiudesse la porta in faccia. Balbettò una protesta ma non cercò di impedire agli altri di entrare.

«Lei!» sbottò. «Lei non è la benvenuta qui.»

«Mr. Abercrombie è presente?»

«Fuori!» Indicò la porta.

Cyclops la chiuse e si mise in piedi, con le gambe leggermente divaricate e le mani giunte davanti a sé. Sembrava un pirata in attesa di una rissa.

«Mr. Abercrombie è presente?» ripetei.

«Sono qui.»

Mi voltai di scatto per vedere l'alta figura di Abercrombie che si avvicinava. Teneva il suo pince-nez in una mano e un candeliere nell'altra. «Buonasera, Mr. Abercrombie,» dissi. «C'è un posto dove possiamo parlare in privato?»

«Qui andrà bene.» Non si avvicinò oltre la fine dell'atrio, a circa sei o sette piedi di distanza. «Non riesco a immaginare che lei abbia qualcosa da dire che io voglia ascoltare.»

Il valletto si avvicinò al suo padrone e gli sussurrò qualcosa all'orecchio. Abercrombie annuì e il valletto scomparve nelle ombre alle sue spalle. Immaginai che avessimo solo pochi minuti prima dell'arrivo dei gendarmi.

«Non ha nulla da temere da me,» dissi. «Nessuno qui desidera farle del male.»

«Allora perché la sua amica ha la mano sulla pistola?»

Willie abbassò la mano e il lembo della giacca nascose di nuovo la Colt che aveva infilato nella cintura dei pantaloni. Cercai di catturare la sua attenzione per avvertirla di tenere la pistola nella fondina, ma era troppo intenta a fulminare con lo sguardo Abercrombie per accorgersene.

«Cosa vuole, Miss Steele?» disse lui. «Sono un uomo impegnato e non ho tempo per i suoi giochetti.»

«Cosa sa di Daniel Gibbons?»

La fiamma della candela tremò al suo respiro espulso. «Chi?»

«Non mi prenda per una sciocca. Lei sa dell'apprendista cartografo. Sa che è... speciale.»

«Non ho mai sentito questo nome.»

«Ha avuto qualcosa a che fare con la sua scomparsa?»

«Prego? Mi sta accusando di qualcosa, Miss Steele?»

Mi avvicinai a lui lentamente, con Duke e Willie ai miei fianchi. Abercrombie indietreggiò. «È una domanda semplice, Mr. Abercrombie. Ha avuto qualcosa a che fare con la scomparsa di Daniel?»

«Come potrei, se non lo conosco?»

«Questa è una bugia.»

Indietreggiò contro la pendola, facendo perdere il ritmo al meccanismo. L'orologio suonò un rintocco. «Faccia attenzione, Miss Steele, o la denuncerò per calunnia e avrà notizie dal mio avvocato.»

«Le sue minacce non mi spaventano.»

I suoi baffi impomatati ebbero un fremito. «Dovrebbero. Vedo che il suo datore di lavoro, Mr. Glass, non è qui. È forse perché sa che non potrà sempre salvarla? Magari adesso ha amici e influenza, ma non li avrà sempre. Non è infallibile.»

«Cosa significa?» scattò Willie.

Allungai la mano per fermarle il braccio, nel caso decidesse che l'unico modo per farlo rispondere fosse sparare. «Se lei ha avuto qualcosa a che fare con la scomparsa di Daniel Gibbons, il suo avvocato non potrà aiutarla,» dissi. «Non di fronte all'ira di suo padre.»

«Lui non ha...» S'interruppe.

Sorrisi.

«Da questa parte.» Il valletto tornò con sei nerboruti al seguito. Sembravano provenire dritti dalle banchine del porto o da una taverna dell'East End. Di certo non erano gendarmi.

Strinsi la presa sul braccio di Willie sentendo i muscoli contrarsi. Duke si mise davanti a noi, con le braccia allargate. Cyclops lo raggiunse.

«È ora che se ne vada, Miss Steele.» L'espressione compiaciuta sul volto di Abercrombie mi fece ribollire il sangue più della presenza dei suoi scagnozzi.

«Vigliacco,» sputò Willie. «Stronzo. Figlio di puttana.»

Le tirai forte il braccio e indietreggiai verso la porta.

«Lasciami usare la mia Colt,» sibilò lei, cercando di liberarsi.

Fui salvata dall'ordinarle di andarsene dal fatto che sia Duke che Cyclops stavano indietreggiando, costringendoci a ritirarci. Aprii la porta e mi precipitai fuori, trascinando Willie con me.

Cyclops slegò in fretta le redini dalla bitta e le lanciò a Duke che stava già salendo al posto del cocchiere. Cyclops lo raggiunse mentre Willie e io entravamo nella carrozza. Lei abbassò il finestrino e gridò oscenità verso la sede della gilda, senza smettere nemmeno dopo che avemmo svoltato l'angolo.

«Willie! Basta!» gridai, massaggiandomi le tempie.

Lei chiuse il finestrino con un colpo secco, sbuffò e si accasciò nell'angolo, con le braccia incrociate sul petto. Eravamo quasi a casa quando il suo cipiglio si distese e tornò a parlare. Fui grata per il silenzio che mi aveva permesso di riflettere.

«Cosa intendeva, che Matt non è infallibile?» chiese. «Sa della sua malattia?»

«Non lo so. Anche se fosse a conoscenza dell'esistenza della magia, come potrebbe sapere che la magia di un orologiaio e la magia di un dottore sono state combinate nel segnatempo di Matt per tenerlo in vita?»

Diede un calcio al sedile accanto a me con lo stivale. «Allora di cosa stava parlando?»

«Non lo so,» ripetei, anche se mi era venuta un'idea. Matt aveva indotto Abercrombie a ritirare l'accusa di furto contro di me parlandogli del suo legame con il commissario Munro. Forse Abercrombie si riferiva al fatto che quel legame si sarebbe spezzato se Matt non fosse riuscito a trovare suo figlio.

No, non poteva essere. Abercrombie non sapeva chi fosse il padre di Daniel.

Willie diede un altro calcio al sedile. «Non abbiamo ottenuto niente,» brontolò.

«Sciocchezze. Certo che sì. Ora sappiamo che Abercrombie conosce Daniel. Quando ho menzionato l'ira del padre del ragazzo, ha quasi risposto che Daniel non ha un padre.»

«Non è abbastanza.»

«Ti aspettavi che Abercrombie semplicemente spifferasse di essere stato coinvolto nel rapimento?»

«L'avrebbe fatto, se mi avessi lasciata estrarre la pistola.»

«E se non l'avesse fatto? Gli avresti sparato? No, non l'avresti fatto, e se l'avessi fatto, saresti stata una sciocca, dato che il valletto ci aveva viste entrare. Saremmo finiti tutti impiccati.»

«Non stavo pensando di assassinarlo, solo di spargargli al mignolo del piede o a qualcos'altro di cui non ha veramente bisogno ma che gli avrebbe fatto un male del diavolo.»

Chiusi gli occhi e reclinai la testa all'indietro. Avevo il massimo rispetto per il modo in cui Matt gestiva Willie. Come fosse riuscito a tenerla fuori di prigione fino a quel momento era un miracolo.

«Ci ucciderà quando lo scoprirà, lo sai,» disse lei.

Aprii gli occhi. «Abercrombie?»

«Matt. Quando scoprirà che siamo andati a fare visita alla gilda senza di lui.»

«Allora non dirglielo.»

* * *

«È STATO PROPRIO COME MI ASPETTAVO,» disse Matt a colazione. «Doloroso. Mio zio chiaramente non mi voleva lì, e zia Beatrice non smetteva di parlare del fascino e dei talenti delle ragazze. Per due volte zia Letitia ha dimenticato dov'era, e chi fossi io, il che ha fatto ridere Charity. Hope era seduta da un lato, e Patience dall'altro, ma zia Letitia mi fulminava con lo sguardo ogni volta che parlavo con Hope. Ho provato a coinvolgere Patience nella conversazione, ma è così timida che non ha alzato lo sguardo dal piatto. Ho passato tutta la serata a parlare con il suo orecchio sinistro.»

«Questo deve aver turbato Hope» dissi.

«Se anche fosse, è stata abbastanza garbata da non farlo notare. Siamo finalmente riusciti a conversare quando tutti si sono spostati nel salotto. Hope voleva sapere perché zia Letitia la detestasse tanto. Non mi è venuta in mente nessuna risposta, così ho finto di non sapere nulla. Ora penserà che io sia uno sciocco distratto.»

Willie sbuffò. «Se conosce gli uomini, allora penserà che sei normale.»

Perché gli importava di ciò che Hope pensava di lui?

«E il cibo?» chiese Cyclops. «Hai cenato come un re?»

«Pensi sempre alla pancia» disse Willie, scuotendo la testa.

Cyclops si ficcò in bocca due fette intere di pancetta e annuì.

«Il cibo era buono, anche se la signora Potter cucina meglio» disse Matt.

«Allora sono contento che non ci abbiano invitati» disse Duke, davanti alla credenza, dove si stava servendo di alcune salsicce. «Abbiamo passato una serata tranquilla qui, a giocare a poker, e siamo andati a letto presto. Non è vero?» disse, voltandosi con il piatto pieno.

Willie lo fulminò con lo sguardo da sopra la tazza di tè. Cyclops si concentrò sulla colazione, ingozzandosi di altra pancetta. Matt aggrottò la fronte.

«Tu e Hope avete parlato a lungo?» chiesi in fretta, aggrappandomi al primo argomento che mi venne in mente. Avrei voluto non averlo fatto. Non mi interessava sentire altro sulla bella e garbata Hope.

«Una buona mezz'ora. Zia Letitia ci ha interrotti un paio di volte, ma zia Beatrice continuava ad allontanarla, così che potessi restare da solo con lei e 'conoscerla meglio'» scimmiottò. «Hope e io ci abbiamo riso su.»

Sorseggiai il tè e lo guardai da sopra il bordo della tazza, solo per scoprire che mi stava già osservando con un cipiglio indecifrabile.

Willie posò la tazza sul piattino con un colpo secco, attirando l'attenzione di tutti. «Lasciala perdere» disse. «Letty dice che quella ragazza è astuta, e io le credo.»

«Non l'hai mai conosciuta» disse Matt.

«Mi fido del giudizio di Letty. Conosce le sue nipoti da quando sono nate.»

«Pensa anche che una volta un cavaliere l'abbia salvata da un drago.»

«Hope non vorrà trasferirsi negli Stati Uniti, Matt.»

«È di questo che si tratta? Pensi che resterò qui per una donna?»

«Non posso dire di non averci pensato.» Willie strappò un angolo del suo toast. «Ci abbiamo pensato tutti, no?»

Duke e Cyclops non alzarono lo sguardo dai loro piatti.

«Vigliacchi» borbottò Willie.

Matt posò forchetta e coltello e appoggiò i palmi delle mani sul tavolo. «Lasciate che tranquillizzi tutti. Non sto considerando di sposare Hope, né alcuna delle sue sorelle. Non ho alcuna intenzione di prendere in considerazione la ragazza Haviland, né nessun'altra che le mie zie si ostinino a scovare Non mi sposo. Non finché non saprò di avere un futuro. È chiaro?»

Loro tre annuirono. Mi sentii come un'intrusa che origliava una conversazione non destinata alle sue orecchie. Finché Matt non puntò lo sguardo dritto su di me.

«India?» disse, con un tono un po' più dolce.

Annuii in fretta.

Raccolse coltello e forchetta. «Bene. Allora, cosa abbiamo in programma per oggi?»

Tutti tirarono un sospiro di sollievo. Non capitava spesso che Matt si arrabbiasse con i suoi amici, e potei vedere dai loro sguardi incerti che non sapevano come reagire.

«Dobbiamo trovare qualcuno con un interesse per l'archeologia» dissi. «Il problema è che non so come. È domenica. Qualsiasi società archeologica sarà chiusa.»

«Andremo in chiesa» annunciò Matt.

«Vuoi chiedere a Dio di rivelarci un archeologo?»

«Lo chiederò alle conoscenze di mia zia. L'archeologia è un passatempo da gentiluomini. Uno dei suoi amici potrebbe conoscere qualcuno con cui possiamo parlare.»

* * *

C'ERANO parecchi volti nuovi in chiesa, la maggior parte dei quali si girò verso di noi quando entrammo. O, più precisamente, verso Matt. Seguirono il suo percorso fino al posto a sedere, poi chinarono il capo per bisbigliare. La cosa non mi sorprese affatto, soprattutto quando notai che ogni gruppetto aveva con sé una ragazza in età da marito.

«Che diavolo sta succedendo?» borbottò Matt. «Perché mi fissano tutti?»

«A quanto pare, tu sei l'ultima novità del momento.»

«Sono qui da quasi tre settimane. Perché proprio adesso?»

«Tua zia ha appena iniziato a spargere la voce. Non ti piace essere al centro dell'attenzione?» lo presi in giro.

«Mi sento come una tigre in gabbia.»

«Ritrai gli artigli per un po' e sorridi, per il bene di tua zia.»

Il suo cipiglio si accentuò. «Ti stai divertendo.»

Mi piaceva che ogni donna in chiesa ammirasse il suo bel viso e valutasse se sarebbe stato un buon marito? Mi piaceva sedere al suo fianco senza che nessuna delle sue ammiratrici si accorgesse della mia presenza? No, non mi piaceva. Vedevo che ero stata liquidata subito come la dama di compagnia, già destinata a rimanere zitella. Una persona invisibile che nessuno considerava una minaccia. Mi lasciò l'amaro in bocca e un dolore sordo nel petto.

«Ci sono gli Haviland» sussurrò Miss Glass, seduta dall'altro lato di Matt. «Laggiù. Quella in blu e bianco è Oriel Haviland. È un'eccellente cantante, un'artista—»

«Sarta, spia, soldato e marinaio» ringhiò lui. «Sì, me lo hai detto. Spesso.»

«Guarda che occhi» disse Miss Glass, per nulla scoraggiata. «Scintillano di intelligenza e arguzia, non è vero, India? Guarda, Matthew.»

«Sto guardando» sibilò lui, seguendo lo sguardo di sua zia.

Mrs. e Miss Haviland annuirono e sorrisero. Il gentiluomo dall'altra parte della ragazza, probabilmente suo padre, fece anche lui un cenno a Matt. Mrs. Haviland salutò con la mano e Miss Glass ricambiò il saluto. La ragazza arrossì e abbassò pudicamente lo sguardo sul suo libro di preghiere.

«Una ragazza così adorabile e di dolce natura» continuò Miss Glass. «La sua famiglia è molto rispettabile. Il ramo materno è imparentato con i conti di Quinley.»

«Grazie a Dio» borbottò Matt.

Pensai che fosse una cosa strana da dire dopo la descrizione di Miss Glass della famiglia Haviland, finché non vidi entrare il vicario.

Dopo la messa, Matt rese felice sua zia chiedendo di essere presentato a Mr. Haviland.

«Sapevo che ti saresti innamorato di Oriel nel momento stesso in cui l'avessi vista.» Annuì e sorrise mentre i conoscenti sfilavano, ma senza attaccare discorso con nessuno di loro. Più di una madre apparve contrariata da ciò, e anche le loro figlie.

«Non mi sono innamorato di lei» sussurrò Matt, sorridendo educatamente a due giovani donne che gli fecero un cenno di saluto passando. Si affrettarono ad allontanarsi, ridacchiando dietro i loro ventagli.

«Lo farai» canticchiò la zia. Scorse gli Haviland e li salutò con la mano.

Mrs. Haviland ricambiò il saluto e spinse la figlia verso di noi. La ragazza inciampò prima di ritrovare l'equilibrio. Esibì un sorriso, poi fece un inchino a Matt. Miss Glass fece le presentazioni.

«È un vero piacere conoscervi» disse Matt, stringendo la mano di Mr. Haviland. «Non vi avevo mai visti qui prima d'ora.»

«Di solito frequentiamo la funzione a Christ Church» disse Mrs. Haviland. «Ma oggi avevamo voglia di fare una passeggiata. È una giornata così bella per stare fuori.»

Matt guardò il cielo. Era grigio e minacciava pioggia. Il signor Haviland ridacchiò. «Mia moglie voleva vedere *voi*» disse con un sorriso d'intesa. «Per prendervi le misure.»

«Signor Haviland!» esclamò sua moglie. «Come esagerate. Niente affatto. Anche se sono lieta di avervi conosciuto, Mr. Glass. Siete tutto ciò che vostra zia ha descritto e anche di più.»

«Davvero?» disse Matt strascicando le parole con un forte accento.

«Mia moglie è una rapida giudice del carattere» disse Mr. Haviland con una risata cordiale. Rivolse il suo sorriso a me e mi tese la mano. «E voi siete?»

«Miss Steele» disse Matt con uno sguardo di rimprovero a sua zia, che avrebbe dovuto presentarmi, dato che gli Haviland erano suoi conoscenti.

«Lietissimo» disse il signor Haviland. «Siete parente di Mr. e di Miss Glass?»

«È la dama di compagnia» disse Mrs. Haviland, senza neanche degnarmi di uno sguardo. Diede un colpetto a sua figlia.

La ragazza si animò come un automa a cui era stata girata la chiave. Raddrizzò la schiena e sorrise. «Che bella funzione. Non trovate, signor Glass?»

Miss Glass mi prese a braccetto. «India, ti dispiacerebbe passeggiare con me?»

Mi allontanò mentre Matt dava una risposta cortese a Miss Haviland per poi attaccare discorso con suo padre. Senza dubbio avrebbe presto avuto le informazioni che gli servivano sugli archeologi.

«Dobbiamo lasciarlo solo, così che possa esprimere il suo affascinante sé.» La mano di Miss Glass si strinse. Si fermò e mi costrinse a guardarla. Mi aspettavo di vedere un avvertimento nei suoi occhi, ma quello che vidi mi ferì di più. Perché era pietà. Questa donna, zitella da tutta la vita, sapeva che avevo le stesse probabilità di trovarmi un marito che aveva lei. «Capisci, vero, India?» chiese dolcemente.

Annuii. Oh, sì, capivo la necessità che io stessi lontana da Matt in situazioni del genere, per timore che la gente arrivasse alla conclusione sbagliata. La mia presenza costante doveva essere un bastone tra le *sue* ruote. Era un miracolo che mi permettesse di accompagnare lei e Matt e di sedere con loro.

Era un pensiero crudele da parte mia. Sapevo che le piacevo; potevo leggerlo nei suoi occhi anche ora, e vederlo nel modo in cui si comportava con me quando i suoi amici non erano nei paraggi. Ma era nata in un sistema che non ci permetteva di essere uguali, e che non permetteva a me e Matt di essere altro che dipendente e datore di lavoro. Non avrei potuto biasimarla per questo.

«Allora?» chiese Willie, raggiungendoci insieme a Cyclops e Duke. «Matt sta chiedendo a quell'uomo degli archeologi?»

«Perché dovrebbe farlo?» chiese Miss Glass, guardandosi alle spalle. Sospirò quando vide che Matt aveva di nuovo attaccato discorso con Mr. Haviland, e che Mrs. e Miss Haviland se ne stavano lì vicino con espressione di frustrazione dipinta sul volto.

«Quella è la ragazza Haviland» dissi loro.

«Intendi quella così dotata che è un miracolo che non abbia ancora accalappiato un principe?» L'osservazione tagliente di Willie cadde nel vuoto. Miss Glass non le diede spago.

Matt si staccò da Mr. Haviland e marciò verso di noi con passo deciso e un'espressione furente. Che diavolo era successo tra loro per farlo arrabbiare così tanto?

«India.» Cyclops si avvicinò e mi posò una mano sulla schiena. «È Hardacre. Vuoi che lo cacci via?»

«Eddie?» Sbirciai oltre Cyclops e il cuore mi sprofondò. Il mio ex fidanzato mi aveva già notata e si stava dirigendo dalla nostra parte.

Matt ci raggiunse nello stesso momento di Eddie. Tra lui e Cyclops, mi sentivo abbastanza al sicuro. Non che mi fossi mai sentita in pericolo con Eddie. La sua crudeltà era verbale, non violenta.

«Eccoti, India» disse Eddie, con un sorriso esitante mentre lanciava un'occhiata a ciascuno degli uomini che mi fiancheggiavano. «Mr. Glass, che piacevole sorpresa rivedervi.»

«Lo è?» disse Matt, con un tono tagliente.

«Cosa vuoi, Eddie?» chiesi.

«Vederti.» Tentò un sorriso più luminoso, ma non gli raggiunse gli occhi e svanì in fretta quando vide che non lo ricambiavo. «Stai bene. Quel vestito ti dona.»

«Risparmia le tue lusinghe per una donna che ci caschi. A me non accade più.»

Si schiarì la gola. «Sì. Verrò al punto, allora. Quando ci siamo lasciati, hai detto di aver preso appunti su alcuni degli orologi del negozio. Poiché non te ne fai nulla, ho pensato che forse vorresti darmeli.»

«Trovi difficile ripararne alcuni?» chiesi.

Willie ridacchiò. Lei e Duke osservavano la scena da dietro Eddie. Tra noi cinque, eravamo riusciti a circondarlo, ed Eddie se n'era appena accorto. Impallidì e si toccò la cravatta. Miss Glass si era allontanata per parlare con degli amici, e ne fui contenta.

«Alcuni degli orologi di tuo padre sono unici» riprese Eddie. «I suoi metodi non erano sempre convenzionali. Gli appunti che hai preso per ripararli sarebbero di grande aiuto.»

«Sono i *miei* appunti, Eddie, e non fanno parte dell'eredità. Non li avrai.»

«È un peccato vedere pezzi così pregiati andare sprecati.» Sospirò. «Dovò buttarli via o venderli a prezzi stracciati se non riesco a farli funzionare. Un vero peccato.»

«India ha messo in chiaro la sua posizione» disse Matt. «Non ti darà gli appunti.»

Eddie si allontanò di un passo da Matt. «India?»

«Stai sprecando il tuo tempo» dissi. «Buona giornata.»

Feci per andarmene, ma la sua mano scattò e mi afferrò il braccio. Matt e Cyclops fecero un passo avanti ed Eddie mi lasciò andare. Deglutì. «Voglio anche darti un avvertimento, India. Considerando il nostro passato insieme, penso sia giusto consigliarti di stare alla larga da Abercrombie.»

Con la coda dell'occhio, vidi Matt voltarsi verso di me. Non riuscivo a distinguere la sua espressione, ma sapevo che stava aspettando che io negassi. «India non è più andata a trovarlo» disse lui.

«Ci è andata ieri sera.» Eddie era così compiaciuto che

sembrava tenere un discorso trionfale. «È questo il problema con India, Mr. Glass. Bisogna tenerla d'occhio, altrimenti fa e dice cose che nessuna donna di buona famiglia dovrebbe fare e dire. Che Dio ci salvi dalle donne con una mente propria, eh?»

La risatina gli morì sulle labbra quando Matt gettò su di lui uno sguardo glaciale. «Vattene.»

Eddie indietreggiò, con le mani alzate. Willie e Duke si fecero da parte e lui sgusciò via attraverso lo spazio tra loro. Si voltò e si allontanò di fretta..

«India» ringhiò Matt, afferrandomi il braccio con fermezza. «Perché sei andata a trovare Abercrombie senza di me?»

Mi liberai con uno strattone e lo affrontai. Ero stanca degli ordini di Eddie e stanca anche di quelli di Matt.

«Siamo andati con lei» lo rassicurò Cyclops.

«E questo dovrebbe farmi sentire meglio?»

«Non farlo, Matt» dissi, mantenendo la voce bassa. «Non dirmi cosa fare. Sono in grado di prendere le mie decisioni da sola, e ho deciso che non correvo alcun pericolo con Abercrombie. Dovevamo scoprire cosa sapeva di Daniel.»

«Mi permetto di dissentire riguardo al pericolo. Quell'uomo ha cercato di farti arrestare! Non fare mai più una cosa del genere senza di me.»

Mi allontanai a grandi passi. Non ero in vena di ascoltarlo. Eddie mi aveva lasciato con i nervi a fior di pelle e una rabbia profonda per la mia stupidità nel credere che mi avesse amata. L'atteggiamento autoritario di Matt non faceva che alimentare quella rabbia.

Mi feci largo tra i membri della congregazione che ancora indugiavano sul marciapiede, solo per essere fermata da un uomo che mi bloccava il passo.

«Mi scusi» dissi.

L'uomo accorciò ulteriormente la distanza e mi afferrò entrambi i gomiti, bloccandoli lungo i fianchi. Trasalii e alzai lo sguardo per vedere chi fosse, ma la maggior parte del suo volto era oscurata dal cappuccio del mantello. Puzzava di birra e sudore, e una cicatrice bianca e curva gli tagliava la mascella non rasata. Era enorme, più alto di Matt e più massiccio.

Tremai. «C—cosa volete?»

CAPITOLO 9

«Lasciami andare» sbottai, dibattendomi. La mia reazione non fece che far affondare le sue dita nella mia carne, bloccandomi la circolazione ai gomiti. «Cessate la vostra ricerca di Daniel Gibbons» sibilò, «o voi e coloro a cui tenete ne subirete le conseguenze.»

Mi lasciò andare e corse via. Le sue lunghe falcate lo portarono dietro l'angolo e fuori dalla vista in pochi secondi. Incrociai le braccia e toccai con cautela i gomiti dove aveva stretto. Presto si sarebbero formati dei lividi. E mi considerai fortunata che i lividi fossero tutto ciò che mi aveva lasciato perché avrebbe potuto fare di peggio. Se la sua minaccia era da credere, *avrebbe* fatto di peggio, a meno che non avessimo interrotto la nostra indagine. Nonostante desiderassi che si calmasse, il martellare del mio cuore rimbombava in tutto il corpo.

«India? Che c'è?» Matt seguì il mio sguardo lungo la strada. «Quell'uomo ti ha infastidita?»

«Mi... mi ha minacciata.»

«*Cosa?*»

«Mi ha detto di smettere di cercare Daniel o... o qualcuno si farà male.»

«Willie, resta qui con India. Duke, Cyclops, con me.» Non aveva finito di parlare che era già scattato via. Duke e Cyclops lo seguirono, ma non riuscirono a raggiungerlo.

«Che sta facendo?» Miss Glass scosse il capo e schioccò la lingua. «Correre in quel modo è terribilmente volgare. Ci guardano tutti.»

«Ti ha fatto male?» chiese Willie a bassa voce, perché Miss Glass non potesse sentire.

Abbassai le braccia. Mi dolevano i gomiti, ma scossi la testa.

«Credi che l'abbia mandato Abercrombie?»

«Non lo so» dissi. «È una strana coincidenza, però. Prima Eddie e adesso lui.»

«Forse Matt ha ragione. Forse non saremmo dovuti andare, ieri sera.»

«Puoi pensarla così, Willie, ma io no. Dobbiamo fare tutto il possibile per trovare Daniel, anche se ci mettiamo a rischio. È solo un ragazzo.»

Lei fissò in lontananza il punto in cui Matt, Cyclops e Duke erano scomparsi. «Non sono sicura che Matt sarà d'accordo con te su questo punto. Non fraintendermi, India, è nobile come pochi quando è in gioco solo la sua vita. Ma quando vengono minacciate le persone a cui tiene, si tira indietro.»

«Il punto è che credo che la faccenda di Daniel sia legata alla magia, e la magia è ciò che salverà la vita a Matt. Dal momento che trovare Daniel potrebbe aiutarci a trovare anche Chronos, non mi arrendo.»

Imprecò a mezza voce. Un attimo dopo, imprecò di nuovo. «Va bene. Sono d'accordo con te sul legame.» Piantò i piedi, un po' divaricati. «E comunque, non mi tiro indietro di fronte a una lotta. Neanch'io ho intenzione di arrendermi.»

Le presi il braccio. «In tal caso, potremmo dover lottare per convincere Matt a continuare le indagini.»

«Scommetto che tra noi due riusciremo a convincerlo.»

«O continua la ricerca, o la faremo senza di lui. A lui la scelta.»

Lei sbuffò. «Non la vedrà come una scelta. Non importa cosa dirà, India, sii forte. Mi hai sentita? Dobbiamo farlo, per il suo bene.»

Gli uomini tornarono pochi minuti dopo, accaldati e con i cappelli in mano. Le loro espressioni arrabbiate mostravano che non avevano catturato l'uomo incappucciato, quindi né Willie né io facemmo domande. Camminammo tutti in silenzio verso casa. Be', in silenzio per quanto lo permetteva Miss Glass.

«Perché sei scattato via così, Matthew?» chiese. «Che spettacolo. Fortunatamente la maggior parte della gente se n'era andata, ma se qualcuno ti avesse visto affaticarsi in quel modo, cosa gli avrei detto?»

«Ho pensato di aver visto qualcuno che conoscevo» disse lui.

Dopo pochi minuti di silenzio teso, lei riprese: «È stato gentile da parte tua rivolgerti a suo padre.»

«Cosa?» La voce di Matt suonò distratta, distante.

«Haviland. Sembrava che andaste molto d'accordo. È stata una mossa astuta. Senza di lui dalla nostra parte, non ha senso corteggiare sua figlia.»

Matt non si prese la briga di rispondere.

«Vorrei però che avessi dedicato un po' di tempo a conoscere altre ragazze. Nel caso in cui, dopotutto, Oriel non ti piacesse. Non c'è niente di male ad avere una riserva pronta dietro le quinte.»

«Zia...» Espirò a lungo e alzò lo sguardo al cielo. Non finì la frase.

Tornammo a casa, e Miss Glass chiese a Bristow di portare il tè in salotto. «Dovrebbero arrivare visite» disse lei, toccando la mascella di Matt. «Renditi presentabile e poi raggiungimi.»

Lui chinò la testa in un cenno di assenso, anche se non ero sicura che l'avesse sentita. Sembrava ancora distratto.

Stavo per seguire Miss Glass in salotto, quando lui mi afferrò il braccio nello stesso punto in cui mi aveva tenuta l'uomo incappucciato. Inspirai bruscamente e feci una smorfia. Le sue dita si aprirono di scatto e si accigliò.

«India?»

«Non è niente» dissi, incrociando di nuovo le braccia. Mi ero tolta la giacca entrando. I polsini di pizzo delle maniche del mio vestito arrivavano poco sotto i gomiti e non ero sicura che i lividi fossero visibili. Non volevo guardare per non allertare Matt.

Non importò. Con delicatezza mi scostò le braccia dal corpo e mi sollevò il pizzo prima che avessi la possibilità di resistere. Un livido scuriva l'interno di entrambi i miei gomiti.

Le sue spalle si incurvarono e gli occhi si addolcirono.

«India» mormorò. Mi prese i gomiti e sfiorò gentilmente i lividi con i pollici. «Mi avevi detto che non ti aveva fatto male.»

«Già» disse Willie, le labbra tese in una linea sottile. «L'hai detto.»

Mi tirai indietro e abbassai il pizzo. «Mi vengono facilmente i lividi.»

Lo sguardo di Matt divenne di pietra. Preferivo la dolcezza, anche se non volevo la sua pietà. «Nel mio studio. Tutti. Ora.»

Mi irritai. «Non abbiamo appena discusso del fatto che non devi darmi ordini?»

«India» sibilò Willie. «Non è il momento.»

Matt mi fece cenno di precederlo, probabilmente per tenermi d'occhio e assicurarsi che non mi ritirassi in salotto, dove non avrebbe potuto discutere la questione davanti a sua zia. Suppongo fosse necessario parlarne, ma mi sentivo come se stessi partecipando a un corteo funebre.

Lo studio di Matt non era grande e noi cinque lo riempimmo. Duke e Cyclops rimasero in piedi mentre Matt si sedeva dietro la scrivania, e Willie e io occupammo le altre sedie. Mi preparai alla raffica di domande.

«Sei riuscita a vederlo bene?» chiese Matt.

«Non proprio» dissi. «Era alto, non si era rasato bene e una piccola cicatrice gli attraversava la barba incolta.» Indicai loro il punto. «Non l'ho riconosciuto.»

«E ha menzionato Daniel e la nostra indagine?»

Annuii.

«Mi sembra evidente che l'abbia mandato Abercrombie, dopo la vostra visitina di ieri sera.»

Duke si mosse a disagio. «Io non volevo andarci» borbottò.

«Chiudi il becco» sbottò Willie. «Dovevamo andarci.»

Matt le rivolse il suo sguardo glaciale. «Non sono d'accordo. Vi rendete conto che Abercrombie ora sa che stiamo indagando sulla scomparsa di Daniel, mentre prima non lo sapeva?»

«Sì» dissi. «Ha importanza?»

«Potrebbe allertare Duffield.»

«Forse, ma non sa che stiamo usando nomi falsi. Se dice che un uomo di nome Glass sta cercando Daniel, per Duffield non significherà nulla.» Appoggiai le mani sui braccioli della sedia, affondando le dita nella pelle. «Se non lo avessimo affrontato, non avremmo ancora idea se Abercrombie conoscesse o meno Daniel. Ora possiamo essere certi che lo conosce. Abbiamo anche scoperto che non è contrario a impiegare teppisti per ottenere ciò che vuole. Quell'uomo di oggi potrebbe essere stato pagato da lui, ma potrebbe essere stato pagato dal rapitore di Daniel. In effetti, ritengo più probabile quest'ultima ipotesi.»

«Basandoti su quali prove?»

«Sulla logica. Abercrombie ha già mandato Eddie. Perché avrebbe dovuto mandare anche qualcun altro?»

«Perché Eddie non è efficace, oppure è venuto di sua spontanea volontà, non su spinta di Abercrombie.» Un muscolo pulsò nella mascella di Matt. «India, non prendo le minacce alla leggera. Nel mio campo, alle minacce di solito seguono i fatti. Non posso rischiare. E non *ho intenzione* di rischiare.»

«Non hai scelta, Matt. Willie e io continueremo la ricerca di Daniel, che ti piaccia o no.»

Lui si appoggiò allo schienale della sedia e mi guardò fisso, valutandomi. Era snervante, ma non distolsi lo sguardo. «Willie?» sbottò.

«Questa indagine potrebbe aiutarci a scoprire di più sulla magia» disse lei. «Potrebbe persino condurci a Chronos.»

«Oppure no.»

Lei aggirò la scrivania e si accovacciò di fronte a lui. «Abercrombie sa di Daniel.» Questa pacata serietà non era affatto da lei. «Le due gilde sembrano scambiarsi informazioni sulla magia. Se c'è un legame, *dobbiamo* seguirlo.»

Lui scosse la testa. Il suo corpo era teso, come se si stesse trattenendo a stento dallo scattare. Doveva essere frustrante per lui essere ostacolato, non solo dall'uomo incappucciato, ma anche da noi.

«Aiutaci, Matt» dissi. «Possiamo riuscirci, insieme.»

Lui spostò lo sguardo su di me, poi altrove. Dietro la rabbia che covava, si nascondeva la stanchezza. L'esercizio lo aveva sfinito.

«Sono d'accordo con Willie e India» disse Cyclops. «Dobbiamo continuare.»

Tutti guardarono Duke. Lui sospirò profondamente, poi

annuì. «Sai che non scelgo di andare contro di te alla leggera, Matt, ma questa volta hanno ragione. Se c'è una possibilità che questo ci porti a Chronos—»

Il pugno di Matt si abbatté sulla scrivania, facendo tintinnare la penna nel portapenne. Sussultai, poi soffocai un gemito. I miei nervi erano più a fior di pelle di quanto pensassi. «Che siate dannati tutti quanti» ringhiò. «Sarete la mia morte, uno per uno, prima che la clessidra si esaurisca.»

Espirai a lungo. Le labbra di Willie si contrassero in un sorriso e si alzò.

«E ora, che si fa?» chiesi. «Mr. Haviland conosceva qualche archeologo?»

Lui chinò la testa. «C'è una società. Il presidente lavora al British Museum. Andremo a trovarlo domani. Nel frattempo, tutti restano in casa. Darò istruzioni a Bristow di non far entrare nessuno, a meno che zia Letitia non lo conosca.» Si alzò bruscamente e fece un cenno col mento verso la porta. «Ora andatevene, prima che dica qualcosa di cui potrei pentirmi.»

«Riposati un po', Matt» disse Cyclops. «Staremo tutti bene senza di te per un'ora.»

La risposta di Matt fu un'occhiataccia che non allarmò minimamente il grosso uomo.

Sfortunatamente per me, fui l'ultima a uscire. Matt mi prese la mano e mi trattenne dopo che gli altri se ne furono andati. Lo stomaco mi si rivoltò. Era impossibile scambiare la sua occhiataccia per un atteggiamento più conciliante. Era ancora furioso come prima.

Chinò la testa verso la mia e il suo respiro mi sfiorò i capelli sulla tempia. Era alquanto affannoso e superficiale. «Non mi piace essere messo alle strette, India. Specialmente dai miei stessi amici.»

Feci un passo indietro, uscendo dalla sua sfera immediata. Il suo potere non era così feroce con un po' di distanza tra noi. «E a me non piace che mi si dica cosa fare. Quindi pare che siamo in una situazione di stallo, come piace dire a voi americani.»

Mi allontanai senza voltarmi.

Più tardi, mentre sedevo nelle mie stanze, la cameriera di

Miss Glass, Polly, mi portò una bottiglia di tintura di arnica. «Su richiesta di Mr. Glass» disse.

Rimasi di sasso. «Oh. Grazie, Polly.» Mi sedetti alla toeletta e versai un po' di tintura sul fazzoletto, poi tamponai i lividi. Era stato gentile da parte sua pensare a me. Non mi aspettavo che si ricordasse dei lividi; era così irritato. La bottiglia poteva indicare una tregua, ma non venne a scusarsi, né di persona né tramite un biglietto.

Era snervante. Non mi piaceva questa tensione che si era creata tra noi. Anche se eravamo in parti separate della casa, la percepivo in modo acuto. Stavo per raggiungere Miss Glass, nella speranza di vedere anche Matt, quando arrivarono dei visitatori. Dal pianerottolo, vidi Bristow aprire la porta d'ingresso a una signora con due figlie gemelle al seguito. Con un sospiro, tornai nella mia stanza.

Vidi Matt a cena, ma parlammo a malapena. Nessuno parlò. Miss Glass sostenne la maggior parte della conversazione, discutendo in dettaglio ciascuno dei suoi visitatori ed elencando le virtù di tutte le ragazze che erano venute. La sua preferita era ancora Oriel Haviland. Matt aveva sopportato tutte le visite di cattivo umore, secondo il rimprovero di sua zia. Portò quel cattivo umore con sé a cena, e se lo portò via subito dopo, quando si ritirò presto. Decisi di non bussare alla sua porta per chiedere un chiarimento tra noi. Domani sarebbe stato meglio, dopo che avesse avuto la possibilità di calmarsi.

* * *

NON SI ERA ANCORA CALMATO quando andammo al museo la mattina seguente. Ordinò agli altri di rimanere a casa, con grande frustrazione di Willie. Visto che non aveva rivolto l'ordine a me, ne dedussi che dovevo andare con lui. Quando mi presentai alla porta con cappello e guanti, Matt si limitò a indicarmi di precederlo.

«Per quanto tempo hai intenzione di rimanere arrabbiato con tutti?» chiesi mentre partivamo.

«Non sono arrabbiato» disse, infilandosi la mano nel guanto. «Semplicemente stamattina non ho molta voglia di parlare.»

Mi sporsi in avanti e scrutai attentamente il suo viso. Le piccole rughe intorno agli occhi erano più evidenti del solito per quell'ora del giorno. «Non hai dormito molto bene.»

Guardò fuori dal finestrino.

«Matt, so che sei preoccupato-»

«Non farlo, India, o finiremo solo per litigare di nuovo.»

Serrai le labbra e controllai l'orologio. Lo controllai di nuovo sei minuti dopo. «Questo è straziante. Credo che preferirei litigare con te piuttosto che stare seduta in silenzio.»

Si voltò lentamente dal finestrino per guardarmi. «Ti piace giocare con il fuoco, te lo concedo.»

«Tu non bruci.»

«Ne sei sicura?» Chiuse gli occhi e si pizzicò la radice del naso.

Allungai la mano per toccargli il ginocchio e offrirgli sostegno, ma un ripensamento mi costrinse a ritirarla. «Ne sono sicura» fu tutto ciò che dissi.

«Mi dispiace, India.» Aprì gli occhi. «Neanch'io voglio più litigare con te. Sembra che nessuno di noi due abbia intenzione di cedere sulla propria posizione, quindi dobbiamo convivere con la nostra divergenza di opinioni. O almeno, *io* devo convivere con la posizione in cui mi hai costretto.»

«Con questo atteggiamento, un giorno sarai un marito meraviglioso.» Alla sua espressione feroce, alzai le mani. «Era uno scherzo.»

«Sono contento che qualcuno trovi divertente la mia situazione» brontolò, ma con meno astio. «Zia Letitia non si arrenderà nel tentativo di farmi sposare, e non ho il cuore di rifiutarla del tutto.»

«Sei un bravo nipote. Dev'essere terribile essere messo in mostra davanti a una ragazza carina dopo l'altra. Nessun uomo vorrebbe essere al tuo posto, costretto a sopportare infinite tazze di tè con donne che non riescono a smettere di fissarlo, pensando che ogni parola che esce dalle sue labbra sia oro colato.»

Questo gli strappò un sorriso sghembo. «Sono carine» disse con un sospiro teatrale. «Anche talentuose, di buona famiglia, di nobili natali e noiose da morire.»

«Forse miglioreranno con una conoscenza più approfondita.»

La verità di quelle parole punse un po'. Miss Glass aveva presentato a Matt delle ragazze, non delle donne; ma le ragazze diventano donne e sviluppano una propria mente. Non appena quelle ragazze fossero state lontane dai loro genitori, non avevo dubbi che sarebbero sbocciate e sarebbero diventate persone che lui avrebbe voluto conoscere meglio.

«Siamo arrivati» annunciò Matt.

La solida struttura del British Museum mi confortava sempre ogni volta che salivo i gradini e passavo tra le ampie colonne del portico. Con poche opzioni di intrattenimento a mia disposizione in gioventù, avevo frequentato molte volte il museo, in quanto gratuito. Erano stati i manoscritti medievali e gli oggetti antichi a incuriosirmi di più, non le monete.

Chiedemmo di Mr. Rosemont, il direttore del dipartimento di antichità romane, e ci diedero le indicazioni per raggiungere il suo ufficio. Lo trovammo nascosto dietro le sale dei Romani in Britannia. Era un signore dai capelli candidi che non alzò lo sguardo dalla pietra grande quanto un palmo che stava ispezionando attraverso un monocolo.

«Mettila là» ordinò con un cenno della mano verso l'angolo della stanza affollata.

Manufatti di tutte le forme e dimensioni coprivano ogni centimetro di ogni superficie, compresa gran parte del pavimento. Pochissime donne dovevano entrare nell'antro del signor Rosemont, dal momento che non c'era spazio: le mie gonne sfioravano statue, grandi giare e gambe di tavoli. Dovetti afferrare una snella statua di un gentiluomo romano nudo quando le mie gonne quasi la fecero cadere. Arrossii quando mi resi conto di quale parte dell'anatomia della statua avevo afferrato.

Il signor Rosemont alzò la testa sentendo la risatina di Matt. «Oh. Chiedo scusa, pensavo foste il fattorino.» Le sue guance rubizze e il naso rosso ciliegia si tinsero ancora di più mentre si alzava.

«Mi chiamo Matthew Glass» si presentò Matt «e questa è la mia assistente, Miss Steele. Siete voi Mr. Rosemont?»

«Sono io.» Mr. Rosemont strinse la mano a Matt, poi la mia, un po' fiaccamente. «Come posso aiutarvi?»

«Abbiamo una moneta che vorremmo ispezionaste. Almeno,

pensiamo che sia una moneta, anche se è stata usata come bottone.»

Aprii la borsetta e tirai fuori la moneta. La lasciai cadere sul palmo polveroso di Mr. Rosemont. Lui vi si avventò come un cane affamato su un osso. La girò, schioccò la lingua vedendo il gambo, e la girò di nuovo.

«Santo Cielo.»

«Cos'è?» chiedemmo sia io che Matt.

«È una moneta. Un solido d'oro, per la precisione, del tardo quarto secolo.» Indicò il contorno dell'immagine con il mignolo. «È un po' consumata, ma si possono ancora distinguere due imperatori seduti che tengono un globo tra di loro. Alle spalle è raffigurata la Vittoria con le ali spiegate. Il rovescio mostrerebbe la testa di Magnus Maximus, comandante della Britannia, poi proclamato imperatore d'Occidente, ma il gambo la copre. Un vero sacrilegio. Perdonatemi, Miss Steele.»

«Non si preoccupi» dissi. «Comprendo la sua frustrazione. Grazie per averci illuminati.» Tesi la mano per riavere la moneta, ma lui non me la passò.

«Sapete cosa avete qui?» chiese.

«Ce lo avete appena detto» disse Matt. «Un solido d'oro del regno di Magnus Maximus.»

«Oh sì, ma questa moneta è molto di più.» La lingua di Mr. Rosemont guizzò fuori, leccandosi le labbra.

Trattenni il respiro. Poteva sentire anche lui la magia al suo interno?

«È estremamente rara. Fu coniata proprio qui a Londra, durante il breve periodo in cui la città fu conosciuta come Augusta. Il breve regno di Maximus fu afflitto da diversi problemi. La zecca chiuse poco dopo la sua morte. Che magnifica scoperta.»

«Ha valore?» chiese Matt.

Rosemont sospirò. «Ne avrebbe, se non fosse stata profanata in questo modo. Potrebbe ancora valere qualcosa se il gambo potesse essere rimosso senza danneggiare la moneta. Dovete dirmi dove l'avete trovata. Potrebbero essercene altre.»

«Me l'ha data un amico e mi ha chiesto di custodirla finché non fosse potuto venire a riprenderla.»

«Sapete dove l'ha trovata? In un campo? Sotto le fondamenta di un edificio?»

«Non lo so.»

Il volto di Rosemont si rabbuiò. «Peccato. Potreste chiedere al vostro amico di venire qui a parlarmene? Sono molto interessato alle sue origini.»

«Se riesco a trovarlo. Il mio amico, McArdle, è scomparso, vedete. Non sono riuscito a contattarlo. Probabilmente è in giro a cercare un tesoro o qualcosa del genere. È un archeologo.»

«Conosco il tipo, ma non appartiene alla Società Archeologica di Londra.» Le labbra di Rosemont si strinsero. Si tolse il monocolo e mi restituì la moneta. «Difficilmente lo definirei un archeologo o un antiquario.»

Lo conosceva! Non fu facile trattenere un sorriso, così mostrai grande interesse nel riporre la moneta nella mia borsetta.

«Non voglio offenderla, signore» disse Rosemont. «Dopotutto, è un suo amico.»

«Più che altro una conoscenza. Detto tra noi» disse Matt, avvicinandosi a Rosemont, «McArdle è un fanfarone quando si tratta di archeologia. Cerco di evitare tali conversazioni con lui.»

«Un fanfarone. Una descrizione appropriata del tipo, così come cacciatore di tesori, o semplicemente un matto. Quell'uomo non ha alcun interesse per la vera archeologia, di trovare risposte alle domande sulla nostra storia. Prende tutto ciò che ha valore da uno scavo e lo vende al miglior offerente. E poi c'è l'altra questione, a seconda di chi si crede.»

«Altra questione?»

«Niente. Non avrei dovuto menzionarla. Alcuni che si sono imbattuti in McArdle dicono che sia completamente pazzo. Non so dire nulla a questo riguardo, ma di certo quell'uomo non ha morale. È assolutamente corrotto.» Si interruppe bruscamente, come imbarazzato. Si tirò il panciotto, lasciando impronte polverose sul cotone nero. «Le mie scuse, Mr. Glass. L'ho offesa, dopotutto.»

«Niente affatto. Mi dica, sa dove posso trovarlo? Vorrei restituirgli il bottone. Ehm, la moneta. Non è al suo indirizzo di Chelsea.»

«Non ne avrei la più pallida idea.»

«Sa dove sta lavorando?» chiesi. «Un uomo come lui è sempre alla ricerca del prossimo tesoro.»

Rosemont tornò alla sua sedia e indossò il monocolo. «Ci sono diversi tesori che potrebbe cercare. Non lo conosco abbastanza bene da indovinare dove potrebbe essere.»

«E i tesori costituiti da monete?» chiese Matt. «Ce ne sono qui a Londra che potrebbe cercare?»

Il monocolo di Rosemont cadde. Oscillò sulla catenella d'argento prima di fermarsi contro il petto dell'uomo. «Monete antiche qui a Londra? Improbabile. Non ne sono mai state scoperte in città.»

«E gli scavi archeologici? Ce ne sono attualmente in corso condotti da membri della vostra società?»

«Due, entrambi supervisionati da Mr. Young, dato che si trovano nella stessa strada. Uno è in realtà già stato completato e sta venendo riempito proprio mentre parliamo. L'altro è attivo e occupa la maggior parte dell'attenzione di Mr. Young. Ma McArdle non è un membro della società e non è coinvolto.»

Le nostre opzioni si stavano assottigliando. Se non riuscivamo a trovare McArdle, cosa avremmo dovuto fare dopo? Dove saremmo dovuti andare?

Matt, tuttavia, non si era arreso. «Ciononostante, forse si è presentato a uno degli scavi in veste di osservatore. Il vostro archeologo potrebbe averlo visto. Può dirmi dove trovare i siti di Mr. Young?»

«Se insistete. Ma potrebbe essere più facile se ve lo mostro.» Rosemont sfogliò una pila di carte su una delle scrivanie finché non trovò quello che cercava. «Questa mappa mostra i siti, qui.»

A malapena notai l'area che indicò col monocolo. Fu la mappa stessa a colpirmi. Copriva l'esatta area della città rappresentata nella mappa di Daniel. Incontrai lo sguardo di Matt. Se n'era accorto anche lui.

«Perché solo questa parte di Londra?» chiese Matt.

«È la città romana originale cinta da mura, per quanto ne sappiamo. L'intera cinta muraria non esiste più, ovviamente, ma abbiamo prove a sostegno della teoria della sua posizione. C'era attività fuori dalle mura, ma questa zona ci incuriosisce di più. Era il cuore della Londinium romana.»

«Grazie» disse Matt. «Visiteremo gli scavi questo pomeriggio.»

«Dubito che troverete McArdle lì, ma siete liberi di andare a vederli. Il pavimento a mosaico trovato nel sito attivo è piuttosto bello. Non che McArdle lo troverebbe tale. È molto più interessato alla sua ricerca personale.»

«Di tesori?» chiesi.

«Non solo tesori, Miss Steele. Di magia.»

CAPITOLO 10

«Magia?» sussurrai. Accanto a me, Matt si immobilizzò del tutto.

Mr.Rosemont scosse la testa e si sedette di nuovo al suo banco da lavoro. «Come ho detto, quell'uomo è completamente matto. Una volta ha raccontato a un collega antiquario che stava cercando prove di un'antica magia nei reperti romani sepolti sotto le strade di Londra. La cosa ha scatenato grandi risate, e non ne ha più parlato». L'occhio dietro il monocolo brillò di umorismo. «Faccia attenzione a quella moneta, Miss Steele. Potrebbe prendere vita e mettersi a ballare.»

Matt rise, e lo imitai. La sua risata suonò genuina, ma la mia parve vuota. «Non avevo idea che McArdle credesse a simili sciocchezze» disse scuotendo la testa.

Ringraziammo Rosemont e ce ne andammo. Strinsi la borsetta al petto mentre oltrepassavamo in fretta busti di uomini morti, scendevamo l'ampia scalinata verso l'ingresso e uscivamo alla luce del sole. Essendo lunedì, il museo era tranquillo, ma ciononostante urtai un signore che saliva di fretta le scale mentre noi le scendevamo.

Lui si scusò e io sorrisi, quasi senza rendermene conto. La mano di Matt sulla parte bassa della mia schiena mi ricordò di continuare a camminare. Mi guidò lungo il selciato a passo svelto e chiamò la nostra carrozza.

«India?» Il viso di Matt apparve all'improvviso davanti al mio, con la fronte segnata da profonde rughe e gli occhi pieni di preoccupazione. «Sembri frastornata.»

«Sto benissimo.»

Bryce fermò la carrozza di fronte a noi e Matt mi aiutò a salire. «Sei pallida» disse. «Ti porto dritta a casa.»

«Passiamo prima da Worthey's.»

«Molto bene.» Gridò le istruzioni a Bryce, poi si sistemò sul sedile accanto a me. Mi diede un colpetto sulla mano. «India, sei sicura di stare bene?»

«Sì, certo.» Mi toccai la tempia. «Mi sono sentita un po' sopraffatta per un momento, quando Rosemont ha detto che McArdle sa della magia. Pensi che significhi che dopotutto sia magico anche lui?»

«È possibile.»

«Santo cielo. Sembra che i maghi spuntino come funghi in tutta Londra. Non solo Daniel e suo nonno, ma ora anche McArdle.»

«Non possiamo ancora essere certi che McArdle sia un mago, o semplicemente una persona a conoscenza dell'esistenza della magia. Ma hai ragione. Fino a pochi giorni fa sapevamo solo di te e Chronos, e del defunto dottor Parsons. Ora ci sono Daniel, suo nonno e forse McArdle. Non c'è solo la magia medica e temporale, ma anche quella delle mappe e delle monete.»

«E chissà cos'altro. Il vostro dottor Parsons ha lasciato intendere che ci fosse molto di più, che esistesse in ogni cosa.» Tirai fuori l'orologio dalla borsetta e lo strinsi nel pugno, come faceva Matt diverse volte al giorno. Non brillava come il suo, ma si scaldò al mio tocco.

Lo riposi ed estrassi la moneta. Non era calda come l'orologio, ma sentii comunque la sua magia solleticarmi le dita. «Vorrei sapere cosa fare per manipolare la magia e renderla utile.» Vorrei sapere come riparare l'orologio di Matt.

«Imparerai» disse lui. «Troveremo Chronos, e lui ti insegnerà.»

«E se mi insegnasse un altro mago? Magari McArdle o il signor Gibbons.»

Le sue dita si strinsero a pugno sulle ginocchia. «Non mi

piace l'idea che altre persone vengano a sapere di te. È già abbastanza pericoloso con la gilda che sospetta.»

«Un altro mago non mi farà del male né andrà a spifferarlo in giro. Il signor Gibbons mi sembra il tipo che sa mantenere i segreti.»

«Non credo sia saggio finché non sapremo se possiamo fidarci di lui o no.» Mi guardò di sottecchi. «Il mio avvertimento verrà ascoltato o ignorato?»

Sospirai. «Ascoltato. Per ora.» Fino a quando la situazione dell'orologio di Matt non fosse diventata così disperata da doversi aggrappare agli specchi. «Anche se non sei disposto a fidarti del signor Gibbons, cosa ti fa pensare che Chronos sarà più affidabile?»

«Perlomeno Chronos è un mago del tempo e può certamente aiutarti. Non siamo sicuri che Gibbons possa farlo. In ogni caso, meno persone sanno, meglio è, finché non capiremo il mondo della magia.»

Sapevo che aveva ragione, ma non glielo dissi. Avrebbe potuto usarlo contro di me più tardi, quando avessi cambiato idea.

* * *

PIERRE DUPONT non era tornato alla fabbrica di Worthey, quindi ci dirigemmo a Bucklersbury Street. Svoltando dalla trafficata Cheapside nella strada ricurva, ci sembrò di essere entrati in un mondo diverso, sull'orlo di una transizione. Non riusciva a sfuggire alle sue strette proporzioni medievali, ma su entrambi i lati si vedevano nuovi edifici in costruzione. Alcuni erano sorretti più da impalcature che da mattoni. All'interno di una di queste strutture a metà, trovammo un signore in piedi sul bordo di una fossa poco profonda nel pavimento di terra battuta. Due operai erano accovacciati nella fossa, e con delle cazzuole raschiavano via con cura il terreno dalle tessere di mosaico blu, bianche e rosse sul fondo.

Il signore non alzò lo sguardo finché Matt non si schiarì la gola. «È molto bello» disse Matt. «È un uomo fortunato a essere responsabile di questo scavo.» Gli tese la mano. «Buongiorno,

Mr. Young. Sono Matthew Glass, e questa è la mia assistente, Miss Steele. Mr. Rosemont ci ha detto che l'avremmo trovata qui.»

Mr. Young strinse la mano di Matt e mi degnò a malapena di uno sguardo. «Lei deve essere la persona che sta valutando di finanziare la nostra operazione.»

«Esatto.» La risposta di Matt fu così rapida e sicura che nessuno avrebbe potuto metterla in dubbio.

Mr. Young sorrise e prese Matt per un gomito. «Beh, allora vorrà vedere quanto stiamo facendo. Mi permetta di farle strada.»

«Il mosaico è più colorato di quanto mi aspettassi» disse Matt, lasciandosi condurre da Mr. Young. «Cosa ne pensa, Miss Steele?»

Ero stata lasciata a seguire dietro, chiaramente non importante per gli scopi di Mr. Young. «È incantevole» dissi. «Quanto è antico lo scavo?»

Il fatto che Matt mi avesse inclusa nella conversazione fece cambiare tattica a Mr. Young. Improvvisamente divenne molto interessato a ottenere la mia buona opinione. «Almeno millecinquecento anni, ma non sapremo la data esatta finché non potremo analizzarlo ulteriormente, e non potremo farlo finché non ne scopriremo di più. Attento, Dyer» disse a uno degli operai. «Sa essere un po' maldestro» ci sussurrò Young. «Pensate, siete tra le prime persone a vedere questo pavimento da oltre mille anni.»

«Notevole» disse Matt.

«Un tempo il torrente Walbrook scorreva qui vicino». Mr. Young indicò la strada fuori. «Pensiamo che fosse una zona chiave di Londinium e, come tale, questo pavimento potrebbe essere appartenuto a un edificio governativo, o alla villa di un uomo importante, forse il governatore stesso. Ci sono prove di edifici romani lungo tutta questa via, sotto le strutture attuali.» L'entusiasmo di Young per il suo lavoro era inesauribile, e lo trovai piuttosto contagioso. «Sfortunatamente, potremmo non vederli mai. Alle autorità importa poco delle rovine. Loro e i costruttori sono molto più interessati al progresso che alla storia.» Sospirò. «Pensare che tutto questo potrebbe andare perso se non ci muoviamo in fretta per salvarlo prima che vengano eretti i nuovi edifici. Ci è stata concessa solo una breve finestra di tempo, vedete.»

«Come salverete il pavimento?» chiesi.

«Spostandolo nei musei, una tessera alla volta.»

«Un compito complesso e scrupoloso.»

«Moltissimo. Stiamo lavorando il più in fretta possibile, ma è comunque un lavoro che richiede il suo tempo. Altri due o tre operai ci aiuterebbero immensamente.»

«E per questo, avete bisogno di fondi.»

«Precisamente.» Mr. Young saltò giù nella fossa, circa trenta centimetri sotto il livello del pavimento, e mi tese le mani. «Scenda qui e lo guardi con i suoi occhi.»

Gli permisi di aiutarmi a scendere, e Matt mi seguì. Mr. Young ci porse delle tessere da ispezionare. Desiderava persino che Matt prendesse in mano una cazzuola, ma lui rifiutò educatamente. Facemmo il tipo di domande che un potenziale investitore avrebbe posto,, e in generale ci mostrammo amichevoli. Eppure Matt non toccò l'argomento di McArdle. Cercai di stabilire un contatto visivo con lui, ma era immerso in una conversazione con Mr. Young. Controllai persino l'orologio, spesso, ma i miei cenni furono ignorati.

Fu solo quando Mr. Young ci chiese perché avevamo deciso di investire in archeologia che Matt finalmente ci arrivò. «Ho un conoscente a cui piace dilettarsi nella caccia al tesoro. È stato un suo suggerimento quello di visitare Mr. Rosemont per informarmi sulla società e su eventuali scavi in corso.»

«Caccia al tesoro?» Le sopracciglia di Mr. Young si inarcarono. «Che intrigo. Come si chiama? Forse lo conosco.» La sua pronta risposta fu molto diversa da quella del signor Rosemont.

«McArdle.»

Le labbra del signor Young si dischiusero. I suoi baffi fremettero. «Capisco.»

«Lo conosce?» chiese Matt con noncuranza.

Mr. Young agitò una mano. «Di vista.» Disse agli uomini nella fossa di fare una pausa di dieci minuti. Questi si scambiarono un'occhiata accigliata, poi posarono le cazzuole e uscirono dalla fossa. Una volta che furono fuori portata d'orecchio, Mr.

Young si rivolse a Matt con un sorriso. «Mi dica, dove sta lavorando ora il suo amico?»

«McArdle? È quello che speravo di scoprire qui. Mr. Rosemont ha suggerito che lei potesse saperlo. L'ha visto di recente?»

Il sorriso del signor Young svanì. «Non da un po'. È passato brevemente, ha dato un'occhiata in giro e se n'è andato. Sembrerebbe che il mio pavimento a mosaico non lo interessi.»

«Perché no?»

«Sospetto che pensasse non ci fosse nulla di valore per lui, qui. Io nutro ancora qualche speranza, tuttavia. Dove ci sono strutture archeologiche, si trovano spesso piccoli reperti, alcuni dei quali di valore.»

«Per "di valore" intende qualcosa che aiuti a colmare le lacune della nostra conoscenza storica?» chiese Matt.

Il signor Young si lisciò i baffi con pollice e indice. «Andiamo, Mr. Glass, non c'è bisogno di girarci intorno, con me. Mr. Rosemont può fingere che siamo tutti qui per il bene comune, e forse *lui* lo è, ma il resto di noi è più pragmatico. Anche se mi piace scoprire un antico muro o un pavimento, mi entusiasmo molto di più quando viene dissotterrato un tesoro di monete o un gioiello. Dato che conosce McArdle, ho il sospetto che lei mi capisca su questo punto.»

«La capisco molto bene, Mr. Young. Grazie per la sua onestà. Sembra che lei, McArdle ed io siamo sulla stessa lunghezza d'onda.»

«È un peccato che nessuno di noi due sappia dove stia scavando attualmente. La sua capacità di mantenere segreti i suoi spostamenti non smette mai di stupirmi. Lei è il primo che è venuto sfacciatamente a chiedermi se l'ho visto.»

L'angolo della bocca di Matt si sollevò. Il suo sorriso sornione si abbinò a quello di Mr. Young. «Pensa che abbia trovato qualcosa di interessante e che per questo si nasconda?»

«Ha un'abilità sbalorditiva nel trovare oggetti d'oro, quindi non mi sorprenderebbe.»

Oro! Bene, bene. Mantenni un'espressione controllata, ma il mio cuore fece un balzo. Se l'interesse di McArdle era per l'oro e la magia, forse era un orafo magico piuttosto che un antiquario.

«Forse è l'oro infuso di magia con cui entra in contatto.» Le parole di Matt caddero come macigni. Non avrebbe potuto fare un'affermazione più plateale. Mr. Young si immobilizzò, eccetto per la vena che pulsava nella gola, sopra il colletto. «Forse la magia lo aiuta in qualche modo a scovare l'oro.»

Trattenni il respiro e attesi di vedere se la scommessa di Matt avrebbe avuto successo.

«Vedo che lei e McArdle avete più di qualcosa in comune.» Il tono condiscendente di Mr. Young mi disse esattamente cosa pensava della teoria di Matt.

«Sono indeciso» disse Matt. «Sebbene McArdle possa essere piuttosto convincente, devo ancora vederne le prove. E lei, Mr. Young? Lei cosa crede?»

«Io credo in questo.» Mr. Young allargò le mani per comprendere il pavimento a mosaico intorno a noi, gli attrezzi e i cumuli di terra. «Credo in ciò che posso disseppellire dal terreno, che si tratti di tessere, piastrelle o monete. La fortuna di McArdle nello scoprire tesori antichi è semplicemente quella: fortuna. Niente di più. La metto in guardia dal leggerci troppo.»

«Terrò a mente il suo consiglio» disse Matt, assumendo di nuovo il ruolo del gentiluomo amichevole. «Grazie per il suo tempo, ma dobbiamo andare.»

«E per quanto riguarda il suo sostegno finanziario?» chiese Mr. Young mentre usciva dalla fossa.

Mi tese la mano ma, prima che potessi prenderla, Matt mi afferrò per la vita e mi sollevò. Repressi un grido di sorpresa e borbottai invece i miei ringraziamenti, anche se così piano che dubitavo mi avesse sentito.

«Il suo lavoro qui è notevole» disse lui, stando al mio fianco. «Non abbiamo niente di simile da dove veniamo. Sarebbe un peccato se tutto questo venisse coperto e distrutto.»

«Deplorevole.»

Ci salutammo e Matt promise di considerare l'investimento nello scavo. «Mr. Steele si metterà in contatto.»

Oh? Quindi dovevo essere una vera assistente in questa faccenda? O era tutto parte della sua recita?

Matt mi prese la mano e mi aiutò a farmi strada tra le attrezzature e il pavimento irregolare fino alla carrozza che ci attendeva. Non avevo bisogno del suo aiuto, ma pensai fosse meglio stare al gioco finché non fossimo stati al sicuro nella carrozza.

«Sei molto bravo» dissi, sistemandomi le gonne mentre mi sedevo.

«In qualcosa in particolare o semplicemente in tutto?»

Risi. «Non c'è bisogno di essere presuntuoso. A recitare una parte, e a cambiare te stesso e la tua storia secondo le necessità.»

«È come bluffare a poker» disse con una scrollata di spalle.

«Dev'essere per questo che non sono brava. A poker perdo ogni volta.»

«Hai semplicemente bisogno di pratica.»

«O forse sono troppo onesta.»

«Non è una cosa così brutta.» Si accigliò. «Hai appena insinuato che sono un bugiardo?»

Il mio viso avvampò. «Io, ehm...»

Lui sogghignò e desiderai di avere qualcosa di più consistente della mia borsetta da tirargli addosso.

«Devi trovare tutto questo girovagare stancante» dissi io, per distogliere l'attenzione dal mio viso paonazzo.

«Un po'» ammise. «Vorrei che avessimo ottenuto qualcosa di più concreto, visti i nostri sforzi.»

«Abbiamo ottenuto molto, invece. Sappiamo che la scomparsa di Daniel è legata a un tesoro di monete, a McArdle e alla mappa che ha fatto per lui.»

Mi guardò con intensità. Tanto che non fece nulla per calmare il mio rossore. «Grazie, India.»

«Per cosa?»

«Per essere ottimista. Hai la capacità di risollevarmi l'umore. E Dio sa quanto posso essere malinconico di questi tempi.»

Aveva buone ragioni per esserlo. Era notevole che riuscisse a sorridere, con la nube nera della malattia che gli pendeva sulla testa. «Noi *troveremo* Chronos» dissi. «Ne sono sicura. Mirth ci condurrà da lui mercoledì, dopo che gli avremo parlato. Ho una buona sensazione al riguardo.»

«Anch'io, India. Anch'io.»

Arrivammo a casa e trovammo Miss Glass che stava ricevendo qualcuno nel salotto. La bocca di Bristow si piegò all'ingiù mentre lo annunciava, e sospettai che non gli piacesse l'idea che una signora, anche dell'età di Miss Glass, restasse da sola con un uomo.

«Chissà chi è» disse Matt, con le labbra che fremevano. «Un ammiratore di vecchia data che è spuntato fuori dal nulla ora che è libera dalle grinfie di suo fratello?»

«Un americano, signore, di nome Payne. Sceriffo Payne.»

CAPITOLO 11

Matt lasciò cadere il cappello che stava porgendo a Bristow e si precipitò su per le scale, salendo i gradini a due a due. Mi affrettai a seguirlo, sollevando le gonne ben al di sopra delle caviglie. Tuttavia, ero parecchio indietro e arrivai in salotto giusto in tempo per vedere Matt affrontare lo sconosciuto, con il pugno stretto nella camicia dell'uomo all'altezza del colletto. Era dunque lui l'uomo di legge corrotto che aveva seguito Matt dall'America, che lo aveva accusato di crimini terribili in diversi stati e che lo voleva rinchiuso in prigione, o morto.

E se ne era venuto lì, a bere tranquillamente il tè e mangiare una fetta di torta con la zia di Matt a casa sua, con l'espressione soddisfatta del gatto che ha rubato la panna. Non biasimai Matt per il suo desiderio di strozzarlo.

«Matthew!» L'urlo terrorizzato di Miss Glass squarciò l'aria, ma non impedì a Matt di gridare contro l'individuo la cui camicia era stretta nella sua morsa.

Scosse Payne con violenza. «Come osi venire qui!»

Payne si limitò a tenere le mani alzate. Un sorriso mellifluo si nascondeva sotto i baffi e i suoi occhi nocciola brillavano di divertimento. Era più giovane di quanto mi aspettassi, forse sulla trentina; era alto e magro, con un volto stretto e la fronte alta. I capelli impomatati all'indietro e l'abito gessato su misura lo etichettavano come un elegante gentiluomo di città, non come uno sceriffo del Selvaggio West, ma l'abito sembrava nuovo, quindi forse lo aveva ordinato non appena arrivato a Londra.

«Andiamo, Glass, questo è un paese libero, no?» disse Payne con un marcato accento americano. «Un uomo non può bere il tè assieme ad una bella signora?» Rivolse il suo sorriso untuoso a Miss Glass e poi a me. Nessuna donna sana di mente avrebbe considerato affascinante quell'individuo, nonostante le sue parole. Nemmeno Miss Glass sembrava lusingata. Anzi, appariva sconvolta fino alla punta dei suoi piedi compiti.

Matt lo spinse verso la porta. «Fuori! Non sei il benvenuto qui.»

«Matthew!» Miss Glass si premette le dita sulle labbra.

Le misi un braccio intorno alle spalle e lei si rannicchiò contro di me.

«India» sussurrò. «Cosa sta facendo? Perché Matthew sta facendo del male a quell'uomo?»

«Non è un brav'uomo» le dissi. «Matt lo accompagnerà fuori e poi le spiegheremo.»

Payne sogghignò. «Hai fatto credere le tue frottole anche alla tua piccola *wag-tail*, Glass?»

Il pugno di Matt cancellò il sogghigno dal volto di Payne.

Miss Glass urlò e si coprì il viso.

«Fermati, Matt!» gridai. «Stai spaventando tua zia.»

Con un ringhio, Matt spinse Payne fuori dalla stanza, per metà trascinandolo, per metà spingendolo. I loro passi in allontanamento non nascosero del tutto la bassa risata di Payne. Aveva innervosito Matt e lo sapeva. Ne godeva, forse addirittura traeva forza da quella consapevolezza. Conoscevo quell'uomo da appena un minuto e già lo detestavo.

«Miss Glass» dissi, «sta bene?»

«Credo di sì.» Si asciugò gli occhi e si sistemò i capelli. «Perché Matthew si è comportato così? Quell'uomo ha sostenuto di essere un suo amico americano.»

«Non è un amico» fu tutto quello che dissi. Non era compito mio aggiungere altro, né pensavo fosse saggio raccontarle tutto. «Se dovesse tornare, dica a Bristow di buttarlo fuori.»

La porta d'ingresso si richiuse sbattendo e poco dopo Matt

tornò. Si lisciò le ciocche ribelli e si tirò i polsini. «Zia, quell'uomo è conosciuto come Payne. Lui... non mi apprezza.» Mi lanciò uno sguardo di avvertimento.

Ne presi atto con un leggero cenno del capo.

«Ho avvertito Bristow di non farlo più entrare, nel caso si ripresentasse» disse Matt. «Ma sospetto che non lo farà.»

Miss Glass si strofinò le braccia. «Se avessi saputo che non era una brava persona, non avrei preso il tè con lui. Se non è tuo amico, Matthew, allora non è nemmeno amico mio.» Aveva un tono deciso, ma la sentivo ancora tramare.

Matt sospirò pesantemente. «Non è colpa tua, zia. Mi dispiace di averti spaventata.»

Arrivò Polly e si prese cura della sua padrona. Matt doveva averle chiesto di accompagnare la zia nelle sue stanze e di assicurarsi che stesse comoda. Era stato gentile da parte sua pensare al benessere dell'anziana anche mentre stava cacciando un intruso.

«Stai bene?» chiesi a Matt una volta che Polly e Miss Glass furono fuori portata d'orecchio.

«Questa dovrebbe essere la mia domanda» disse lui, tirandosi su i calzoni e prendendo posto a sedere.

«Sono fatta di un'altra pasta rispetto a tua zia, e non sono io quella che lui vuole mandare in prigione.»

Si chinò in avanti, con i gomiti sulle ginocchia, e si passò una mano tra i capelli, scompigliandoli di nuovo. Feci per alzarmi prima di ricordarmi chi e dove fossi e rimasi al mio posto.

No, non era giusto, dovevo alzarmi. Matt era mio amico e aveva bisogno di conforto, al diavolo le convenzioni.

Lo raggiunsi e mi fermai accanto alla sua sedia, incerta su dove posare la mano. Anche se avrei voluto toccargli la testa o massaggiargli il collo, la posai sulla sua spalla, dove il contatto non era così intimo. O almeno così pensavo. Si rivelò un punto tutt'altro che sicuro.

Matt alzò lo sguardo, i suoi occhi erano fumosi. La rabbia era scomparsa, ma erano pieni di tensione e sfinimento. Aveva bisogno del suo orologio. A malapena consapevole delle mie azioni, gli slacciai il bottone della giacca e infilai la mano all'interno. Il calore del suo corpo mi riscaldò e il suo esotico profumo speziato mi riempì le narici. Essere così vicina a lui mi elettrizzava e spaventava al contempo. Mi sentivo così diversa da me stessa e non riuscivo a pensare con chiarezza, la mente avvolta in una sorta di nebbia. Il cuore mi danzava irregolare nel petto.

Matt mi fissò da sotto le ciglia abbassate. La sua gola si mosse mentre deglutiva. «India» sussurrò, il suo respiro che mi sfiorava le labbra.

Le mie dita trovarono la catenella del suo panciotto. Estrassi l'orologio dalla tasca e glielo premetti nel palmo della mano. Il bagliore magico si insinuò lungo le sue dita fin su per il polsino. Riemerse pochi secondi dopo alla gola e infine si diffuse sul suo viso per scomparire tra i capelli. Chiuse gli occhi e inspirò profondamente.

Tornai al divano e lo osservai, tanto affascinata quanto spaventata. Spaventata *per* lui. E se un giorno la magia avesse smesso di funzionare?

Un attimo dopo aprì gli occhi e si mise in tasca l'orologio. Nessuno dei due parlò per quasi un minuto intero, e lui non incrociò il mio sguardo. Non riuscivo a immaginare la direzione dei suoi pensieri. Molto probabilmente erano rivolti alla questione di Payne, e non a me, come era giusto che fosse per un uomo con così tante responsabilità e problemi.

«È venuto qui per provocarti» dissi alla fine. «Penso che voglia farti sapere che sa dove abiti.»

«Credo che tu abbia ragione. È proprio il genere di cose che farebbe. È troppo furbo per tentare di farmi arrestare in una città che non conosce, dove ho una famiglia influente.»

«Tu dici furbo, io dico codardo.»

«È venuto qui, proprio sotto il mio naso, sapendo che prima o poi sarei arrivato. Non è un codardo, India. È sfacciato come pochi.»

«Forse.»

Mi lanciò un'occhiata di sbieco. «Grazie per avermi fermato. Se non l'avessi fatto...»

«È stata l'influenza di tua zia, non la mia. Avrei potuto lasciarti strangolare quell'uomo se lei non fosse stata presente.»

Accennò un sorriso. «Non lo conosci nemmeno.»

«Hai dipinto il ritratto di un uomo crudele e corrotto. A me basta.»

«Considerando che mi conosci a malapena, sei leale in maniera sorprendente.»

Mi sentii un po' punta sul vivo. Pensavo di conoscerlo, e abbastanza bene, per la verità. «Sei il mio datore di lavoro» dissi con stizza.

Lui batté le palpebre, come se la mia frecciata avesse colto nel segno. «Amici» mi corresse. «Siamo amici, India.»

«Anche se ti conosco a malapena?»

Il suo sorriso divenne genuino. «Considerami rimproverato.» Fece un profondo cenno col capo, poi soffocò uno sbadiglio.

«Riposati, Matt. Ne hai bisogno.» Alle sue proteste, aggiunsi: «Payne non tornerà, non oggi. L'hai detto tu stesso. Ha chiarito il suo punto. Smettila di preoccuparti e riposa.»

«Sì, signora.»

«Oh, e un'altra cosa» dissi mentre si alzava. «Che cos'è una *wag-tail*?»

«Come, scusa?»

«Payne mi ha chiamata una *wag-tail*. Almeno, credo si riferisse a me.»

Il suo sguardo si spostò dal mio viso alla mia spalla. «È un tipo di uccello.»

«Sì, ma è tutto qui?»

«Per quanto ne so.» Sbadigliò e si stiracchiò. «Devo davvero riposare adesso.»

Lo guardai allontanarsi, ormai quasi certa che *wag-tail* significasse qualcosa di diverso da un tipo di uccello.

***

Cyclops, Duke e Willie tornarono tutti a casa per cena. Miss Glass mangiò nelle sue stanze e Matt congedò Bristow non appena ebbe finito di portare i piatti in sala da pranzo. Mi preparai alle loro reazioni mentre raccontava loro che Payne era venuto a fargli visita.

«Cosa!» sbottò Willie, alzandosi in piedi così bruscamente da far tintinnare le posate. «Quel verme schifoso. Dove alloggia? Lo sbudellerò come il porco che è.»

«Willie» la interruppe Duke. «Siediti. Non sei d'aiuto.»

«Non so dove sia» la rassicurò Matt. «E se anche lo sapessi, non servirebbe a niente. Non c'è nulla che possiamo fare finché non commette un crimine.»

«Ha commesso dei crimini!»

«Nessuno dei quali possiamo attribuirgli.»

Imprecò a profusione e diede un calcio alla sedia, poi un altro finché non si rovesciò all'indietro. Senza nemmeno una pausa per respirare, la sua colorita tirata continuò mentre marciava da un capo all'altro della sala da pranzo.

«Willie!» abbaiò Matt. «A meno che tu non voglia che mia zia entri qui in preda al panico, ti suggerisco di calmarti.»

Si fermò davanti alla credenza, i pugni lungo i fianchi, il corpo che si alzava e abbassava al ritmo del suo respiro. «Lo odio» ringhiò.

«Lo odiamo tutti» disse Duke. «Ma non—»

Matt alzò una mano e scosse la testa. Duke, obbediente, lasciò la frase in sospeso. «L'unica cosa che possiamo fare è rimanere vigili» le disse Matt. «Scoprirà le sue carte, prima o poi.»

Lei si voltò di scatto per guardarci. «Sarà troppo tardi per allora. Non dovremmo stare qui seduti, ad aspettare che faccia la prima mossa. Sarà troppo tardi quando ci farà sapere quali sono le sue intenzioni. Segnati le mie parole, Matt, ti pentirai di non aver fatto nulla.»

Matt abbassò lo sguardo sul tavolo. Fu Cyclops a parlare con voce calma e profonda. «Siamo già al limite. Tra due giorni, Matt deve essere in banca per vedere se riconosce Mirth. Nel frattempo, tu e Duke state sorvegliando la fabbrica di Worthey e Matt, India e io stiamo cercando Daniel.»

«Dimentica Daniel» borbottò lei, avendo perso tutto il piglio bellicoso. Raccolse la sedia e vi si sedette pesantemente. «Dopotutto, non credo che trovarlo ci porterà a Chronos.»

«Non possiamo dimenticarlo» disse Matt. «Non suggerirlo di nuovo. Capito?»

Willie infilzò la fetta di roast beef con la forchetta e se la cacciò in bocca. Annuì, ma il suo sguardo di sfida negò il gesto.

«Avete scoperto qualcosa oggi?» chiese Cyclops a Matt.

Raccontammo loro delle nostre visite al museo e allo scavo di Bucklersbury, e della nostra nuova teoria secondo cui McArdle potesse essere un mago orefice a caccia di un tesoro di monete romane. «Il bottone che ha lasciato nelle sue stanze in affitto è effettivamente una moneta» disse Matt. «Contiene un po' di magia.»

«Pensiamo che abbia commissionato a Daniel la mappa di un tesoro di monete romane, nascosto da qualche parte a Londra» dissi.

«Ma se Daniel ha realizzato la mappa che mostra la posizione basandosi sulle informazioni di McArdle, non significa che McArdle sa già dove si trova il tesoro?» chiese Duke.

«Non siamo sicuri del perché abbia commissionato la mappa.»

«Mi chiedo se tutte le monete del tesoro siano magiche» disse Cyclops. «O solo quella.»

«Cosa *fa* un mago orefice?» chiese Willie. Sembrava essersi calmata, per fortuna. «A che serve l'oro magico, a meno che non si moltiplichi da solo? *Quello* sì che sarebbe un buon motivo per rapire qualcuno.» Alle occhiate di rimprovero di tutti, si limitò a scrollare le spalle. «Era uno scherzo.»

«Non lo sapremo finché non parleremo con McArdle» dissi. «O con Daniel.»

«Il problema ora è cosa facciamo?» disse Matt senza rivolgersi a nessuno in particolare. «Sembra che siamo arrivati a un vicolo cieco.»

«Ho notizie su Onslow che potrebbero rispondere a questa domanda» annunciò Cyclops mentre si serviva dell'altro manzo.

«È stato da qualche parte?» chiese Willie. «Da qualche parte dove potrebbe tenere prigioniero Daniel?»

Cyclops scosse la testa. «Onslow non è andato in nessun posto dove non mi sarei aspettato che andasse. Se sta nascondendo Daniel, allora qualcun altro gli sta portando il cibo. Onslow è stato a casa, nel suo negozio e alla sede della gilda, ma nient'altro.»

«Hai dato un'occhiata all'interno della casa e del negozio?» chiese Matt.

«Come avrebbe potuto entrare?» chiesi. Poiché nessuno rispose, guardai Cyclops. «Allora?»

Cyclops si mosse a disagio. «La governante mi ha fatto entrare, pensando che fossi l'ispettore del gas.»

«Non esistono ispettori del gas.»

«Meno male che non tutti sono brillanti come te, India, altrimenti non combineremmo mai niente.»

Matt ridacchiò. «E allora? Cosa hai visto?»

«Niente» disse Cyclops. «Nessuna porta nascosta, nessuna parete finta, niente. Se Onslow ha rapito Daniel, non lo tiene né in casa né in negozio.»

«Quindi oggi non hai scoperto nulla» disse Willie, spingendo via il piatto e incrociando le braccia.

«Non ho finito» le disse Cyclops. «Ho scoperto che Onslow incontrerà di nuovo quel tipo misterioso domani alla gilda. Si chiama Hallam, ed è l'uomo d'affari di qualcuno. Non so di chi» aggiunse quando Willie aprì la bocca. «Volete che origli durante il loro incontro?»

«Lo farò io» disse Matt. «Al momento non ho niente di meglio da fare.»

«Come?» chiesi. «Onslow ti conosce come Prescott.»

«Allora sarò Prescott, uno sciocco un po' imbranato che si imbatterà per caso in Onslow e Hallam mentre parlano.»

«E poi?»

«E poi mi verrà in mente qualcosa.»

Lo fissai assottigliando lo sguardo. «Il tuo piano presenta alcune falle.»

Matt si alzò e sollevò il coperchio del vassoio d'argento al centro del tavolo. Il suo viso si illuminò. «*Flummery*! Uno dei miei dolci inglesi preferiti.»

«Stai deliberatamente cambiando argomento.»

Prese un po' di flummery con un cucchiaio e me lo porse in una ciotola. «Molto astuta, India. Qualcun altro vuole del flummery?»

Duke tese una ciotola vuota. «Anche Duffield era alla gilda oggi. Non gli ho parlato, ma il suo nuovo apprendista era loquace.»

«Ronald Hogarth?» Matt versò una generosa quantità di flummery giallo nella ciotola. «Ha detto qualcosa di importante?»

«Non proprio. Ha detto a noi servitori che è contento di lavorare per Duffield adesso. Onslow gli piaceva, ma quell'uomo non stava andando da nessuna parte, e lui voleva un datore di lavoro che potesse insegnargli come diventare un giorno maestro della gilda.»

«È piuttosto freddo da parte sua» dissi, «considerando che è stata la scomparsa di Daniel a rendere disponibile la posizione. Ha menzionato Daniel?»

«Sì. L'ha definito precoce e avido.»

«Paroloni per un apprendista» disse Duke.

«Anche per te» sputò Willie.

«Hogarth è sveglio come una faina» disse Cyclops. «Scommetto che un giorno diventerà sul serio maestro della gilda.»

«Quindi non gli piace Daniel» disse Matt pensieroso, mescolando il flummery nella ciotola con il cucchiaio. «Forse voleva che venisse rimosso per poter prendere il suo posto come apprendista di Duffield.»

«Forse» disse Cyclops. «Ma non è l'unico a cui non piaceva Daniel. Nessuno dei servitori aveva una gran stima di lui. Faceva il gradasso con loro, dicevano, come se fosse qualcuno di speciale.»

«Lo era» disse Matt. «Lo è. È un mago.»

«Non è una buona ragione per credersi migliore di noi» disse Duke. «India non è così.»

«Forse mi comporterei allo stesso modo se fossi un ragazzo di diciannove anni che sa come usare la magia» dissi. «Cosa che chiaramente faceva, se McArdle gli ha commissionato una mappa. Eppure la famiglia di Daniel non gli ha insegnato nulla.»

Cyclops finì il suo flummery e ispezionò quello rimasto sul vassoio. «Secondo uno dei lacchè della gilda, Daniel non andava d'accordo con nessuno, compreso il suo stesso maestro. Era solito dire a Duffield che era uno sciocco e sosteneva di essere un cartografo migliore di lui e di tutti gli altri.»

«Duffield non deve averla presa bene» disse Duke. «E non è nemmeno una mossa saggia, considerando che i maghi sono temuti.»

«È probabile che non capisse le implicazioni delle sue vanterie» dissi scuotendo la testa. «Se solo suo nonno gli avesse spiegato i pericoli che comportava il dimostrarsi apertamente dotato di capacità magiche, gente come McArdle non sarebbe stata in grado di approfittarsi di lui.»

Cyclops scosse il capo mentre si avventava sulla seconda porzione di dolce. «Le vanterie di Daniel sono arrivate *prima* che incontrasse McArdle. È stato vanaglorioso fin dall'inizio del suo apprendistato e ha incontrato McArdle solo poche settimane fa.»

«Quindi è un piccolo stronzo» disse Willie con un sospiro. «Vogliamo davvero—» Si serrò la bocca sotto uno sguardo torvo di Matt.

«Hogarth ha detto qualcos'altro di importante?» chiesi.

«Non molto» disse Cyclops. «Gli ho chiesto cosa farà quando Daniel tornerà. Ha risposto che aspetterà e vedrà. Forse Daniel non vorrà più essere l'apprendista di Duffield, ha detto.»

Finimmo di cenare e ci ritirammo in salotto, la più piccola e accogliente delle due sale di ricevimento. Matt chiamò Polly e chiese notizie di sua zia. Polly disse che era seduta a letto, troppo stanca per unirsi a noi ma non ancora addormentata.

«Passerò qualche minuto con lei.» Prese due mazzi di carte dal cassetto del tavolo da gioco, ne lanciò uno a Duke e tenne l'altro.

Dopo che Matt fu uscito, mi sedetti al tavolo da gioco con Duke e Cyclops. Willie si rifiutò di unirsi a noi e rimase sulla sedia accanto al fuoco, gli occhi chiusi.

«Preferisci dormire che giocare?» le chiese Duke, mescolando il mazzo.

«Non gioco per dei fiammiferi» rispose lei senza sollevare le palpebre «Ho la mia dignità.»

Duke distribuì le carte e guardai la mia mano. Avevo due figure ma niente per formare una buona mano di poker. Le gettai sul tavolo.

«Ti arrendi già?» chiese Cyclops.

«Ho una domanda» dissi, guardando verso la porta. «Che cos'è una *wag-tail*?»

«Un uccello» disse Cyclops.

«Ha un altro significato in America?»

Dalla sua sedia, Willie ridacchiò sommessamente. «Avanti. Diglielo.»

Cyclops studiò attentamente la sua mano. «Non ricordo.»

Guardai Duke, ma anche lui mostrò un grande interesse per le carte.

«Willie?» chiesi. «So che tu me lo dirai.»

Aprì gli occhi e prese il bicchiere di brandy dal tavolo accanto a lei. «Perché vuoi saperlo?»

«Lo sceriffo Payne mi ha chiamata la *wag-tail* di Matt.»

Il viso di Duke si infiammò ma non alzò lo sguardo dalle carte.

«Non riesci a capirlo?» chiese Willie, prendendo un sorso.

Sostenni il suo sguardo. «Payne pensa che io sia l'amante di Matt, non è vero?»

«Quello è il termine educato. Se ti dicessi quelli non-educati, un'inglesina tutta perbene come te arrossirebbe.»

«Maleducati,» corresse Duke.

«Non sono una puritana» protestai, sentendo la schiena irrigidirsi senza volerlo.

Il sogghigno di Willie si allargò. «Sei rigida come la figlia di un predicatore.»

«A proposito di Payne» intervenne Duke prima che potessi pensare a qualcosa di pungente da ribattere. «Willie, non fare nulla che lo riguardi.»

Il viso di lei si indurì e le sopracciglia si aggrottarono. Sembrava che volesse lanciargli il bicchiere. «Cioè?»

«Matt ha già abbastanza di cui preoccuparsi senza che tu ti precipiti all'inseguimento di Payne.»

«Sono consapevole dei problemi di Matt, quindi puoi anche piantarla, Duke.»

Matt entrò con passo disinvolto e si diresse dritto alla credenza. «Mi assento un attimo e voi cominciate a bisticciare.» Vi gettò il mazzo di carte e si versò un brandy. «Zia Letitia dorme e io non sono pronto per ritirarmi. Chi vuole fare una partita a poker? O preferite baciarvi e fare pace?»

Willie si voltò e svuotò il bicchiere. Duke teneva le carte basse, quasi sotto il tavolo. L'angolazione lo costringeva a premere il mento sul petto per poterle vedere. Né Willie né Duke riuscirono a nascondere il rossore.

* * *

Matt voleva che mi unissi a lui per andare alla sede della Gilda dei Cartografi per spiare l'incontro tra Onslow e Hallam. All'inizio lo trovai strano. Non sarei stata solo d'intralcio? Ma lui mi spiegò che due persone che recitano una parte sono più credibili, soprattutto quando una è una donna.

«I gentiluomini credono alle signore» disse. «Non si aspettano che mentano loro guardandoli negli occhi. Alcuni uomini sono ingenui quando si tratta di donne di buona famiglia. Credono che siano tutte pure e innocenti.»

«Voi siete ingenuo riguardo alle donne di buona famiglia?» chiesi mentre mi infilavo i guanti nell'atrio.

«Moltissimo» disse con quel sorriso sghembo che mi piaceva immensamente. «È la mia più grande debolezza.»

«Scommetterei che è la vostra più grande risorsa; per quanto riguarda le signore, intendo.»

Il suo sorriso divenne diabolico.

Bristow aprì la porta d'ingresso proprio mentre un uomo si stava avvicinando lungo il marciapiede. Si fermò con un piede sul gradino più basso. Vestiva da gentiluomo ma era senza cappello e sfoggiava una barba incolta e capelli arruffati.

«Buongiorno, signore, signora» disse.

«Buongiorno» disse Matt. «Posso aiutarla?»

«Dipende.» L'uomo guardò verso la strada dove Bryce aspettava con il coupé, poi Bristow in piedi dietro di noi, sulla soglia. Infine, il suo sguardo si posò su di me. O, meglio, sulla mia borsetta. Sorrise. Non mi fidai di quel sorriso.

Matt mi attirò dietro di sé. «Dica il suo nome e il motivo della sua visita.»

«Non so se voi siate Mr. Glass e Miss Steele o i signori Prescott, e non mi interessa molto. Voglio solo ciò che è mio.»

«Non ho nulla di vostro.»

«Sì, signore, ce l'avete. Mrs. Dawson mi ha detto di aver dato il mio bottone ai signori Prescott, e Mr. Rosemont ha detto che due persone di nome Glass e Steele gli hanno portato un bottone ricavato da una moneta romana.»

Trasalii.

«McArdle.» Matt sembrava sbalordito quanto me. «Vi stavamo cercando.»

CAPITOLO 12

«La mia moneta, prego,» disse McArdle. Matt scese il primo gradino, ma McArdle alzò una mano per fermarlo. Dietro di lui, il cavallo si mosse, facendo tintinnare le briglie e dondolare la carrozza. Bryce osservava, incuriosito.

«Non un passo di più.» McArdle mi indicò. «Voglio che sia lei a darmela. Lentamente.»

«Non ha niente da temere da noi,» disse Matt. «Le restituiremo la sua moneta, ma prima ci servono delle risposte.»

Feci un passo avanti e aprii il laccio della mia borsetta, ma non estrassi la moneta. Ora che ero più vicina, potevo vedere le spiegazzature sui vestiti di McArdle e sentire il suo odore di sporco. I capelli biondi e unti gli pendevano in ciocche flosce e il sudiciume gli bordava il colletto. Aveva dormito all'addiaccio, forse, ma perché?

«Non risponderò alle vostredomande,» disse lui.

«Perché no?» chiese Matt con sincero sconcerto. «Stiamo semplicemente cercando Daniel Gibbons.»

McArdle non mostrò sorpresa. «Cosa volete da lui?»

«La sua famiglia mi ha chiesto di trovarlo. Sono estremamente preoccupati per lui. Non sadove sia?»

«No.»

Matt avanzò di un passo, ma McArdle alzò di nuovo la mano. «Non un passo di più. Solo lei.»

Matt inspirò con frustrazione. «Se lavoriamo insieme, possiamo trovarlo. So che possiamo. Ci parli della mappa che Daniel ha fatto per lei.»

«È solo una mappa,» disse McArdle, osservando attentamente Matt. «L'ho pagata ed è mia. Sai dov'è?»

«No,» mentì Matt. Si guardò alle spalle. «Questo è tutto, Bristow.»

«Molto bene, signore.» Il maggiordomo si ritirò all'interno insieme al lacchè e chiuse la porta.

«Dammi la mia dannata moneta,» ringhiò McArdle. «Non mettermi alla prova. Sono stati giorni difficili, a cercare voi due, e la mia pazienza è agli sgoccioli. Se non mi fossi arreso e non avessi deciso di passare un po' di tempo nella sala romana del museo, non avrei parlato con Rosemont e non avrei saputo che dovevo cercare un americano di nome Glass e non un americano di nome Prescott.»

«Capisco la tua frustrazione.» Quella di Matt, invece, sembrava svanita, sostituita da un tono calmo e rassicurante che avevo sentito usare da Cyclops con i cavalli. «E ci dispiace per qualsiasi problema ti abbiamo causato, ma devo insistere che ci parli di Daniel prima di consegnarti la moneta. Ha solo diciannove anni. Dobbiamo trovarlo.»

«Non provare compassione per quel piccolo bastardo. Avrà anche solo diciannove anni, ma è disonesto come un truffatore del doppio della sua età. Mi ha fatto una mappa e poi non ha voluto darmela. Ho passato anni a cercare qualcuno che potesse produrre una mappa simile. Anni! E quando finalmente lo trovo, si rifiuta di consegnarmela e poi sparisce. Ma quando lo troverò, lo ucciderò.» Due macchie di colore gli accesero le guance e gli occhi lampeggiarono.

«Vuoi trovarlo tanto quanto noi,» disse Matt. «Se lavorassimo insieme—»

«Io lavoro da solo.»

«Noi non vogliamo il suo tesoro di monete, Mr. McArdle,» dissi io.

Lui mi guardò sbattendo le palpebre. Era sorpreso che sapessimo così tanto?

«Vogliamo solo trovare Daniel.»

«Anch'io,» ringhiò lui. «Ma lo troverò da solo. Non dividerò con nessuno. Adesso, datemi la moneta o verrò a prenderla.»

Matt alzò le mani in segno di resa. «Sappiamo che è una mappa magica,» disse scendendo lentamente un gradino.

Lo sguardo di McArdle saettò verso i cinque gradini che li separavano. Si leccò il labbro superiore. «Non so cosa intendi,» disse, senza suonare minimamente convincente.

«Mostra la posizione delle monete magiche?»

Le narici di McArdle si dilatarono.

Matt fece un altro lento passo avanti. Era meglio che fosse pronto a combattere perché McArdle non indietreggiò. Sembrava determinato a ottenere la sua moneta. «Sappiamo che Daniel è un cartografo magico,» continuò Matt non ricevendo risposta, «così come sappiamo che tu sei un mago orafo—»

McArdle rovesciò all'indietro la giacca ed estrasse dalla cintura dei pantaloni una piccola pistola. «Ti avevo avvertito. Dammi la mia moneta. *Ora!*» Usò la giacca per nascondere la pistola, che puntò contro di me.

«Non sparare.» Matt alzò una mano per fermare sia Bryce che McArdle. Il cocchiere si era alzato dal suo sedile. «India te la darà.»

Misi la mano nella borsetta e recuperai la moneta. La tesi a McArdle, ma lui non si mosse.

«Me la porti, Miss Steele,» disse.

«No.» Matt tese la mano. «Te la porto io.»

«Lo farà lei.»

I muscoli della mascella di Matt pulsavano. Lo oltrepassai e porsi a McArdle la moneta. Lui avanzò fino all'ultimo gradino.

Mi accostai di nuovo a Matt. La sua mano si chiuse sulla mia, ancorandomi al suo fianco e un po' dietro di lui. «Dannazione, amico,» ringhiò alla figura che aveva preso a indietreggiare. «Possiamo trovare Daniel insieme se mi dici quello che sai.»

«Non so niente, è questo il dannato problema. E neanche tu, scommetto.» Sollevò la moneta. L'oro luccicò alla luce del sole.

«Almeno ora posso ricominciare.» Intascò la moneta e si rimise la pistola nella cintura dei pantaloni. Si voltò e corse via.

Un attimo dopo, svoltò l'angolo e scomparve dalla vista. Matt scese i gradini a grandi passi, scosse la testa, poi tornò da me.

«Stai bene, India?»

Mi sentivo straordinariamente calma, considerando che mi avevano appena puntato una pistola contro. Forse era perché non pensavo che McArdle fosse un assassino. Avido, sì, ma non un omicida.

Matt, tuttavia, era furioso. Doveva rodergli il fatto di non essere riuscito a impedire a McArdle di estrarre l'arma. O forse odiava aver perso la moneta.

«Sto bene, Matt. Davvero. Non c'è bisogno di preoccuparsi.»

Mi lasciò andare e indicò la porta d'ingresso con un cenno del capo. «Vuoi tornare dentro?»

«Assolutamente no. Non mi lascerò demoralizzare da un piccolo pericolo.»

«Non lo definirei piccolo. Ma se insisti.»

«Insisto.»

«Allora andremo alla gilda, come stabilito, subito dopo aver avvisato Bristow di non far mai entrare McArdle in casa.»

«La nostra lista di persone bandite sta crescendo a un ritmo vertiginoso.»

Matt mi raggiunse in carrozza poco dopo, con un'espressione che faceva pensare che si fosse pentito di non aver tirato un pugno a McArdle quando ne aveva avuto l'occasione. «Almeno abbiamo ancora la mappa,» dissi, cercando di rassicurarlo.

«Forse non è stata la cosa giusta tenergliela nascosta. Noi non possiamo usarla, ma lui forse sì.»

«Ma l'avrebbe usata per trovare Daniel? È più probabile che sarebbe scappato con quella, come ha fatto con la moneta, lasciandoci senza niente.»

Il suo volto si rasserenò un po'. «Sai sempre dire la cosa giusta.»

«Non sempre. Per esempio, dirti che credo che McArdle non sappia dove si trova Daniel non ti farà sentire meglio.»

«Non mi fa sentire neppure peggio.» Sospirò. «Se McArdle

non lo sa, questo ci riporta al punto di partenza, con un sospetto in meno, ovviamente.»

«A proposito di punti di partenza, cosa pensi che intendesse McArdle quando ha detto che ora può ricominciare?»

Lui si strinse nelle spalle. «Può farsi fare un'altra mappa, forse.»

«Usando la moneta?»

«Molto probabile. Spiegherebbe perché la voleva così disperatamente. La moneta stessa potrebbe avere un certo valore se riuscisse a rimuovere il gambo, ma se lo conducesse al resto del tesoro, sarebbe inestimabile.»

* * *

Il lacchè della gilda ci informò che il signor Onslow era in riunione, come sapevamo che sarebbe stato. Quello che non ci aspettavamo era la presenza di Mr. Duffield e di Ronald Hogarth, il suo apprendista.

«Mr. Prescott,» disse Mr.Duffield, stringendo la mano a Matt. «E anche Mrs. Prescott. Che sorpresa trovarvi entrambi qui.»

Matt non esitò nel rispondere al saluto, né lasciò intendere in alcun modo che la presenza di Duffield avesse mandato a monte i suoi piani. Eppure io sapevo che ora tutto doveva cambiare. Non ci sarebbero state manovre furtive finché Duffield fosse rimasto.

«Che piacere vederla qui,» disse Matt. «E del tutto inaspettato. Stavate per uscire?»

«Tra poco. Questo è il mio nuovo apprendista, Hogarth.»

Il giovane si fece avanti. «Ci siamo già incontrati. Lieto di rivedervi, signore, signora. Siete qui per Mr. Onslow?»

«Sì, ma a quanto pare è in riunione.»

«Posso aiutarvi in qualcosa?» chiese Mr. Duffield. «Riguarda la gilda, o le mappe?»

«Mr. Duffield è un eccellente cartografo,» disse Hogarth, gonfiando il petto. «Molto meglio di Mr.r Onslow.»

«Grazie, Ronald,» disse Mr. Duffield, teso. «Forse potresti precedermi al negozio. Io parlerò con Mr. Prescott e tornerò presto.»

«Non si preoccupi, se deve andare,» disse Matt. «Ammirerò il suo eccellente globo mentre attendo Onslow.» Indicò l'imponente globo di bronzo sorretto dalla statua del vecchio.

«Forse sarete più comodi nel salotto. Vi farò compagnia finché il signor Onslow non sarà libero.»

«Non si disturbi.»

«Insisto. Ronald, chiedi a qualcuno di portare del tè mentre esci.»

L'apprendista sembrò sul punto di protestare, ma dovette averci ripensato. Ci rivolse un cenno secco del capo e se ne andò.

Duffield emise un sospiro e indicò la porta che conduceva al salotto. «Da questa parte. I rinfreschi verranno serviti a breve.»

Chiaramente non voleva che aspettassimo da soli. Non sospettava certo il vero motivo della nostra presenza, vero? Per quanto ne sapeva, eravamo Mr. e Mrs. Prescott, avventurieri in viaggio per l'India. Lo speravo.

«Ora, mi dica,» disse lui, mentre ci sedevamo. «Cercate un'altra mappa? Da Onslow?»

Matt annuì. «Non sapevamo dove si trovasse il suo negozio, così siamo venuti qui.»

«Beh.» Duffield lanciò un'occhiata alla porta, poi si chinò verso di noi. «Non vorrei parlar male del mio collega, ma le *mie* mappe hanno vinto dei premi.» Indicò le pareti dove mappe incorniciate di ogni dimensione e colore riempivano gli spazi. «Molte di queste sono mie. Poche sono sue.»

«Conosco il vostro lavoro,» disse Matt con un sorriso gradevole. «Ero semplicemente curioso di vedere quello di un altro. Sapete per quanto tempo sarà impegnato Mr. Onslow?»

«Potrebbe volerci un'eternità.»

«Perché? Si sta incontrando con l'agente della regina?» Matt rise.

Anche Duffield rise. «Nessuno di così importante, ne sono certo. Riconoscerei chiunque fosse importante.»

Quindi non aveva idea con chi si stesse incontrando Onslow, e non sembrava nemmeno aver intenzione di andarsene. Cercai di attirare l'attenzione di Matt, ma lui non mi guardava.

«Mr. Duffield,» dissi io, «può indicarmi la direzione della toilette per signore?»

Matt si voltò lentamente. Mi fulminò con lo sguardo attraverso gli occhi socchiusi. Aveva indovinato cosa stavo per fare e non gli piaceva.

«Ehm, uh, sì, certo. È su di un piano e a destra.»

Uscii in fretta dal salotto prima di cambiare idea, o che Matt potesse suggerire di andarcene. Non volevo andarmene. Volevo risposte e avere qualcosa da mostrare per la nostra visita. Come aveva detto Matt, i gentiluomini credevano alle signore, per lo più. Se qualcuno mi avesse scoperta, avrei finto di essermi persa.

Percorsi il corridoio al primo piano, origliando alle porte chiuse in cerca di voci. Accolta dal silenzio, tornai verso la scala. Si avvicinarono dei passi, come di qualcuno che salisse i gradini due alla volta. Trattenni il respiro, mi lisciai le gonne e preparai la mia scusa.

Tirai un sospiro di sollievo vedendo Cyclops, vestito con la sua livrea da lacchè.

«Eccoti,» sussurrò, sembrando sollevato quanto me. «Ho portato il tè e ho visto che non eri con Matt. Mi ha fatto capire che dovevo aiutarti.»

«Come ha fatto?»

«Ha inarcato un sopracciglio. Vieni con me. So dov'è Onslow.»

Salimmo al piano successivo e ci avvicinammo furtivamente a una porta chiusa. Lui vi appoggiò l'orecchio, così feci anch'io. Riuscivo a distinguere voci maschili, ma non quello che dicevano. Dovevo avvicinarmi.

Afferrai la maniglia, ma Cyclops mi prese la mano. Scosse la testa. Annuii e gli tolsi la mano dalla mia. Lui strinse le labbra e si allontanò.

Aprii la porta cercando di non fare rumore e sorpresi Onslow che diceva: «Posso procurarmene altre.»

«Come?» chiese l'altro uomo che doveva essere Hallam. «Conoscete il produttore?»

Onslow non rispose. «C'è qualcuno?»

Spalancai la porta e rimasi a bocca aperta. «Oh, mi dispiace. Vi prego di perdonarmi, signori, stavo cercando...» Mi toccai la guancia, desiderando di poter arrossire a comando. «Me ne vado subito.»

«rs Prescott, non è vero?» Onslow aggirò la scrivania, fissandomi come se non potesse credere ai suoi occhi. «Vi ricordo. Cosa ci fate qui?»

«Mio marito e io siamo venuti a cercarvi, ma il signor Duffield ha detto che eravate in riunione. Mi sono sentita un po' debole e sono venuta a cercare la toilette. Sembrerebbe che non l'abbia trovata.»

«È un piano più in basso.»

«Grazie. Mi dispiace molto avervi interrotto.» Mi toccai la tempia e feci una smorfia.

«State bene?»

«Credo di aver bisogno di sedermi. Ma non voglio disturbare.»

Hallam si alzò e si abbottonò la giacca. «Stavo comunque per andarmene. I nostri affari sono conclusi.» L'uomo snello e con gli occhiali rivolse un cenno a Onslow.

Onslow ricambiò, poi mi prese il braccio e mi guidò alla sedia che Hallam aveva appena lasciato. Il registro blu che di solito teneva stretto al petto giaceva aperto sulla scrivania. «Acqua, Mrs. Prescott?»

«Sì, grazie.»

Mi versò un bicchiere dalla caraffa sulla libreria. Lo presi, ma la mia mano tremante fece versare qualche goccia. Non era tutta una recita. Mi sentivo piuttosto nervosa, sola con un sospetto. Cyclops era sparito.

«Avete detto che Duffield è con vostro marito?» chiese Onslow.

«Sì,» dissi, con voce debole. «Sono nel salotto. Mr. Duffield sta cercando di convincere Mr. Prescott che lui è il miglior cartografo.»

L'angolo interno della palpebra cadente di Onslow ebbe un fremito. «Vado a chiamare vostro marito, signora. Nel frattempo, riposate qui.» Guardò il registro sull'altro lato della scrivania.

Emisi un gemito teatrale e mi afflosciai sulla sedia, offrendo la mia migliore imitazione di un attacco di vapori.

«Signora Prescott!» Mi prese la mano e me la picchiettò. «State bene?»

«Fate presto,» sussurrai.

Corse fuori dall'ufficio. Appena se ne fu andato, aggirai la scrivania ed esaminai la pagina del registro. Era un libro contabile, pieno di cifre che non significavano nulla per me. Dannazione. Sicuramente doveva esserci qualcosa di utile da qualche parte. Sfogliai le pagine, ma sembrava essere solo un elenco di spese e ricevute. Nessuna delle spese appariva insolita per una gilda, e tutte le ricevute sembravano essere elencate come QUOTE con il nome di un membro accanto.

«Trovato qualcosa?»

Feci un salto per lo spavento, anche se riconobbi la voce di Cyclops. Fece capolino dalla porta, il suo unico occhio buono che brillava. Si stava godendo questa avventura.

«Non ancora.»

«Busserò sul muro quando si avvicina qualcuno.» Scomparve di nuovo.

Scorsi con il dito l'elenco di nomi nella colonna delle Entrate, sbavando l'ultimo. L'inchiostro era fresco. Lord Coyle, recitava il nome, non Mr. Hallam. Anche l'importo di quindici sterline scritto accanto al nome era fresco. Esaminai le altre registrazioni, scorrendo il registro a ritroso. Ce n'erano altre due a nome di Lord Coyle, una per venti sterline, l'altra per un altro pagamento di quindici. Che Hallam fosse l'uomo d'affari di Lord Coyle?

Rimisi il registro sulla scrivania nella posizione esatta in cui l'avevo trovato e sfogliai rapidamente la pila di carte. Niente. Aprii il primo cassetto e sorrisi. In cima c'era una mazzetta di banconote, legata con uno spago. Contai quindici sterline. Onslow non aveva ancora avuto modo di metterle in un posto più sicuro.

Rimisi il denaro nel cassetto proprio mentre Cyclops batté un colpo sul muro. Ebbi tutto il tempo di tornare alla mia sedia e riprendere il ruolo della donna in procinto di svenire.

«Mia cara» disse Matt, entrando. «Stai bene? Mr. Onslow ha detto che hai avuto un mancamento.» Si accovacciò accanto alla sedia e prese le mie mani tra le sue. Il suo sguardo era del tutto sincero e colmo di profonda preoccupazione.

«Io... mi sono sentita sopraffatta» dissi debolmente.

«Ho mandato il valletto a prendere un panno fresco» disse Mr. Duffield, in piedi dietro a Matt.

Mr. Onslow sgusciò oltre entrambi e aprì il cassetto superiore. Allungò la mano e un istante dopo richiuse il cassetto. Il sollievo lo fece sorridere. Doveva essersi pentito della sua uscita frettolosa, lasciandomi sola con tutto quel denaro.

«Grazie» dissi «ma mi sento un po' meglio. Mr. Prescott, va bene se andiamo via adesso?»

«Certo, mia cara. I nostri affari possono aspettare.»

«Oh» Mr. Duffield e Mr. Onslow parvero entrambi delusi.

«Non era urgente» disse loro Matt. «Tornerò un'altra volta.»

«Da me» disse Mr. Onslow.

Mr. Duffield si interpose tra Matt e Mr. Onslow. «O da me.» Tese la mano e Matt gliela strinse. Lanciò a Onslow uno sguardo trionfante.

Con un'increspatura delle labbra, Onslow si avvicinò. Mi aiutò ad alzarmi. «Cara Mrs. Prescott, spero proprio che vi sentiate presto meglio. Mi avete fatto prendere un bello spavento.»

«Sì» ringhiò Matt. «È vero.» Mi prese per il gomito e, con l'altra mano sulla parte bassa della mia schiena, mi guidò fuori e giù per le scale.

Non mi lasciò finché non fui dentro la brougham, né il suo cipiglio si addolcì. «Non andare più contro i nostri piani.»

Liquidai la sua preoccupazione con un gesto. «Non erano scolpiti nella pietra.»

«Anche così...»

«Anche così, ho avuto successo, quindi non puoi rimproverarmi.»

Il suo cipiglio si fece più profondo.

Mi schiarii la gola. «Ti dirò cosa ho scoperto, va bene?» Visto che non rispondeva, continuai. «Penso che Hallam lavori per Lord Coyle.»

«Chi è?»

«Non lo so. C'erano tre registrazioni a suo nome nel registro di Onslow.» Gli raccontai degli importi dei pagamenti e del ritrovamento delle quindici sterline in banconote nel cassetto. «Hallam aveva appena pagato Onslow per conto di Coyle.»

«Per cosa?»

«La registrazione indicava semplicemente delle quote, ma

l'importo pagato era molto più alto di ogni altro pagamento per quote associative. Ho sentito Onslow dire ad Hallam che poteva procurarne di più. Altre mappe, forse. Poi Hallam ha chiesto come. Ha detto specificamente: 'Conoscete il creatore?'. Quelle sono state le sue *esatte* parole, Matt. Penso si riferisse a un cartografo, e mi sono chiesta se potesse riferirsi a mappe magiche e a un cartografo mago. Se così fosse, allora Onslow deve aver rapito Daniel. Lo sta usando per creare mappe magiche su richiesta che poi vende a clienti esclusivi.»

La fronte di Matt rimase corrugata. Non sembrava affatto considerare la mia teoria. Non si fidava di quello che avevo sentito? Credeva solo a ciò che vedeva e sentiva lui stesso?

«Non hai intenzione di congratularti con me?» chiesi, con tono secco. «Di ringraziarmi?»

«Sarai fortunata se ti porterò di nuovo fuori con me.»

Buon Dio, era ancora preoccupato che avrei potuto cacciarmi nei guai. «Ho fatto un ottimo lavoro, e lo sai. Sei solo geloso perché io mi sono divertita mentre a te è toccata la parte noiosa del piano.»

«Niente di tutto ciò faceva parte del mio piano» ringhiò lui. «E tu lo consideri divertente?»

«No, non proprio.» Gli mostrai le mani guantate. Tremavano ancora. «Per un po' ho avuto i nervi a pezzi. Sono ancora un po' tesi, ma ora che è finita, mi sento rinvigorita.»

Alzò gli occhi al soffitto della carrozza. «Cosa ho creato?»

Sorrisi. «Non preoccuparti, non ne farò un'abitudine.»

«Vedi di non farlo.»

«A meno che non sia necessario.»

Sospirò.

«Il problema è che Cyclops non ha trovato sospetti i movimenti di Onslow, né una stanza nascosta dove Daniel potrebbe essere tenuto prigioniero» dissi. «La nostra teoria ha ancora delle lacune.»

«È vero. Cyclops continuerà a seguirlo, ma forse dovremmo verificare se Onslow sta davvero vendendo mappe magiche o se si tratta di qualcos'altro.»

«Potremmo investigare il legame con Lord Coyle. Forse sarà

disposto a dirci cosa ha comprato da Onslow. Chissà se tua zia lo conosce.»

* * *

Miss Glass in effetti lo conosceva di nome, anche se non l'aveva mai incontrato. «Oh sì» disse, accettando la tazza di tè che le porsi dopo pranzo. Matt era andato a riposare in camera sua al nostro ritorno, quindi avevo aspettato che lui si unisse a noi in salotto prima di chiedere alla zia a proposito di Coyle. «Un tipo interessante, a quanto si dice.»

«Dove vive?» chiese Matt.

«La sua tenuta è nell'Oxfordshire. Perché?»

«Ho degli affari da sbrigare con lui.»

Lei si fermò, la tazza di tè alle labbra. «Niente di losco, spero.»

Aggrottammo entrambi le sopracciglia. «Perché lo pensi?» chiese lui. «I miei affari sono tutti alla luce del sole.»

«So che i *tuoi* lo sono, Matthew. Lord Coyle, tuttavia...» Posò la tazza nel piattino senza bere. «Pensavo che ti fossi lasciato coinvolgere in qualcosa con lui da cui non riuscivi a tirarti fuori. Sono contenta di sbagliarmi.»

«In che genere di cose è coinvolto Coyle?»

«Sono solo pettegolezzi, e non mi piace spargerli in giro. Cose sgradevoli.» Prese di nuovo la tazza e sorseggiò.

«Zia» disse lui a denti stretti.

«Non vorrebbe che Matt si fidasse di questo Lord Coyle quando lei avrebbe potuto impedirgli di commettere un errore, non è vero?» chiesi io.

«Messa in questi termini.» Miss Glass mi porse la tazza da tè e il piattino, e io li posai sul tavolo. «Non l'ho mai incontrato. Non fa parte della mia cerchia, né di quella di tuo zio Richard. È solo un po' più giovane di me, ricco come Creso, ed è un conte, nientemeno. Eppure è scapolo.»

Io e Matt ci scambiammo un'occhiata. «È questo il suo crimine?» chiese Matt.

«Buon Dio, no. Potrà essere strano, ma non è illegale,

purtroppo. Ti stavo solo dicendo qualcosa su di lui, così sai con che tipo di uomo avrai a che fare. Bisogna conoscere il proprio nemico per sconfiggerlo.»

«Non è mio nemico, e non ho intenzione di sconfiggerlo in alcunché.»

«Ma apprezziamo le informazioni aggiuntive» aggiunsi io con un sorriso incoraggiante.

Matt tamburellò le dita sul ginocchio. «Sì, le apprezziamo. Continua, zia.»

«Lord Coyle è un collezionista, e si dice che alcuni degli oggetti della sua collezione siano pezzi rubati» disse lei.

«Rubati!» ansimai. «A chi?»

«Ai proprietari originali, suppongo. Ha una vasta collezione, a quanto ho sentito, ma la tiene nascosta.»

«Allora che senso ha collezionare cose se nessuno le vede?»

«A quanto pare permette a certe persone importanti di vederle.»

«Che genere di cose colleziona?» chiese Matt.

«Non ne sono sicura. Alcuni dicono opere d'arte, altri libri rari, e altri ancora dicono che collezioni qualsiasi cosa catturi il suo interesse.»

Oggetti magici, forse.

Matt si appoggiò allo schienale della poltrona e allungò le gambe, incrociandole alle caviglie. Era una posa che assumeva quando era perso nei suoi pensieri; non se ne rendeva neppure conto. «Grazie, zia. Ma sei sicura che li rubi e non li compri?»

Lei giunse le mani in grembo e sollevò il mento. «Non posso esserne assolutamente certa, no. Come ho detto, sono pettegolezzi, e dei pettegolezzi non ci si può fidare completamente. Ciò nonostante, sono contenta di averti avvertito.» Fece cenno che avrei dovuto tagliare il pan di Spagna. «Ora puoi evitare Lord Coyle.»

Matt scosse la testa. «Voglio comunque parlare con lui. Quanto dista l'Oxfordshire?»

«È abbastanza lontano. Perché non provi prima alla sua residenza di Londra per vedere se è in città?»

«Ha una residenza a Londra?»

«Mio caro ragazzo, tutte le migliori famiglie ce l'hanno.»

Passai a Matt una fetta di torta. «Se ha affari in città in questo periodo, potrebbe trovare più comodo essere qui.»

Annuì lentamente mentre accettava il piatto. «Potrebbe, in effetti. Zia, conosci il suo indirizzo di Londra?»

Lei si indispettì. «Certo che no.»

«Richard o Beatrice lo saprebbero?»

«Ne dubito. Perché non provi a chiedere al tuo avvocato? Se non lo conosce già, può trovarlo per te. Scrivigli oggi e avrai una risposta entro domani.»

Matt sorrise. «Un'idea eccellente.»

Miss Glass posò il piatto, la torta appena toccata. Mangiava come un uccellino, ed era fragile come uno di loro. Dovevo insistere perché mangiasse di più. Forse Polly poteva chiedere alla signora Potter di preparare alcuni dei piatti preferiti di Miss Glass.

«Sono contenta che tu sia a casa» disse a Matt. «Abbiamo visite questo pomeriggio. La signora Mortimer e sua figlia.»

La masticazione di Matt rallentò. «Devo uscire di nuovo.»

Strinsi gli occhi guardandolo. Era stato scortese.

«Sei impegnato stasera?» chiese sua zia, impassibile.

«Abbiamo ospiti a cena?»

«No.»

«Saremo qui» disse lui. «Sarà bello passare un po' di tempo con te. Ho l'impressione di averti trascurata, ultimamente.»

«È vero, ma stasera ti farai perdonare. Andremo all'opera.»

Strinsi le labbra, ma non riuscii a reprimere un sorriso. Era raro che Matt restasse a corto di parole, ma la sua bocca si aprì e si chiuse senza che ne uscisse nulla.

«Non è meraviglioso?» dissi.

«Non mi piace l'opera» borbottò lui.

Sua zia agitò una mano. «Non si va all'opera per guardare lo spettacolo. Si va all'opera per essere *visti* e per incontrare amici. Ho fatto qualche domanda e stasera ci saranno delle persone interessanti. Te le presenterò.»

«Scommetto che hanno figlie da marito» disse lui.

«Certo. Non varrebbe la pena andare se non ci fossero

ragazze da farti incontrare. Sarà un gran divertimento, e ti piacerà se te lo concedi. India, verrai anche tu, come mia dama di compagnia.»

«Sarebbe adorabile» dissi. «Grazie, Miss Glass. Non sono mai stata all'opera.»

«Se non devi uscire con Matthew questo pomeriggio, dovresti restare per conoscere le mie ospiti.»

«Oh» dissi. «Ehm, grazie, ma sono sicura che Matt abbia bisogno di me.» Non ero sicura di cosa avesse intenzione di fare, o dove volesse andare, ma anche un giro in carrozza per la città sarebbe stato meglio che fare conversazione educata con degli sconosciuti e ascoltare Miss Glass elencare le loro qualità.

«Riflettici, India. Sono un po' al di sotto di noi Glass, ma sono una famiglia simpatica e la tua compagnia mi farebbe piacere.»

«Al di sotto di noi?» Matt posò il piatto sul tavolo con un'espressione corrucciata, si voltò verso sua zia e disse: «Non hai mai avuto intenzione che incontrassi le Mortimer, vero?»

Lei allungò la mano verso il suo piatto e affondò la forchetta nella torta. «Adoro il pan di Spagna della signora Potter.»

Un piccolo sbuffo di risa mi sfuggì dal naso. Matt mi lanciò un'occhiataccia. «Fortunatamente per India, non ho bisogno della sua assistenza questo pomeriggio, quindi sarà disponibile per incontrare le tue ospiti.» Mi rivolse un sorriso trionfante.

Uomo crudele.

* * *

La signora Mortimer e sua figlia erano davvero persone deliziose, e fui contenta di essere rimasta. Erano istruite, interessanti e non amavano i pettegolezzi. Non facevano neppure alcuno sforzo per ingraziarsi Miss Glass, benché a loro socialmente superiore. Anzi, lei sembrava godere della loro compagnia tanto quanto me, a giudicare dalla sua risata spontanea.

Le salutai dalla cima della scalinata d'ingresso quando fu ora che se ne andassero, e le guardai allontanarsi lungo la strada. A dire il vero, stavo anche cercando la carrozza di Matt. Non ce n'era traccia, e stavo per rientrare quando notai un uomo appoggiato alla recinzione di ferro a quattro case di distanza. Aveva la testa china, quindi non potei vedergli il viso, ma la sua inconfondibile figura alta e snella rivelò la sua identità.

Lo sceriffo Payne.

Mi venne la tentazione di marciare verso di lui e ordinargli di andarsene, ma mi trattenni. Non avrei ottenuto nulla. Inoltre, gli avrei solo fatto capire che mi aveva turbata. Avrei avvertito Matt non appena fosse tornato a casa.

«Fatemi sapere quando torna il signor Glass» dissi a Bristow. «Prima che scenda dalla carrozza, se possibile.»

«Certamente, signora.»

Non riuscii tuttavia a stare tranquilla. Guardavo fuori dalla finestra ogni pochi minuti, solo per vedere Payne ancora lì. Lui scrutava ogni carrozza di passaggio, come facevo io, ma nessuna di esse riportò Matt a casa.

Si fece tardi. La luce del sole si affievolì con l'avanzare del crepuscolo e il lampionaio sollevò la sua pertica verso il primo lampione in fondo alla strada. Matt era solo andato alla Gilda degli Orafi a chiedere di McArdle, quindi perché non era ancora tornato? Avrebbe avuto bisogno di riposare e usare il suo orologio. Ce l'aveva con sé, ma di solito aspettava di essere a casa per usarlo.

Finalmente, il rombo di ruote si fermò davanti alla casa. Bristow entrò nel salotto per annunciare il ritorno di Matt, ma gli passai davanti e aprii il portone prima che potesse parlare. Lo sportello della carrozza si aprì mentre la stavo raggiungendo. Ne uscì Willie, seguita da Duke. Matt doveva essere andato alla fabbrica di Worthey e averli recuperati. Mi salutarono e io risposi con un filo di voce, immensamente sollevata che Payne si fosse tenuto a distanza.

Dietro di loro, l'interno della cabina splendeva di una tenue luce viola. Matt sedeva con gli occhi chiusi, l'orologio stretto nel pugno, le vene illuminate. Era uno spettacolo di una bellezza eterea nella scarsa luce e mi tolse il fiato.

Con la coda dell'occhio, vidi qualcosa muoversi. Payne!

«Matt!» gridai. «Fermati!»

I suoi occhi si aprirono e lasciò cadere l'orologio. Rimbombò sul pavimento e la luce si spense. «Che succede?»

«C'è Payne.» Lanciai un'occhiata lungo la strada. La figura si voltò e corse via.

«Mi ha visto con l'orologio?»

Dall'angolazione in cui si trovava? «È difficile dirlo.»

«Gli siamo passati proprio davanti con le tendine aperte» disse Matt, raccogliendo l'orologio. «Ha visto.»

CAPITOLO 13

Non c'era una singola cosa che potessimo fare riguardo a Payne. Era probabile che avesse visto il bagliore viola nella carrozza, e forse persino sulla pelle di Matt, ma improbabile che sapesse cosa significava. Non c'era che da sperate che lo liquidasse come un gioco della luce morente del giorno.

«Stai bene?» gli chiesi mentre scendeva dalla carrozza.

«Bene» ringhiò lui. «Sto sempre bene, India, non importa quante volte tu me lo chieda.»

Giunsi le mani e intrecciai nervosamente le dita. «È solo che sei stato via così a lungo...»

Lui chinò la testa e le sue spalle si afflosciarono. «Mi dispiace.» Mi toccò le mani finché non le sciolsi, poi prese le mie dita tra le sue. Nessuno di noi indossava guanti e l'intimità della pelle contro la pelle mi accelerò le pulsazioni. «Non avrei dovuto scattare. Mi perdoni?»

Come potevo non farlo, quando mi guardava sbattendo le sue lunghe e folte ciglia e mi rivolgeva quel sorriso esitante, come se temesse che *non* lo avrei perdonato? «Non c'è nulla da perdonare. Avere tutti che continuano a chiedere della tua salute dev'essere snervante. Farò del mio meglio per trattenermi, in futuro.»

«Non mi dispiace se ti preoccupi per me, qualche volta.» Il

sorriso si allargò con maggiore sicurezza, ma rimase storto. Poi, come se gli fosse tornata la memoria di dove eravamo e cos'era appena successo, mi lasciò andare e guardò in fondo alla strada. «Payne ti ha infastidita?»

«No. Era qui fuori da un po'. Pensavo ti avrebbe importunato, e volevo avvisarti della sua presenza.»

«Forse aveva in mente un altro piano.»

«Sì, ma quale? Perché stare lì ad aspettarti senza avvicinarsi?»

«Magari per studiare i miei movimenti.» Mi indicò di salire i gradini prima di lui.

Sollevai le gonne di un pollice per non inciampare nelle scarpe. «Hai scoperto qualcosa alla Gilda degli Orafi?»

«Il valletto mi ha detto dove trovare la bottega del maestro di gilda, così gli ho fatto visita lì. Da lui ho saputo che McArdle non è più un membro. Smise di pagare le quote quando chiuse la bottega qualche anno fa e scomparve oltreoceano. Il maestro di gilda ha detto di aver sentito che McArdle era ossessionato dalla caccia a tesori antichi.»

«Corrisponde a ciò che sappiamo di lui.»

«Il maestro non sapeva che McArdle fosse tornato a Londra ed è parso un po' preoccupato quando gliel'ho menzionato. Quando gli ho chiesto quale fosse il problema, ha liquidato la mia domanda e mi ha detto che McArdle è un pazzo, da non prendere sul serio.»

Mi fermai in cima ai gradini e attesi che Matt mi raggiungesse. «Pensi si riferisse alle affermazioni di McArdle sulla magia?» sussurrai, dato che Bristow si aggirava lì vicino.

«Forse.»

«Gli hai chiesto direttamente della magia?»

«No!»

«Perché sei così inorridito? La sua reazione avrebbe potuto essere piuttosto eloquente.»

«Sono inorridito che tu suggerisca di attirare l'attenzione su di noi — su di *te* — menzionando la magia a dei perfetti sconosciuti. A un maestro di gilda, nientemeno.» Mi prese il braccio e mi guidò dentro, dove la presenza di Bristow pose fine a ogni discorso sulla magia.

«Queste sono arrivate per lei questo pomeriggio, signore.» Il maggiordomo porse a Matt due buste sottili.

«Grazie, Bristow. Quanto manca a cena?»

«Circa trenta minuti, signore. Stasera è presto, e informale, per via dell'opera.»

Diedi un'occhiata all'orologio d'ebano e ottone sul tavolo dell'ingresso. «Mrs. Bristow ha detto che Mrs. Potter avrà la cena pronta per le sei e trenta, cioè tra soli ventiquattro minuti.» Di fronte al sorrisetto di Matt, aggiunsi: «O giù di lì.»

«Se qualcuno mi cerca, sarò nel mio studio fino ad allora» disse lui. «India, mi raggiungerai dopo che avrò parlato con mia zia?» Agitò le buste. «Abbiamo del lavoro da fare.»

Salutò la zia nel salotto e ascoltò doverosamente le chiacchiere sul pomeriggio con i Mortimer. «Erano davvero così simpatici?» mi chiese mentre entravamo nel suo studio nove minuti dopo.

«Sì, lo erano. Mi è piaciuta la loro compagnia.»

«Bene.» Mi indicò di sedermi e mi porse un blocco note e una matita. «Sono contento che la vita qui non sia solo lavoro noioso.»

«Non c'è nulla di noioso nel vivere qui. Anzi, tutto il contrario. Vuoi che apra io le lettere? È questo che fa un'assistente?»

«Non lo so. Non ne ho mai avuta una prima d'ora.» Mi passò una delle lettere. «Questa è di Munro.»

«E l'altra?»

Lui girò la busta. Il retro era bianco. «Non lo so.» La aprì mentre io aprivo quella di Munro e leggevo.

«Vuole che lavoriamo più in fretta» dissi, senza alzare lo sguardo. «Dice che, sebbene lui capisca che le indagini possano essere lente, la famiglia di Daniel non lo accetta. Il nonno di Daniel, Mr. Gibbons, esige delle risposte.» Ripiegai il foglio. «Cosa dice quella?»

Matt era impallidito. Stavo per chiedergli se si sentisse bene, ma mi morsi la lingua. Poiché non parlava, andai a mettermi dietro di lui e lessi sopra la sua spalla.

. . .

Ho l'orologiaio che cercate. Venite a Lemon Court a Bethnal Green con mille sterline alle sei del mattino.

Trasalii. «Matt...»

«Lo so.» Si accarezzò il labbro inferiore, pensieroso.

Le ginocchia mi si fecero deboli e dovetti tornare a sedermi. Mi premetti una mano sul cuore che batteva all'impazzata. «Questo è—»

«Lo so.»

«Meraviglioso!»

Alzò lo sguardo di scatto. «Credi che questa lettera sia sincera?»

La mia spina dorsale si infiacchì. Mi sentii come se tutto il corpo fosse imploso. «Tu no?»

«È una trappola.»

«Tesa da Payne?»

«Forse. Un *court* è un vicolo cieco, non è vero?»

«Di solito.»

«E Bethnal Green non è un posto pericoloso?»

Arricciai il naso. «Bethnal Green ha una reputazione terribile. I delitti dello Squartatore avvennero proprio alle sue porte due anni fa. Secondo i giornali, il quartiere verrà raso al suolo e ricostruito, ma dubito che qualcosa possa cancellare i ricordi della violenza commessa lì. Se vai, devi chiedere a Munro una scorta della polizia.»

«Non sarebbe saggio. Il ricattatore non manterrà la sua parte dell'accordo se vedrà un qualunque segno di presenza della polizia. Il punto è comunque irrilevante» aggiunse. «Non ci andrò.»

«Oh. Matt, se è di soldi che hai bisogno, prendi le quattrocento sterline che ho vinto catturando il Dark Rider.»

Lui sorrise senza allegria. «Grazie, ma non sono i soldi a impedirmi di andare. È una trappola, India. Sarebbe una follia andarci.»

«Ma se non fosse una trappola?»

«Lo è.»

«Non puoi saperlo.»

La porta si aprì ed entrarono Willie e Duke. «Su cosa state litigando voi due?» chiese Duke.

«Non stiamo litigando, stiamo avendo una discussione» disse Matt.

«Riguardo a cosa?» chiese Willie.

«A niente.»

«A questo.» Sfilai la lettera dalle mani di Matt e la passai a Willie. Matt mi guardò accigliato. Io incrociai le braccia e ricambiai il suo sguardo torvo. Volevo un altro parere.

Duke lesse il biglietto sopra la spalla di Willie. Essendo la persona più vicina a lei, ricevette in pieno la forza del suo abbraccio e fu quasi assordato dal suo *urrà*.

«Sia lodato Dio!» esclamò lei. «È un miracolo.»

«Certo che lo è» disse Duke, ricambiando l'abbraccio, con una mano affondata nei capelli di lei.

Matt le strappò la lettera, la fece a pezzi e lasciò che i frammenti si spargessero sulla sua scrivania. «Basta! Tutti quanti. Sento puzza di trappola.»

Willie allontanò Duke con una spinta violenta. Lui barcollò all'indietro finendo nella poltrona, ma non protestò. Si riunì semplicemente a noi come se fosse un evento di tutti i giorni.

«Ci stai dicendo che non vieni?» chiese Willie. «Sei di testa dura? Hai la lana tra le orecchie?»

«Willie» la rimproverò Duke. «Forse Matt ha ragione. Forse è una trappola.»

«E allora? Vai, ma sii pronto a un'imboscata.»

«Sono d'accordo» dissi.

Matt tamburellò le dita sulla scrivania e strinse le labbra. «Se l'autore di questa lettera sapesse davvero dove si trova Chronos, verrebbe da me. Perché nascondere la sua identità? Non ha fatto nulla di male. L'unica ragione per incontrarmi in un vicolo cieco di un quartiere malfamato è per attaccarmi. Se solo vi fermaste a pensarci, vedreste che ho ragione.»

Duke si sedette sul bordo della scrivania, a testa bassa. «Probabilmente è una trappola.»

Matt aveva le sue ragioni. Con una certa riluttanza, fui d'accordo.

«Willie?» chiese Matt a sua cugina.

Lei alzò una spalla. «Sembra che io sia in minoranza» borbottò.

Suonò il gong della cena. Prima di lasciare lo studio, diedi un'occhiata ai pezzi di carta strappati sulla scrivania. Anche Matt li fissava. Nonostante ciò che aveva detto, doveva sentirsi almeno un po' curioso di scoprire chi aveva mandato la lettera. Io di certo lo ero.

* * *

L'OPERA A COVENT GARDEN non era come me l'aspettavo. Per prima cosa, sembrava che fossi l'unica a concentrarsi sullo spettacolo. La maggior parte del pubblico sussurrava tra sé dietro i ventagli – sebbene non tutti fossero altrettanto discreti – o scrutava gli altri membri del pubblico come se stesse decidendo cosa mangiare a un banchetto. Era piuttosto sconcertante, dato che la maggior parte degli sguardi finiva per posarsi su di noi.

Non meno di quattro gruppi ci fecero visita nel nostro palco di terza fila. Tutti i visitatori salutavano Lady Rycroft, le sue figlie e Miss Glass con effusione, per poi rivolgere la loro piena attenzione a Matt mentre veniva presentato. Lui o Miss Glass introducevano anche me, ma mi venivano concessi solo cenni distratti prima di essere del tutto ignorata. Il fratello di Miss Glass, il Barone di Rycroft, aveva affittato il palco per l'intera stagione. Ottenerne l'uso per una sola sera significava sopportare la compagnia di sua moglie e delle tre figlie, ma non quella dello stesso Rycroft. Matt era l'unico uomo, circondato da donne. Persino i visitatori erano tutte donne.

Guardandolo tenere banco, ridendo e chiacchierando con disinvoltura, era evidente perché tutti si affannassero a sommergerlo di inviti. Entro la fine della serata, Matt aveva una tasca piena di biglietti che odoravano di rosa, lavanda e una dozzina di altre fragranze che, mescolandosi, mi facevano starnutire ogni volta che mi avvicinavo troppo.

«È piuttosto affascinante» mi sussurrò Hope Glass all'orecchio mentre guardava Matt sorridere a qualcosa che la ragazza accanto a lui aveva detto. «E straordinariamente bello.»

Mi voltai. «Lo è.»

«Dovremmo essere infastidite che ci stia ignorando.» Sospirò teatralmente. «Ma è così difficile essere arrabbiate con lui. Non trova?»

«Io sono spesso arrabbiata con lui. Questa, però, non è una di quelle volte.» Cercai di concentrarmi sulla soprano sul palco mentre raggiungeva una nota particolarmente acuta, ma nemmeno quello riuscì a distrarmi né da Hope né da Matt.

«Lei è molto fortunata.» La fredda levigatezza della sua voce mi innervosì. Tutto di Hope Glass mi innervosiva, dai suoi ricci perfettamente acconciati alle sue labbra rosa imbronciate e ai suoi occhi scaltri.

«Perché?» Mi aspettavo dicesse che ero fortunata a poter contemplare la bellezza di Matt ogni giorno, ma la sua risposta mi sorprese.

«Per essere stata accolta da zia Letitia e per il fatto che le abbia comprato abiti così incantevoli.» Tirò leggermente il mio abito di seta avorio e salvia. «Ha un gusto notevole per una della sua età.»

«Oh. Non me l'ha comprato lei. L'ho acquistato io stessa.» Il suo viso si rabbuiò, e ammetto che mi piacque vedere i suoi occhi scintillare di shock invece che di malizia. «Ho scelto il tessuto, ma l'ha creato Madame Lisle.» Era arrivato nel primo pomeriggio e avevo saldato il conto. Il prezzo esorbitante mi aveva fatto esitare – costava quanto la pendola in mogano con quadrante argentato nel negozio di mio padre – ma Miss Glass mi aveva convinta che non mi sarei pentita di aver speso quei soldi. Inoltre, era troppo tardi per cambiare idea, e comunque avevo a disposizione i soldi della ricompensa. Lo shock di Hope non mi fece rimpiangere quella spesa neanche un po'.

Hope non mi parlò per il resto della serata, e riuscii a godermi ciò che restava dell'opera dopo aver notato lo sguardo di Matt posarsi sulla mia scollatura, a malapena coperta dal sottile chiffon del corpetto. L'abito si era rivelato un acquisto eccellente. Mi sentivo piuttosto elegante a indossarlo. Solo chi mi conosceva avrebbe saputo che ero una semplice figlia di orologiaio — e le persone a cui lo raccontavano. Sospettavo che Lady Rycroft e le sue figlie avessero informato di questo un bel po' dei loro amici che erano entrati nel nostro palco.

Dopo lo spettacolo, Miss Glass e io recuperammo i mantelli e raggiungemmo Matt nell'atrio sotto lo scintillante lampadario centrale. Avevamo già salutato Lady Rycroft e le signorine Glass, ed ero ansiosa di andarmene prima di imbattermi in qualche altra conoscenza. Ci eravamo già fermati a parlare con non meno di tre gruppi nell'atrio.

Matt offrì un braccio a me e l'altro a sua zia, e cercammo la nostra carrozza nel fiume di veicoli che scorreva lentamente davanti all'ingresso del teatro.

«Ti sei divertita?» chiese Matt mentre sua zia si metteva a conversare con un'altra conoscente, una donna di età avanzata che indossava un diadema. Prima di quella sera pensavo che solo regine e principesse portassero i diademi, ma a quanto pareva metà delle signore presenti all'opera riteneva opportuno sfoggiarne uno. Facevano sembrare il filo di perline opalescenti intrecciato tra i miei capelli piuttosto semplice, al confronto. Non che mi importasse; avevo un abito incantevole.

«Sì» dissi, sorprendendo me stessa. «Sì, mi sono divertita. Vedo che anche tu hai passato una serata piacevole.» Sebbene per ragioni diverse. Aveva a malapena guardato il palco.

Lui rise piano. «Non particolarmente.»

«Sciocchezze. Hai amato ogni momento di quell'attenzione.»

«Quale attenzione?»

Alzai gli occhi al cielo. «Non fingere con me, Matt. Vedo benissimo attraverso la tua recita.»

«Io non recito quando sono con te, India.» Avvicinò la testa alla mia. Io starnutii. «Salute. Non pensavo di averne bisogno.»

«Oh? Quindi tutte quelle risatine affettate e quei battiti di ciglia erano una recita?»

Mi porse il suo fazzoletto, ma puzzava di tutti i profumi usati sui biglietti da visita e starnutii di nuovo. «Salute. Io non faccio risatine affettate, né sbatto le ciglia. Stavo, tuttavia, recitando per il bene di mia zia. Vuole che io sia educato con le sue amiche, quindi lo sono stato.» Girò a metà la testa verso la zia e salutò la sua amica. La donna sorrise e chinò il capo, come per nascondere un rossore. Se arrossì, era troppo buio per dirlo, nonostante i lampioni vicini. «Credo che stia funzionando» continuò. «Le sue amiche sono tutte qui, stasera.

Persino Beatrice sembrava gelosa che salutassero prima zia Letitia.»

Mi sentii sciocca per aver pensato che si fosse crogiolato nell'attenzione, ora. Era stato cortese per il bene di sua zia, non perché gli piacesse essere oggetto di sguardi, sussurri e sorrisi affettati. Quando arrivammo a casa, mi sentii ancora peggio per aver pensato così male di lui. Le piccole rughe agli angoli dei suoi occhi si erano moltiplicate con l'improvviso sopraggiungere della stanchezza. Fare così tardi non gli faceva bene.

Raggiungemmo la casa, e lui si toccò il petto dove teneva l'orologio nella tasca interna. Si accorse che lo stavo guardando e lasciò cadere la mano.

Bristow ci salutò e informò Miss Glass che Polly la stava aspettando nelle sue stanze per assisterla. «Mr. Duke, Mr. Cyclops e Miss Johnson sono usciti per la serata, signore.»

Matt si fermò. «Hanno detto dove?»

«No, signore.»

Matt doveva essere preoccupato che Willie stesse di nuovo giocando d'azzardo. Volevo rassicurarlo che gli altri due l'avrebbero tenuta a bada, ma mi trattenni in presenza di Bristow.

«Vi accompagno alle vostre stanze, zia» disse Matt, accettando un candelabro da Bristow.

«Grazie, Matthew.» Miss Glass si aggrappò al suo braccio. «Mio Dio, sono così stanca.»

Bristow mi porse un altro candeliere. «Mrs. Bristow ha offerto i suoi servigi come cameriera personale, Miss Steele.»

«È gentile da parte sua, ma posso cavarmela da sola. Spero che lei e gli altri si siano già ritirati.» Guardai l'orologio. «È quasi mezzanotte.»

«Si sono ritirati qualche tempo fa, ma Mrs. Bristow teneva a offrire la sua assistenza.»

«La prego di ringraziarla da parte mia.»

Lui chinò la testa. «Chiuderò io, signore. Mr. Cyclops ha preso una chiave della porta di servizio in previsione di una lunga serata.»

Matt accompagnò sua zia di sopra, e io li seguii con la mia candela finché non ci separammo, loro verso le stanze di Miss Glass e io verso le mie.

Aprii la porta della mia camera da letto e mi bloccai di colpo. Trasalii. Qualcuno stava frugando nei cassetti del comò. Si voltò di scatto, ma il cappuccio del mantello gli copriva la metà superiore del viso.

Aprii la bocca per urlare, ma fu troppo veloce. Mi mise una mano sulla bocca con una tale forza che barcollai sotto il colpo. L'odore di cuoio del suo guanto mi riempì le narici. Spinsi all'indietro contro di lui, ma era troppo massiccio.

«Dov'è, Miss Steele?» Riconobbi la voce, ma era molto più aspra, più disperata. Gli uomini disperati a volte facevano cose disperate per ottenere ciò che volevano. Cose pericolose. «Dov'è la mappa?»

CAPITOLO 14

Spinsi di nuovo, ma Mr. Gibbons non si mosse. Mi sentii debole, patetica. Vulnerabile.

«Se la lascio andare» disse il nonno di Daniel «urlerà?»

Il mio orologio suonò. Non era stato progettato per farlo, ma la magia al suo interno doveva aver riconosciuto il pericolo. La mia magia. Cercai di raggiungere la borsetta, che pendeva dal polso appesa a un nastro, ma Mr.i Gibbons era troppo vicino e non riuscivo a muovere le mani. L' orologio suonò di nuovo, più forte.

Scossi la testa in un gesto di diniego come meglio potei.

Piano piano Mr.i Gibbons mi lasciò andare. «Non le farò del male» disse. «Non se mi dirà dov'è la mappa di Daniel.»

«Quale mappa?»

«Non scherzi, Miss Steele. Munro mi ha detto di averla data al suo datore di lavoro. Ho perquisito le stanze di Glass e non è lì.»

«Non ce l'ho.» Era la verità. La teneva Matt. Di solito la custodiva nella tasca interna della giacca, insieme all'orologio, ma non ero sicura che l'avesse portata con sé all'opera, quella sera.

«Deve sapere dov'è.»

«Se voleva vedere la mappa, bastava che lo chiedesse a Mr.i Glass. Non c'era bisogno di aggirarsi furtivamente e spaventarmi a morte. E poi, come ha fatto a entrare superando la servitù?»

Si lasciò cadere sul letto e tirò indietro il cappuccio, ogni traccia di combattività scomparsa. Sembrava un vecchio stanco e innocuo. «L'entrata di servizio era aperta, e in cucina c'era solo una donna, di spalle al corridoio. Non mi ha visto.»

«E Bristow era da qualche altra parte, suppongo.» Toccai la punta del mio guanto lungo e lo sfilai. Le mani mi tremavano ancora, ma non troppo. Posai i guanti sul comò e arrossii quando mi resi conto che Mr.i Gibbons aveva frugato tra i miei indumenti intimi.

«Le mie scuse» borbottò, senza sembrare affatto dispiaciuto. «Non ho preso nulla.»

«Comunque sia.»

«Sì. Comunque sia.» Si schiarì la gola. «Sembra che siamo a un punto morto, Miss Steele. Io voglio la mappa e lei non pare averla.»

«Perché la vuole?»

La porta si spalancò sbattendo contro i cardini, mandando di nuovo in frantumi i miei nervi. Matt fece irruzione nella stanza. «India!» Si fermò di botto vedendomi accanto al comò. Il suo sguardo saettò da me a Mr. Gibbons. La preoccupazione nei suoi occhi si trasformò in furia. «Che cosa ci fa qui?»

Mr. Gibbons si alzò in piedi, ma Matt gli si piazzò di fronte e lo costrinse a sedersi di nuovo. Anche se Mr. Gibbons non era un uomo di piccola statura, Matt era più alto, più robusto e più giovane. Ogni segno di stanchezza sul suo viso era svanito, o forse la luce della lanterna del signor Gibbons non era abbastanza forte da rivelarlo. L'uomo più anziano deglutì a fatica. Mi dispiacque per lui. Quasi. Dopotutto, mi aveva fatto prendere uno spavento mortale solo pochi istanti prima.

«Io-io voglio solo la mappa di mio nipote» balbettò Mr.Gibbons. «Munro ha detto di avervela data.»

«È entrato in casa mia — e per di più nella camera di una mia amica — per una mappa! Dovrei darle una bella lezione.»

Gli occhi del signor Gibbons si spalancarono e l'uomo si ritrasse, sebbene Matt non avesse alzato un dito. Matt incrociò le braccia, stringendole così forte che le nocche sbiancarono.. Si stava forse trattenendo?

«Mr. Gibbons non mi ha fatto del male» dissi per smorzare la tensione crepitante nella stanza.

«Questo è irrilevante.» Matt abbassò le braccia e venne al mio fianco. «Sei sicura di stare bene, India?»

«Adesso sì. È stato un bello shock trovare un uomo nella mia stanza, però.»

Matt lanciò uno sguardo gelido a Mr. Gibbons. «Lo immagino. Sono appena tornato dal mio studio, dove alcune carte sulla scrivania erano state spostate. Bristow sa di non dover toccare nulla lì dentro. Temevo che l'intruso potesse essere ancora in casa, quindi sono venuto direttamente qui.» Inspirò a fondo e poi espirò lentamente.

«Non avrei fatto del male a nessuno» brontolò Mr. Gibbons.

«Non cerchi di sminuire la gravità del reato che ha commesso» ringhiò Matt.

«Mr. Gibbons stava per dirmi perché desidera così tanto la mappa» dissi in fretta. «Continui pure, Mr. Gibbons.» Io e Matt ci appoggiammo al comò per ascoltare il racconto.

«Speravo che mi avrebbe condotto a Daniel» disse Mr. Gibbons.

«Come?» chiese Matt.

«Con la magia?» suggerii.

Mr. Gibbons si passò il dorso della mano sulla bocca e sulla mascella. «Io penso che Daniel si stia nascondendo nelle vicinanze dell'area della mappa.»

«Nascondendo?» chiese Matt, la rabbia sostituita dalla curiosità. «Non rapito?»

«No. Nascosto, spaventato all'idea di mostrarsi. Dopo aver rivelato la sua magia, deve aver capito di aver commesso un errore e di essere in pericolo, così si è nascosto. È rimasto entro i confini della mappa, lasciata come indizio.»

«Non la seguo» dissi, guardando Matt. Lui scosse la testa.

«Daniel sospettava qualcosa che anch'io ho finito per sospettare» disse Mr. Gibbons. «Che un altro mago cartografo possa usare la mappa di Daniel per rintracciare la sua posizione. La magia rivelerebbe dove si trova.»

«È solo una teoria?» insisté Matt.

Mr.Gibbons si strinse nelle spalle. «Non ho usato molto la

mia magia nel corso degli anni. Non ho mai sperimentato in questo modo.»

A me sembrava una teoria bislacca, escogitata da un nonno angosciato. «Se voleva essere protetto» dissi «perché non è andato da lei subito? Perché nascondersi a lei e a sua madre?»

Mr. Gibbons scosse tristemente la testa. Mi sedetti accanto a lui e gli posai una mano sulla spalla.

«C'è un'altra falla nella sua teoria» disse Matt. «Daniel ha dato la mappa a suo padre, Munro, perché la custodisse. Ma Munro non è magico. Non avrebbe potuto usarla per trovarlo.»

Mr. Gibbons si alzò di scatto. «Devo provare.»

«Ce l'hai?» chiesi a Matt.

Matt sembrò sul punto di protestare, poi si arrese e frugò nella tasca interna della giacca. Consegnò la mappa piegata a Gibbons, che la stese sul letto. Matt avvicinò la lanterna.

«Se non ha usato molto la magia» dissi «come sa cosa fare?»

Mr. Gibbons si tolse i guanti e lisciò la mappa con le mani. «Posso sentirne il calore, la magia che emana. Forse qualcosa mi sarà rivelato.»

Ero ancora seduta sul letto, vicino alla mappa. Osservai Mr. Gibbons che faceva scorrere le mani da un angolo all'altro. Tracciò le strade con le dita e toccò gli edifici e i nomi delle vie in rilievo. Mormorò parole che non avevo mai sentito. Guardai Matt per vedere se riconosceva la lingua, ma la sua attenzione era concentrata sulla mappa.

E poi lo sentii anch'io. Calore. Non un calore bruciante, ma certamente qualcosa. Era come una lanterna con il gas alzato. Emanava dalla mappa, scaldandomi il fianco destro.

Poi pulsò.

Mr. Gibbons ritrasse le mani e barcollò all'indietro. Mi scostai. Matt raccolse la mappa e la ispezionò.

«Niente» disse dopo un momento. «Vede qualcosa, Gibbons? India?» La rimise sul letto e la esaminai.

«No» dissi. «A me sembra uguale. Mr. Gibbons?»

Ma il nonno di Daniel non guardò la mappa. I suoi occhi sbarrati erano fissi su di me. «Lei... lei è... magica.»

«No» disse Matt, in fretta. «Non lo è. Si sbaglia.» Afferrò la mappa e la piegò. «È ora che se ne vada.»

«Miss Steele? Ho sentito un'altra magia combinarsi con la mia. Una magia forte.» Il suo respiro accelerò e gli occhi si illuminarono. «*Deve* essere forte... non ha pronunciato alcuna parola. Non ne ha avuto bisogno. La mia magia semplicemente... si è nutrita della sua presenza. Forse. Non so... ma...»

«Le ho detto che non è magica.» Matt afferrò il braccio di Gibbons e lo trascinò verso la porta.

Balzai in piedi. «Matt, fermo. Lascialo andare.» Dovevo parlare con Gibbons, avevo bisogno di risposte alle domande che mi turbinavano in testa.

«No, India» mi ammonì Matt.

Lo ignorai. Sapevo che era preoccupato, ma non potevo sottostare alle sue paure. L'emozione di scoprire finalmente qualcosa di più su me stessa mi rinvigoriva. Le risposte erano così vicine che non potevo sprecare un solo istante per nient'altro. «Cosa intende dire con "sentito" la mia magia?»

Mr. Gibbons si liberò dalla stretta con uno strattone, o forse Matt lo lasciò semplicemente andare. «Proprio così. Era come un impulso che emanava da lei. Un'onda invisibile, se vuole, che si è alzata tanto velocemente quanto è ricaduta. Ha rafforzato la mia magia, o...» Scrutò il mio viso come se potesse trovarvi la parola giusta. «O si è fusa con la mia.» Allargò le dita di entrambe le mani, poi le intrecciò. «Come ha fatto senza pronunciare alcuna parola?»

«Non lo so. Non so nulla della mia magia. È tutto molto nuovo per me.»

Matt si passò le mani tra i capelli, stringendo una ciocca nel pugno prima di lasciarla andare.

«Che tipo di maga è?» chiese Mr. Gibbons.

«Orologi.»

«E nessuno le ha spiegato la sua magia? La sua famiglia?»

«No. Non credo che i miei genitori fossero magici.»

«Un peccato.»

«Sì» scattò Matt. «I parenti dovrebbero spiegare la magia, se e quando possono. Altrimenti, come farà il giovane mago a conoscere a che pericoli va incontro se si espone? O la giovane maga?»

Mr. Gibbons parve sgonfiarsi sotto l'accusa di Matt. «Pensavo di fare la cosa giusta per Daniel. Ora so di aver sbagliato e rimpiango il mio silenzio.»

«Cosa può dirmi della mia magia, Mr. Gibbons?» chiesi. «Le parole che lei pronuncia per infondere magia in una mappa sono le stesse per me e per gli orologi? Potrei impararle da lei? Crede che potrei riparare l'orologio di un altro mago, o deve ripararlo lui?»

Sollevò una spalla curva. «Temo di non poterla aiutare, Miss Steele. Tutte le discipline magiche si sono sviluppate separatamente e, come tali, usano incantesimi diversi. Le parole sono completamente differenti, credo, sebbene non abbia mai sentito pronunciare nessun altro tipo di magia.»

Incantesimi. Sembrava così infantile e ridicolo che quasi scoppiai a ridere. «Conosce dei maghi di orologi o pendole?»

«Temo di no. Vorrei poterla aiutare. Vorrei che potessimo aiutarci a vicenda.» Lanciò un'occhiata alla mappa nella mano di Matt con una tale tristezza che quasi mi venne voglia di dargliela come ricordo di Daniel. «A quanto pare, non possiamo.»

«No» dissi, cupa.

«Venga con me.» Matt porse la lanterna e i guanti a Mr. Gibbons, poi rimise la mappa in tasca. «Per ora terrò io questa. Se entrerà di nuovo in questa casa come un ladro, avrà due opzioni. Uno, le darò una lezione, o due, la consegnerò alla polizia. Il suo legame con Munro potrebbe salvarla dall'arresto, oppure no.»

«Matt» lo rimproverai, ma ingoiai il resto della frase. Stavo per dirgli che le sue minacce erano esagerate, ma l'espressione sul suo viso mi fermò. Era ancora preoccupato e arrabbiato che qualcuno fosse riuscito a intromettersi in casa. Ma al di sopra di entrambe queste emozioni c'era la stanchezza che lo stringeva tra i suoi artigli.

Mi tolsi dai capelli il filo di perle e le le forcine mentre aspettavo il ritorno di Matt. Sapevo che sarebbe tornato, anche se non me l'aveva promesso. Il leggero bussare alla porta arrivò appena tre minuti dopo.

Aprii la porta e lo vidi appoggiato alla parete di fronte, la testa reclinata all'indietro e gli occhi chiusi. Si era tolto la marsina e i guanti. «Devi andare a letto» gli dissi.

Aprì gli occhi. «Ho bisogno di parlarti. Posso?»

Controllai il corridoio in entrambe le direzioni prima di farlo entrare. Era scandaloso avere un uomo in camera da letto e non volevo che nessuno della servitù vedesse e spettegolasse. Se avessero raccontato alla servitù di altre case che Matt veniva nella mia camera durante la notte, la nostra reputazione sarebbe stata rovinata. Alla mia età, la reputazione non era più importante, ma Matt non meritava di essere additato come un libertino che approfittava delle donne nella sua casa.

Chiuse la porta dietro di sé. «Stai bene?»

«Sì, grazie. Trovare Gibbons qui dentro mi ha spaventato, ma non mi ha fatto del male.»

Mi invitò a sedere sulla sedia accanto alla toeletta. Lui si guardò intorno in cerca di un'altra sedia. Non trovandone, si sedette sul letto. Lo fece goffamente, come se fosse consapevole di essere nel posto sbagliato e che avrebbe dovuto andarsene, ma volesse comunque dire la sua.

Lo anticipai. «Non parlare a nome mio, per favore.»

Si irritò. «Non volevo che sapesse della tua magia.»

«So perché l'hai fatto, ma ti sto chiedendo di non farlo più. Sono in grado di ponderare le conseguenze delle mie risposte e di decidere quanto rivelare di me stessa.»

Si spostò più in su sul letto e si appoggiò ai cuscini, con i piedi che penzolavano dal bordo. Sollevò il mento e si slacciò la cravatta. «So che lo sei, e mi dispiace. È solo che...» Sospirò. «Non ho giustificazioni. Mi perdoni?»

«Certo.»

Poggiò la cravatta sul comodino e si sbottonò il primo bottone della camicia. «Se si fosse trattato di chiunque altro, avrei pensato a una risposta data per rabbia, per fare l'esatto contrario di quello che volevo. Ma tu non sei così.»

Mi voltai, perché sembrava così a suo agio nel mio letto, e così desiderabile con i capelli pettinati con le dita e i suoi abiti da sera parzialmente dismessi. I miei nervi non si erano ancora ripresi dall'incontro con Mr. Gibbons, non avevano bisogno di ulteriore tensione. «Sono contenta che tu capisca.»

«Certo che capisco. Anzi, avrei dovuto capirlo prima. Se avessi risposto al posto di Willie, mi avrebbe dato un pugno sulle orecchie.» La sua frase sfumò in uno sbadiglio. «Fortunatamente, tu sei una gattina, mentre lei è una lince.»

Studiai il mio riflesso nello specchio, non del tutto sicura di vedervi una gattina, ma di certo non una lince. «Povero Mr. Gibbons. Vuole solo trovare Daniel.»

«Mmm.»

«Mi piaceva la sua teoria di usare la mappa per trovarlo. È un peccato che non abbia funzionato.» Mi tolsi le forcine dai capelli. «Mi chiedo se sia stato perché Mr.Gibbons non conosceva le parole magiche giuste — l'incantesimo — o perché Daniel non si trova nell'area della mappa.» Se Mr. Gibbons non conosceva l'incantesimo giusto, chi altri poteva conoscerlo? Ciò sollevava una domanda: se i maghi avevano paura di rivelarsi e persino di parlare della loro magia tra di loro, gli incantesimi si sarebbero estinti? Sarebbero stati dimenticati? Se fosse stato davvero così, la magia stessa sarebbe stata dimenticata, diventando nient'altro che favole che i genitori raccontavano ai loro figli. «È strano usare la parola "incantesimo". La fa sembrare molto più... fantastica. Non trovi?» Visto che non mi rispose, mi voltai.

Matt giaceva sul letto, con gli occhi chiusi, il petto che si alzava e si abbassava al ritmo di respiri profondi e regolari. Dormiva.

Posai l'ultima forcina e mi avvicinai al letto. Volevo sedermi sul bordo e accarezzargli il viso per cancellare le linee di stanchezza, ma rimasi in piedi e tenni le mani a posto. Una donna ragionevole lo avrebbe svegliato e gli avrebbe ordinato di tornare nella sua stanza.

Ma non mi sentivo ragionevole. Forse erano gli effetti persistenti del fascino dell'opera, o la follia di aver trovato Mr. Gibbons nella mia stanza, o di aver scoperto di essere una maga potente, ma non volevo che Matt fosse in nessun altro posto se non esattamente dove si trovava. Lo guardai ancora per qualche minuto, osservando il modo in cui la bocca si incurvava nel sonno e meravigliandomi di come le rughe di preoccupazione fossero del tutto scomparse. Venuzze rosse simili a ragnatele gli segnavano le palpebre, ma un buon riposo le avrebbe fatte sparire. Avevo intenzione di fargli fare un riposo eccellente.

Gli rimboccai il copriletto, trattenendo il respiro quando lui ne afferrò il bordo e se lo strinse addosso. Ma non si svegliò. Tirai fuori una coperta dal baule vicino alla finestra, mi accomodai sulla sedia e soffiai sulla candela.

*   *   *

IL FRUSCIO del copriletto mi svegliò. Allungai le gambe, le dita dei piedi, le braccia e le dita delle mani, ma il nodo che avevo nel collo rimase. Ero rimasta sveglia per ore, in parte perché la sedia era scomoda, e in parte perché non riuscivo a smettere di pensare a ciò che aveva detto Mr. Gibbons. Ma soprattutto perché ero molto consapevole dell'uomo che dormiva sul mio letto.

«India?» mormorò Matt. «Che ore sono?»

Lanciai un'occhiata all'orologio, ma era troppo buio. Una luce pallida orlava le tende, ma non era sufficiente per vedere bene. «Non ne sono sicura. L'alba, credo.»

«Cristo.» Riuscii a distinguere a malapena la sua silhouette che si liberava del copriletto e si alzava in piedi.

«Cosa c'è che non va?»

«Cosa c'è che non va!?» esclamò, teso. «La servitù sarà in piedi a momenti, se non lo è già. Se mi vedono qui dentro la tua reputazione sarà rovinata. Non posso credere di essere stato così debole da addormentarmi. Sul tuo letto, per di più.»

Non potei fare a meno di ridere, un po' anche per il sollievo che fosse arrabbiato con se stesso e non con me. «Va tutto bene, Matt. Non vale la pena preoccuparsi della mia reputazione.»

Si fermò. «Non dire così.»

«È la verità.» Non solo avevo superato un'età in cui le voci sulle mie avventure avrebbero impedito a un uomo di corteggiarmi, ma non c'era nessun uomo interessato a corteggiarmi, tanto per cominciare. «Ma apprezzo la tua preoccupazione da gentiluomo.»

«Da gentiluomo un corno. Un gentiluomo non perde la cravatta sul letto della sua assistente, e di certo non dovrebbe dormirci.»

«La tua cravatta è sul comodino.»

Portò la sua attenzione sul comodino, solo per urtare la fotografia dei miei genitori il giorno del loro matrimonio. Imprecò a bassa voce, ma la afferrò prima che cadesse.

Perché era così agitato? L'imperturbabile Matthew Glass sembrava più teso della molla di un orologio. Forse era preoccupato per la sua reputazione. Aveva più senso; anch'io ero preoccupata. «Matt? C'è qualcosa che non va?»

«Devo andare.»

«Hai trovato la tua cravatta?»

La sua silhouette sollevò un pezzetto di stoffa. «Credo di sì.»

«Controllerò di nuovo con la luce del giorno, per sicurezza» dissi.

«Prima che entri la cameriera. Dio, immagina se la trovasse e lo dicesse agli altri servi, e loro lo dicessero ai servi di altre case... Non mi perdonerei mai se le tue nuove amiche pensassero che sei... sai.»

Era davvero preoccupato per la mia reputazione, non per la sua. «Prima che entri la cameriera» ripetei, incapace di smettere di sorridere.

Doveva averlo sentito nella mia voce, perché disse: «Non è divertente, India.»

Lo era un po', ma chiaramente lui non era dell'umore giusto per vederne l'umorismo. «Buonanotte, Matt.» Tenevo la porta aperta. «O è buongiorno?»

«C'è ben poco di buono in questa situazione. Se qualcuno mi vede uscire, penserà che mi sono approfittato di te.»

«O che io mi sono approfittata di te.»

«Di nuovo, non è divertente, India.»

Sbirciò fuori dalla porta, guardò a sinistra e poi a destra, e si allontanò in punta di piedi. Lo guardai per tutto il tragitto fino alla sua porta, dove si fermò, si voltò e sollevò una mano per salutare. Almeno, pensai che fosse un saluto. Avrebbe potuto essere un gesto per scacciarmi.

* * *

La colazione fu un evento insolitamente silenzioso. Willie e Duke dormirono fino a tardi e la saltarono, Cyclops era già uscito per spiare Onslow e Miss Glass si era fatta portare un vassoio in camera. Eravamo solo noi due, e Matt era pensieroso.

«Stai pensando a ieri sera?» chiesi, dato che eravamo soli. Bristow era uscito per riempire la teiera.

«All'opera, sì» disse con un tono duro e uno sguardo alla porta. «E a questo pomeriggio.»

«Certo. La banca.» Oggi era il giorno in cui Mirth avrebbe prelevato soldi dal suo conto. Oggi avremmo scoperto se si trattava di Chronos. «Vuoi che venga con te?»

«Non ce n'è bisogno, ma la tua compagnia sarebbe gradita. Se preferisci restare a casa con zia Letitia...»

«Verrò.»

Bristow rientrò portando la teiera.

«Niente lettere ancora?» gli chiese Matt.

«Nulla, signore.»

«Maledizione» borbottò Matt. «Non c'è niente da fare stamattina, India. Speravo di ricevere notizie dal mio avvocato riguardo a Lord Coyle, ma a quanto pare dobbiamo aspettare.»

Matt non era molto bravo ad aspettare. Camminò avanti e indietro nello studio, nel salotto, nel salottino, nell'atrio, e tutto questo nella prima ora dopo colazione. Rinunciai a cercare di calmarlo e mi ritirai nel salottino con un libro.

Duke si unì a me. Non avendo di meglio da fare, aveva deciso di sorvegliare la fabbrica di Worthey con Willie, sebbene la nostra speranza che DuPont ricomparisse al suo posto di lavoro fosse quasi del tutto svanita. Willie, tuttavia, alle dieci non si era ancora alzata quindi lui uscì senza di lei. Alle undici, mi preoccupai e bussai alla sua porta. Non ci fu risposta.

Secondo Duke, Willie aveva bevuto parecchi whisky alla taverna, quindi il suo sonno prolungato non era una sorpresa. Ma se fosse stata male? Avevo visto Willie tracannare alcolici bicchiere dopo bicchiere, in passato, ma, a parte biascicare le parole, non aveva mai mostrato particolari effetti negativi il giorno dopo. Di certo non aveva mai dormito così a lungo.

Aprii la porta e capii subito che la stanza era vuota, senza dover aspettare che i miei occhi si abituassero alla penombra. Ciononostante, controllai il letto. Qualcuno ci aveva dormito, ma era freddo.

«Willie?» Era sciocco chiamare il suo nome, dato che dalla camera non si accedeva a uno spogliatoio. «Willie?» chiamai più forte.

Nessuna risposta. Improvvisamente capii dov'era andata.

Corsi fuori dalla stanza e giù per le scale, i miei piedi in pantofole che battevano rumorosamente. Non c'era traccia di Bristow o di nessun altro domestico, e non volevo chiamarli con il campanello. Ci sarebbe voluto troppo tempo. Corsi sul retro della casa, poi giù per le scale di servizio.

Incontrai Mrs. Bristow che usciva dalla cucina. Trasalì nel vedermi, ma non seppi dire se l'avevo sorpresa apparendo nella zona di servizio o con lo sguardo folle che dovevo avere negli occhi.

«Mrs. Bristow, ha visto Willie stamattina?»

«È uscita presto, madam, non molto dopo che mi sono alzata io.»

«Grazie» le lanciai da sopra la spalla mentre mi rimettevo a correre.

Ritornai sui miei passi, fino allo studio di Matt. Bussai alla porta, poi irruppi senza aspettare che la aprisse.

Si alzò di scatto dalla sedia della sua scrivania. «India? Cosa—»

«Willie è sparita» ansimai tra un respiro affannoso e l'altro. «È uscita molto presto. Credo che sia andata a incontrare l'autore di quel biglietto di ricatto.»

Il suo viso impallidì. «E non è tornata.» Non era una domanda. Si tastò la tasca del panciotto dove teneva l'orologio e mi oltrepassò. «Bristow!» gridò dal corridoio. «Bristow, faccia portare la carrozza *subito*!»

Mi portai una mano al cuore che batteva all'impazzata e lo seguii. «È saggio andarle dietro? E se mi sbagliassi? E se fosse andata da Worthey prima di Duke?»

«Non ti sbagli.» Non correva, eppure le sue falcate lunghe e decise mi rendevano difficile raggiungerlo, anche se trotterellavo. «Bristow!» gridò di nuovo. «La carrozza.»

«Sì, signore» replicò il maggiordomo da qualche parte nel sotto.

Miss Glass emerse dalla sua stanza mentre passavo. «Matthew? Che cos'è tutto questo baccano?»

«Devo uscire» le disse senza fermarsi. «India ti terrà compagnia fino al mio ritorno.»

Questo parve soddisfarla. Si ritirò nella sua stanza.

«Matt» dissi, seguendolo a diversi passi di distanza. «E se fosse una trappola? E se—»

«Devo andare» fu tutto ciò che disse. «Lo sai che devo.»

Maledetta Willie. Maledetta la sua impetuosità. «Devi anche andare in banca presto. Io non posso andare al posto tuo. Non so che aspetto abbia Chronos.»

«Andrò a Lemon Street e poi direttamente in banca.»

«E se avessi un contrattempo? Se non riuscissi a trovarla?»

Raggiunse il fondo delle scale e prese il cappello dall'attaccapanni. «Affronterò il problema quando si presenterà.»

O, più probabilmente, si sarebbe perso Mirth del tutto. Sapevamo entrambi che non avrebbe lasciato Lemon Street finché non avesse trovato qualche indizio su dove fosse Willie. Pregai che si trovasse ancora lì, ad aspettare, o che fosse andata da Worthey se il ricattatore non si fosse presentato.

Aspettai un'ora per avere notizie da Matt, ma non ne arrivarono. Tutti gli orologi della casa mi tormentavano, in particolare quelli a suoneria. Ero sicura di sentire ogni ticchettio di ogni orologio, e al numero sedici di Park Street ce n'erano più di una dozzina. Fu un'ora straziante. A mezzogiorno, ogni parte di me era così tesa per la preoccupazione che non potevo più starmene seduta senza far nulla.

«Devo uscire» dissi a Miss Glass, seduta alla luce del sole vicino alla finestra. «Ho un appuntamento in banca.» Questo doveva essere un indizio sufficiente per Matt, se fosse tornato.

Ma non pensavo che sarebbe tornato. Se avesse trovato Willie, a Lemon Street o da Worthey, mi avrebbe mandato un messaggio prima di andare in banca. Non l'aveva fatto. Un terrore gelido mi si insinuò nelle ossa.

Era già mezzogiorno. Sebbene avessi voluto andare a prendere Duke o Cyclops, dato che avevano visto Chronos e conoscevano il suo aspetto, non potevo perdere tempo a cercarli. Raccolsi le dieci sterline che tenevo in casa per le emergenze e chiesi a Bristow di trovare un calesse. Mentre aspettavo, strinsi il mio orologio nel pugno. La sua forma familiare e il suo calore mi aiutarono a calmare il cuore in tumulto e a raccogliere i pensieri.

Ma un pensiero era chiaro sopra ogni altro. E se Matt fosse caduto nella trappola del ricattatore? E se andare in banca fosse stato uno spreco di tempo prezioso che avrebbe potuto essere impiegato invece per salvarlo?

E se ormai non potesse essere più salvato affatto?

CAPITOLO 15

Una natura eccessivamente cauta mi aveva indotta a indossare un cappello a tesa larga con una veletta, e a chiedere al cocchiere di fermarsi a Princes Street, dietro l'angolo della Banca d'Inghilterra. Ciononostante, il cuore mi balzò in gola quando vidi Abercrombie in piedi accanto a una delle colonne all'ingresso. Il mio passo vacillò e mi fermai alla cancellata di ferro. Se Abercrombie si trovava lì a gironzolare, allora era probabile che stesse aspettando anche lui Mirth, o forse persino Matt.

Abercrombie mi aveva detto che Mirth ritirava il suo assegno ogni settimana dalla Banca d'Inghilterra. Si era forse reso conto troppo tardi di averci fornito un indizio vitale per trovarlo? Forse era per quello che ora attendeva come un gatto predatore sotto la vasta ombra proiettata dalla banca.

Stava più o meno al centro della scalinata, e non c'era modo di evitarlo. Il suo sguardo spaziava attorno, muovendosi di continuo, prendendo nota di chiunque salisse i gradini. La veletta e il cappello non sarebbero bastati a nascondermi del tutto.

Dovevo lasciare che mi vedesse? Non poteva impedirmi di entrare, ma avrebbe potuto impedirmi di corrompere l'impiegato della banca per ottenere le informazioni che cercavo. Dovevo trovare un modo per superarlo senza farmi notare. Ciò di cui avevo bisogno era un diversivo nella direzione opposta, qualcosa che distogliesse la sua attenzione da me.

Notai un gentiluomo che attraversava la strada e mi venne un'idea migliore. «Mi scusi, signore» dissi all'uomo corpulento che si dirigeva verso la banca con passo calmo.

Lui si fermò, si guardò alle spalle come fosse stato sorpreso che mi fossi rivolta a lui, poi mi sorrise. «Sì, signora? Posso aiutarla?» Non era particolarmente alto, ma la sua corporatura era così massiccia che l'ampiezza della mia gonna all'orlo doveva essere all'incirca la stessa della sua vita.

«Mi sento un po' debole, ma sono determinata ad arrivare in banca. Le dispiacerebbe accompagnarmi?»

Ancora una volta, si guardò alle spalle. Quando si rese conto che stavo proprio rivolgendomi a lui, il sorriso gli si fece timido e le guance, già piuttosto rosee, si infiammarono. «Certo. Non possiamo permettere che una signora svenga qui fuori, no?» Mi offrì il braccio destro, il che mi avrebbe messa sul lato più vicino ad Abercrombie.

Gli girai intorno e, con una risatina nervosa, lui mi offrì l'altro braccio. «Grazie, è molto gentile da parte sua.»

«Niente affatto» disse mentre camminavamo con passo fermo ma lento verso la scalinata della banca. «Spero non sia nulla di grave.»

«Ho solo bisogno di stare lontana dal sole per qualche minuto.» Mi presentai e chiacchierammo a bassa voce. Con la veletta sugli occhi, il mio viso non era immediatamente riconoscibile, ma Abercrombie se ne sarebbe accorto, se avesse guardato con attenzione.

Non lo fece. Non come si deve. Non riconobbe l'uomo al cui braccio mi appoggiavo, perciò non controllò la donna dietro la veletta. Il mio stratagemma aveva funzionato.

«Sono sicura di potercela fare da qui» dissi una volta dentro la banca.

«Vuole sedersi? Le serve dell'acqua?»

«È molto galante, signore, ma mi sento già meglio. Grazie per il suo aiuto.»

Si toccò la tesa del cappello. «È stato un piacere.»

Nessuno degli impiegati era il tipo incontrato la settimana

scorsa, così mi avvicinai al primo disponibile, un giovane dal viso gentile. «Mi chiamo Miss Jane Markham» dissi, assumendo l'identità che avevo usato la settimana prima. «Sono la nipote del signor Oliver Warwick Mirth. Viene ogni mercoledì pomeriggio a ritirare il suo assegno. Sa se è già passato oggi?»

Il giovane mi rivolse un sorriso di scuse. «Mi dispiace, Miss Markham, ma si tratta di un'informazione riservata.»

Tirai fuori una sovrana dalla borsetta a reticella. «È importante che lo scopra. Mio nonno è un po' debole di mente, e ci siamo resi conto che dobbiamo tenerlo d'occhio.»

L'impiegato si spinse gli occhiali sul naso. Gli facevano sembrare gli occhi ancora più tondi. «Io... ehm...» Lanciò un'occhiata allo sportellista alla sua sinistra, un uomo più anziano con mento e naso aguzzi.

Tirai fuori un'altra sovrana e posi la mano su entrambe le monete per nasconderle. Le mostrai solo al giovane impiegato. Lui annuì rapidamente, e le feci scivolare sul bancone di legno lucido.

«Aspetti qui un momento.» Scrisse delle istruzioni su un pezzo di carta che passò a un altro ragazzo che indugiava alle sue spalle. Il ragazzo uscì da una porta e riemerse pochi istanti dopo con un fascicolo.

«Secondo questo» disse l'impiegato, picchiettando col dito l'ultima pagina del fascicolo, «suo nonno non è ancora passato.» Chiuse di scatto il fascicolo e lo ripassò al ragazzo, che scomparve di nuovo nella stanza dell'archivio. L'impiegato lanciò un'occhiata all'uomo accanto a lui, poi mi fece un cenno con la testa di andarmene.

Lo ringraziai e mi sedetti su una delle sedie allineate lungo la parete. Altre signore aspettavano che i rispettivi mariti terminassero le loro faccende per andarsene insieme. Tenevo lo sguardo fisso sull'ingresso, insicura del perché stessi aspettando. Non sapevo che aspetto avessero Mirth o Chronos, ma attesi comunque, nel caso fosse arrivato Matt.

Passò un'ora, e stavo soffocando uno sbadiglio quando Abercrombie entrò a grandi passi. Mi sistemai la tesa del cappello per coprirmi il viso, ma Abercrombie non guardò nella mia direzione. Si concentrò su un uomo curvo, con i capelli bianchi e zoppicante, che era entrato un attimo prima. L'uomo si avvicinò zoppicando a un impiegato, mentre Abercrombie si teneva in disparte. Pochi minuti dopo, l'anziano si versò le monete in tasca e si allontanò con il suo passo traballante. Passò accanto ad Abercrombie senza che nessuno dei due desse segno di riconoscere l'altro. Anzi, Abercrombie gli voltò le spalle per un istante. Non voleva che quel tipo lo vedesse.

Doveva essere Mirth.

Mirth uscì alla luce del sole, e Abercrombie lo seguì. Io seguii Abercrombie. Il ticchettio dei miei tacchi sul pavimento piastrellato avrebbe potuto annunciare la mia presenza al mondo intero, ma Abercrombie non si voltò. Doveva aver deciso che nessuno degli amici di Matt gli era passato davanti mentre aspettava fuori, quindi che ce ne fosse uno alle sue spalle era da escludere.

Non avevo la minima idea di cosa fare dopo. Non potevo affrontare l'anziano senza farmi notare da Abercrombie. Sapevo solo che dovevo aspettare il momento opportuno; dovevo fare tutto il possibile per aiutare Matt. Così mi limitai a seguirli giù per la scalinata fino al marciapiede. Mirth zoppicò verso destra, il passo lento, la testa china come se stesse ispezionando il marciapiede in cerca di monete cadute.

Una carrozza passò sferragliando e Mirth alzò lo sguardo. Improvvisamente animato, fece cenno all'omnibus che si avvicinava a velocità pericolosa. Il passeggero seduto sul sedile superiore si aggrappò con entrambe le mani alle sbarre di ferro mentre l'omnibus svoltava bruscamente verso il marciapiede. Il conduttore aiutò Mirth a salire il gradino e ad entrare.

Maledizione! L'avrei perso.

Se volevo salire anch'io sull'omnibus, dovevo gridare per avvertire il cocchiere di aspettarmi mentre lo raggiungevo, ma il richiamo avrebbe allertato anche Abercrombie, che era rimasto sul marciapiede a guardare.

L'omnibus partì, e il cuore mi sprofondò. Almeno potevo fornire a Matt una buona descrizione dell'uomo. Speravo che sarebbe bastato.

Abercrombie attraversò in fretta la strada, la sua attenzione già rivolta altrove, tuttavia l'omnibus che non era ancora del tutto scomparso dalla vista.

Un hansom mi superò, rallentando. Si accostò dietro di me e fece scendere un gentiluomo all'ingresso della banca. Mi sollevai le gonne e corsi verso di esso. Il gentiluomo se ne accorse e chiese al cocchiere di aspettare.

Lo ringraziai mentre mi aiutava a salire sul sedile e chiudeva lo sportello. «Vede quell'omnibus che sta svoltando l'angolo laggiù?» chiesi al cocchiere attraverso la botola nel tetto. «Lo segua. E davvero in fretta.» Gli porsi quello che speravo fosse denaro sufficiente per il viaggio. «Quando si fermerà, vorrei salirci.»

Il cocchiere riuscì in qualche modo a fare inversione in mezzo al traffico, guadagnandosi qualche pugno alzato e urla rabbiose da altri cocchieri. Il cavallo galoppò più veloce che poteva, superando le carrozze più lente. Lo sportello a mezza altezza protesse le mie gonne dalla maggior parte dello sporco sollevato dagli zoccoli, ma un po' finì sulla giacca. Non osai spolverarmi; non volevo perdere di vista l'omnibus che ci precedeva. Lo avevamo raggiunto e, non appena si accostò al marciapiede per far salire un passeggero, il mio hansom gli si fermò dietro..

«Aspettate questa signora» gridò il mio cocchiere mentre scendevo.

Il conduttore tese la mano mentre mi avvicinavo. «Buon pomeriggio, signorina.»

«Grazie e buon pomeriggio a lei» risposi, già intenta a scrutare i volti dei gentiluomini nell'omnibus. Mirth era seduto più o meno al centro. «Mi scusi, posso sedermi qui?» chiesi al tipo accanto a lui. L'omnibus sobbalzò in avanti e lui dovette sorreggermi mentre scivolava lungo il sedile per farmi spazio.

Mi lasciai cadere accanto a Mirth, senza fiato per l'esercizio fisico e l'aria viziata della cabina dell'omnibus. Anche per l'eccitazione e l'attesa. Non potevo credere che stavo per parlare con l'uomo che forse avrebbe potuto riparare l'orologio di Matt.

Mirth, tuttavia, non si accorse della mia agitazione. Stava sonnecchiando, con il mento appoggiato sul petto e le mani giunte sullo stomaco. Mi schiarii la gola e, quando non funzionò, gli diedi una gomitata secca.

L'uomo si svegliò e si guardò intorno con occhi spenti.

«Buon pomeriggio, signor Mirth» dissi.

Lui sbatté le palpebre. «La conosco?»

«Mi chiamo India Steele. Sono la figlia di Elliot Steele, un orologiaio di recente di St. Martin's Lane.»

«Elliot Steele? Lo conosco. Un brav'uomo. Mi è dispiaciuto sapere della sua scomparsa.» Si toccò la tesa del cappello. «Piacere di conoscerla, Miss Steele. Incredibile che mi abbia riconosciuto. Ci siamo già incontrati?»

«Ci siamo incontrati ora.» Sorrisi. Non potei farne a meno. Mi sentivo così euforica. «Avevo sentito che si trovava in un ospizio» dissi. «Vive ancora lì?»

La sua fronte si corrugò in un cipiglio. Avevo avuto un'ora in banca per pensare a cosa dire se avessi parlato con Mirth, ma non avevo considerato quanto strane sarebbero suonate le mie domande. «No» rispose cauto. «Mi sono trasferito. Perché?»

E se non avesse voluto rispondermi? E se avesse voluto rimanere anonimo per sempre? Era una forte possibilità, eppure dovevo correre il rischio e dirgli quello che avevo davvero bisogno di sapere. Il tempo non era dalla mia parte, e domande evasive avrebbero solo ottenuto risposte evasive.

Il tipo accanto a me scese, lasciando Mirth e me come unici passeggeri sul lato destro dell'omnibus. Nonostante ciò, chinai la testa verso il suo orecchio e ringraziai il cielo che non fosse sordo. «Mr. Mirth, ho un amico che è in possesso di un orologio magico che gli è stato dato da un anziano gentiluomo conosciuto come Chronos, cinque anni fa, in America.»

Le labbra di Mirth si socchiusero in un lieve sussulto. Lanciò un'occhiata agli altri passeggeri e alzò una mano per attirare l'attenzione del conduttore. «Fermate» disse.

«Ci siamo appena fermati» brontolò il conduttore mentre Mirth batteva sulla parete della cabina.

«Signor Mirth, *la prego*» lo supplicai mentre l'omnibus sobbalzava. «Ho bisogno del suo aiuto.»

«Zitta, Miss Steele. Andiamo a fare una passeggiata tranquilla.»

Oh. Giusto. Lo aiutai a scendere sul marciapiede. Eravamo su Cheapside, non essendo andati molto lontano a causa del flusso di traffico in cui l'omnibus stava ora cercando di farsi strada. Mi girai a guardare da dove eravamo venuti, quasi spaventata di poter vedere Abercrombie. Ma lui era andato nella direzione opposta. Inoltre, con così tante persone in giro, dovevamo essere al sicuro.

Mr. Mirth si avviò. Il suo zoppicare rendeva l'avanzata lenta. Passeggiai al suo fianco. Chiunque avrebbe pensato che fossimo padre e figlia, a fare spese. Era un uomo piccolo con un viso consumato e occhi stanchi ma limpidi, che ora sembravano ancora più limpidi mentre scrutava in giro.

«Sta cercando Abercrombie?» chiesi.

«Lei lo ha visto?»

Annuii. «Voleva impedirmi di parlarle.»

«Davvero? Penso che lei debba iniziare dal principio.»

Gli parlai dell'orologio di Matt, del suo guasto e della sua necessità di trovare l'orologiaio conosciuto come Chronos. La menzione della magia non gli fece battere ciglio, finché non parlai dell'unione di quella del dottore e dell'orologiaio per tenere in vita Matt.

«E ha funzionato?» domandò in un sussurro pieno di stupore.

Annuii. «Dato che avevamo saputo che lei si trovava all'estero nello stesso periodo di Chronos, abbiamo pensato di cercarla. Allora?» insistetti, incapace di aspettare oltre. «Ha messo lei un incantesimo sull'orologio di Matt insieme al dottor Parsons?»

Mirth scosse la testa e il cuore mi sprofondò dallo stomaco fino ai piedi. Le lacrime mi punsero gli occhi. Tutta quella fatica, tutta quell'attesa... per niente.

«Non sono mai stato in America, Miss Steele. Non sono il Chronos del suo datore di lavoro.»

«Allora perché non me l'ha detto subito, nell'omnibus?» La frustrazione rese aspra la mia voce, ma non mi scusai. Ero troppo affranta per sentirmi in colpa. «Ho sprecato il mio tempo.»

«Forse non sarò Chronos, ma potrei sapere chi è.»

Mi mancò l'aria. «Continui.»

«Prima che si faccia illusioni, mi lasci iniziare dicendo che non sono un mago. Sono solo un semplice orologiaio che da tempo conosce i maghi e ammira il loro lavoro. Lo sa che i maghi creano opere uniche e squisite? Che il loro lavoro è il più raffinato al mondo, insuperato da coloro che sono privi di magia?»

Annuii.

«Allora saprà anche che possono essere facili da individuare se si sa cosa cercare e se il mago non è molto abile a nascondersi. Alcuni maghi non sono consapevoli della loro eccellenza finché non è troppo tardi, finché non creano qualcosa di così meraviglioso che il mondo se n'è già accorto e li ammira. Almeno, il mondo degli orologi da tasca e da muro, in questo caso. C'è un orologiaio, qui a Londra, che crea pezzi meravigliosi. Credo che debba essere un mago. Potrebbe essere l'uomo che sta cercando.»

«Vive qui a Londra ora?»

«Certamente l'ultima volta che l'ho incontrato. Vidi il suo lavoro per la prima volta molti anni fa, poi di nuovo molto di recente. Nessuno, tranne un mago, sarebbe stato in grado di creare qualcosa di così bello, così *preciso*. Quella prima volta, sapevo così poco sui maghi e non affrontai l'argomento con lui. La seconda volta, invece, riuscii a metterlo alle strette nel negozio dove lavorava, ma solo per pochi minuti perché fuggì. Era agile per la sua età, e questa dannata gamba malandata è un ostacolo a qualsiasi inseguimento» aggiunse, picchiettandosi la coscia.

«Dove posso trovarlo? Come si chiama?»

«DuPont. Si nasconde a Clerkenwell, in una fabbrichetta piuttosto insignificante.»

Sospirai pesantemente. «Lo conosco già. Non siamo riusciti a parlargli perché è scappato quando ci ha visti..»

«Oh. È un peccato.»

Proseguimmo, la mia andatura adattata al suo lento passo claudicante. Mi sentivo come svuotata di ogni energia. Vuota dentro, con la testa intorpidita. Tutta quell'attesa e quello sforzo per nulla.

«Ecco perché Abercrombie voleva impedirle di parlarmi,» disse il signor Mirth.

«Perdoni?»

«Abercrombie non voleva che la incontrassi perché avevo

intuito che DuPont fosse un mago e sapeva che avrei potuto indirizzarla a lui.»

«Suppongo.»

«Miss Steele, lei non capisce. Sono l'*unico* che l'avrebbe aiutata. *Ecco* perché ha voluto che lasciassi l'ospizio per andare in un posto più riservato,» aggiunse prima che potessi chiedere più chiarimenti. «Un giorno venne a prendermi e mi portò in un nuovo alloggio. Senza una parola di spiegazione. Era molto strano. E nessuno mi ha fatto visita dopo il trasloco. Ora so perché. Abercrombie ha tenuto segreto il mio nuovo indirizzo.»

«Molto strano, davvero. Suppongo che lei abbia ragione.» Passammo davanti a un negozio di orologi da tasca e da parete, così mi tirai il velo per assicurarmi che fosse a posto e nessuno potesse scorgere il mio volto. «Cosa intende dire con "sono l'unico che l'avrebbe aiutata"?»

«Non ho paura dei maghi, al contrario di tutti gli altri,» disse Mirth. «Sono più che disposto a discutere con loro e del loro lavoro. Come ho detto, ho parlato con DuPont piuttosto di recente.»

«Gli ha chiesto se fosse un mago?»

«Sì, ma non l'ha ammesso—per paura di recriminazioni, forse. Ma io lo sapevo già.» Fece una leggera risatina. «DuPont.»

«Perdoni?»

«Non credo che sia il suo vero nome, e non credo affatto che sia francese.»

Mi voltai verso di lui. «Cosa intende?» Il motivo principale per cui non avevamo sospettato fino in fondo che DuPont fosse Chronos era perché Chronos era inglese, non francese, e Worthey aveva detto che DuPont veniva dalla Francia.

«Il suo accento non è del tutto corretto. Ho viaggiato in Francia, Miss Steele, e le vocali pronunciate da DuPont sono troppo rotonde, come quelle di un gentiluomo inglese. Qualunque sia la sua nazionalità, non è francese.»

«Potrebbe essere inglese?»

«È possibile.»

Mirth tacque, all'apparenza perso nei suoi pensieri. Io, invece, mi sentivo più consapevole che mai di ciò che mi circondava. Stavo discutendo di magia con un estraneo, cosa che avrebbe preoccupato Matt se fosse stato lì con me. Rimasi vigile in cerca di Abercrombie, ma non vidi traccia di lui tra gli acquirenti di Cheapside e gli apprendisti dei negozi che gridavano dai portoni decantando le loro merci "pregiate". Presi il signor Mirth per un braccio e lo guidai attorno a un venditore ambulante il cui carretto bloccava gran parte del marciapiede.

«Non è solo perché sono l'unico che avrebbe potuto dirle che DuPont è un mago e non è francese, Miss Steele,» disse, l'eccitazione che gli faceva accavallare le parole. «È che sono davvero l'unico che l'*avrebbe* aiutata. Ecco perché Abercrombie ha cercato di impedirci di incontrarci.»

«Perché lei è così ben disposto? Nessun altro della gilda lo è.»

«Di tutti gli orologiai rimasti in questa città che sanno di magia, scommetto di essere l'unico a non aver nulla da temere. Non ho nulla da temere perché non ho nulla da perdere. Non ho più un negozio né una professione. Nemmeno una famiglia.» Il suo sguardo si concentrò sulla folla davanti a sé e riprese il lento passo zoppicante. «Non ho paura della magia perché la vedo come qualcosa di meraviglioso, di bellissimo. Ne sono incuriosito, e un po' intimorito. Forse se fossi come Abercrombie, con un negozio e una reputazione da mantenere, avrei paura che un orologiaio magico potesse portarmi via tutto. Combinare diversi tipi di magia... questo però è qualcosa a cui non avevo pensato finora. Non sapevo neppure fosse possibile.»

«Sembra che pochi maghi stiano sperimentando su questo.»

«E a ragione.»

«Cosa intende?»

Si fermò davanti a una fioraia che gridava: «Tutto cresce, tutto fiorisce!» La donna ci tese il cesto per mostrarci la merce. «Ho margherite, violette, garofani, tutta roba di qualità.»

Mirth comprò un piccolo mazzo di fiori misti, pagò la ragazza e me lo porse. «Combinare la magia suona pericoloso, Miss Steele,» disse, dopo che la fioraia si fu allontanata. «Soprattutto quando un uomo che dovrebbe essere morto viene riportato in vita. Nessuno di noi ha il diritto di disfare la volontà di Dio. Nemmeno un mago.»

«Sparare a un essere vivente non è neanche quella la volontà di Dio, Mr. Mirth. È un atto violento commesso da chi non ha alcun rispetto per la vita. Non ho alcuno scrupolo nel riportare in vita un uomo buono che non merita di morire perché ha cercato di rendere il mondo un posto migliore. Nessuno scrupolo.»

«Vedo che L'ho turbata. Mi scuso. Spero che potremo comunque essere amici.»

Provai a sorridere ma il risultato fu tirato. «Certo. Sono lieta di aver parlato con Lei, Mr. Mirth. Posso accompagnarla alla sua nuova residenza?»

«Non è lontano da qui, e prima devo fare delle commissioni.» Si toccò la tesa del cappello. «Auguro buona fortuna al suo amico. Ma stia attenta, Miss Steele. Non permetta che il tentativo di salvare la vita al suo amico metta in pericolo la sua.»

Lo guardai zoppicare via finché la folla non lo inghiottì, poi presi una carrozza a nolo per fare ritorno a Park Street. Chiesi al cocchiere di aspettarmi mentre verificavo con Bristow se Matt fosse tornato. Non era tornato, ma Bryce era rientrato da solo dopo che Matt non si era fatto vivo. Mi sentii male.

Erano caduti nella trappola del ricattatore. Sia lui che Willie.

Tuttavia, Matt era astuto e consapevole dei pericoli. Non si sarebbe avventurato alla cieca in Lemon Street senza un piano e forse un'arma. E nemmeno Willie. Saperlo, però, non mi faceva sentire meglio.

Bryce mi condusse a Clerkenwell, e trovai Duke appoggiato con aria svogliata a un muro di fronte alla fabbrica di Worthey, la tesa del cappello abbassata. Quando lo misi al corrente della situazione, fu ansioso di abbandonare il suo posto e venire con me. Andammo a prelevare Cyclops alla sede della gilda, anche se trovai lì la polizia, e quasi non voleva lasciarlo andare. Sembrava che ci fosse stata un'effrazione durante la notte, e il personale stava venendo interrogato.

«Cos'hanno preso i ladri?» domandai mentre ci allontanavamo in carrozza.

«Niente,» disse lui.

«Allora perché c'è la polizia?»

«Perché il lacchè pensa che stiano succedendo cose strane. Una finestra è stata rotta. Lui ritiene che i ladri siano stati disturbati e se la siano svignata, ma io non sono d'accordo. Il vetro era all'esterno della finestra, nel cortile.»

«E allora?» Duke scrollò le spalle.

«E allora, se fosse stata un'effrazione, il vetro sarebbe dovuto cadere *all'interno*.»

«Vero.»

«Sono sicuri che non sia stato preso nulla?» chiesi.

Cyclops sollevò una spalla. «Forse troveranno qualcosa più tardi.»

Raggiungemmo Lemon Street a Bethnal Green in silenzio. L'angoscia che mi aveva accompagnata per tutto il giorno ora mi stringeva il cuore; forse era così anche per i miei compagni.

La vista dell'ingombrante carrozza a quattro ruote a Bethnal Green attirò sguardi sospettosi da parte di stanchi abitanti dagli occhi infossati. Nonostante fosse destinata alla demolizione, la zona pullulava ancora di residenti che non avevano nessun altro posto dove andare. Bambini scarni e scalzi, vestiti con abiti rattoppati, si nascondevano dietro tende di capelli unti, gli occhi pieni di un misto di diffidenza e meraviglia. La disperazione aleggiava sulle soglie ombrose dove donne dal viso arcigno e la schiena curva ci sfidavano a lasciare la sicurezza del nostro veicolo per entrare nel loro dominio. Strinsi più forte la mia borsetta.

«Rimani qui,» disse Duke mentre Bryce si fermava. «È questa Lemon Street?» gridò poi fuori dal finestrino.

Un bambino indicò un arco di mattoni rossi, troppo stretto per far passare la carrozza. Oltre, potei vedere solo un vicolo corto circondato su tre lati da caseggiati fatiscenti. Del bucato pendeva immobile da fili tesi tra le finestre superiori. Nessuna brezza o raggio di sole penetrava nella strada per asciugare anche la tela più sottile.

«Pronto?» chiese Duke a Cyclops.

Cyclops annuì. «Hai portato un'arma?»

Duke mostrò un coltello legato all'avambraccio e un altro alla gamba. «Tu?»

Cyclops strinse i pugni. «Andiamo.»

Passarono sotto l'arco, un piccolo gruppo di bambini li seguì prima che una donna urlasse loro di tornare indietro. Allungai il collo ma non riuscii più a vedere i miei amici.

I cavalli si agitarono. «Non dovremmo restare qui a lungo,» avvertì Bryce, dall'alto.

Controllai l'orologio. Passarono due minuti. Tre. L'argento caldo mi pulsava nella mano, o forse era solo il sangue che mi martellava nelle vene. Sembrò che fossero stati assenti un tempo interminabile, ma un altro controllo all'orologio dimostrò che erano passati solo cinque minuti.

Alla fine, emersero. Soli. Lo stomaco mi si strinse, anche se non mi ero davvero aspettata di vedere Matt o Willie con loro.

«Allora?» chiesi mentre si avvicinavano.

«Niente,» sbottò Duke. «Hanno tutti le bocche più cucite del sedere di un vicario...» Mi lanciò un'occhiata. «Non parlano.»

«Avremmo dovuto portare dei soldi,» disse Cyclops.

«Io ho dei soldi.» Perché non ci avevo pensato prima? Avevo preso dieci sterline per corrompere l'impiegato di banca, ma ne avevo usate solo due.

Cyclops tese la mano attraverso il finestrino, ma io scossi la testa e aprii la portiera. «Vengo con voi. Non posso stare qui ad aspettare, di nuovo.»

Gli uomini si scambiarono un'occhiata. «A Matt non piacerebbe,» disse Duke.

«Lui non è qui,» gli ricordai. «Se non torniamo entro dieci minuti, andate a chiamare la polizia,» dissi a Bryce.

Marciai verso Lemon Street, fiancheggiata da Duke e Cyclops. La loro presenza era un conforto, finché non notai il gruppo di cinque uomini sdraiati su una pila di casse e barili vicino a una porta che probabilmente un tempo era stata rossa ma che ora era di un rosa sbiadito e sporco. Gli uomini ci osservarono da sotto palpebre pesanti che si sollevarono leggermente quando mi videro. Barbe lacere e sporche si contrassero in sorrisi beffardi. La lingua di uno di loro saettò fuori, come quella di una lucertola, a leccarsi le labbra.

Avevo due guardie contro loro cinque. Nonostante la mia fiducia in Duke e Cyclops, non ero del tutto sicura che le probabilità fossero a mio favore. «Sembra che sappiano tutto quello che succede qui,» dissi.

«Sono brutti ceffi,» commentò Duke. «Abbiamo già parlato con loro. Hanno detto che né Willie né Matt sono stati qui.»

«Sappiamo che è falso.»

«Dammi i soldi,» disse Cyclops. «Vediamo cosa qualche moneta è in grado di cavar fuori da loro.»

Fui sul punto di discutere, poi ci ripensai. Era inutile che andassi con lui. Avrebbe potuto peggiorare le cose. Lui tese entrambe le mani e io vi rovesciai tutto quello che avevo. In quel modo i malviventi avrebbero visto che non c'era altro da dare.

Cyclops si avvicinò agli uomini da solo. Duke mi si appiccicò addosso come una caramella toffee ai denti, le mani leggermente giunte davanti a sé. La posizione gli permetteva di poter afferrare rapidamente il pugnale nella manica, se necessario. Cyclops parlò con gli uomini e distribuì i soldi. Le monete scomparvero nelle loro tasche così in fretta che non le vidi nemmeno. L'uomo che si era leccato le labbra rispose a Cyclops, poi scosse la testa. Scossero tutti la testa.

Cyclops scattò e afferrò per la camicia l'uomo che gli stava di fronte, sollevandolo da terra finché i suoi piedi non toccarono più il suolo. «Parla!»

I suoi amici balzarono in piedi. Duke si mosse e vidi che aveva estratto il coltello. «Sta pronta a correre verso la carrozza,» sibilò.

Mi sollevai le gonne. «Cyclops!» gridai. «Lascia andare quell'uomo.»

«Lui sa, India,» gridò di rimando. «So che sa cos'è successo. Lo sanno tutti.»

Sì, ma chiaramente nessuno voleva parlare e non potevamo combatterli tutti. «Vieni via, Cyclops.»

«Ci serve una pistola,» borbottò Duke. A Cyclops, disse: «Torneremo più tardi.»

Cyclops lasciò cadere l'uomo, aggiungendo anche una spinta, tanto che i suoi amici dovettero afferrarlo perché non ruzzolasse contro le casse. Tra sberleffi e minacce, Cyclops tornò da noi, il viso cupo e duro come la pietra. Non l'avevo mai visto con un aspetto così spaventoso.

«Li hanno visti, eccome,» disse, raggiungendoci senza fermarsi. Proseguì verso l'arco. Mi sollevai le gonne e lo seguii con Duke. «Hanno detto di aver visto degli uomini catturarli e portarli via. Prima Willie, stamattina presto, poi Matt, qualche tempo dopo.»

«Catturarli?» ripetei mentre raggiungevamo la carrozza giusto in tempo. Bryce stava per scoraggiare con la frusta uno dei bambini che si stava avvicinando furtivamente ai cavalli. «Senza combattere?»

«C'è stata una lotta, eccome.» Cyclops aprì la portiera e Duke mi aiutò a salire. Salirono dopo di me, dopo che Cyclops diede a Bryce istruzioni di tornare a Park Street.

«E?» lo incalzai. «Cosa è successo?»

«Sono stati sopraffatti e portati via.»

«Da chi?»

«Da quanti?» chiese Duke cupamente.

«Cinque uomini,» disse Cyclops mentre la carrozza si avviava.

«Cinque?» grugnì Duke. «Che coincidenza. Ce n'erano cinque a Lemon Street poco fa.»

La mascella di Cyclops si indurì. «L'ho notato.»

«Pensi che siano stati loro?» dissi. «Pensi che quegli uomini abbiano sopraffatto Willie e Matt? E che ne abbiano fatto?»

«Sono stati pagati,» disse Cyclops con certezza. «Muscoli assoldati per fare il lavoro di un codardo. Sanno dove sono Willie e Matt, ma non lo diranno. Non è conveniente per loro spifferarcelo.»

«Li denunceremo alla polizia,» dissi. «Questo li costringerà a dircelo—»

«No,» dissero sia Duke che Cyclops. «Non lo farànno.»

«E allora cosa?» La mia voce si alzò di un'ottava, isterica. «Non possiamo andarcene e basta. Non possiamo andarcene finché non sapremo dove sono. Torniamo indietro.» Alzai il braccio per bussare sul tetto, ma Cyclops mi afferrò il polso.

«C'è un altro modo.» Il suo sguardo da un solo occhio mi trapassò come un trapano. L'intensità di quella fissità, in un uomo così gentile, mi allarmò. «Torniamo con le armi da fuoco.»

Deglutii e sprofondai nell'angolo. Mi lasciò andare, ma la sua presa aveva lasciato un segno sulla mia pelle. Mi voltai verso il finestrino ma vidi a malapena qualcosa attraverso il velo di lacrime.

Quando sarebbe finita? E come? Con spargimenti di sangue e perdite di vite umane?

Doveva pur esserci un altro modo. Sicuramente, se ci avessimo pensato bene, avremmo potuto capire chi li aveva rapiti e perché. Sicuramente avremmo potuto trovarli in modo pacifico.

E poi mi venne un'illuminazione. Mi misi a sedere dritta e battei forte sul tetto della cabina. «Apri il finestrino,» ordinai a Duke, incapace di nascondere il giubilo nella mia voce.

Lui e Cyclops mi guardarono accigliati, ma fecero come richiesto. «Cosa vuoi che dica al cocchiere?» chiese Duke, tenendosi il cappello mentre la brezza entrava impetuosa. «Dove vuoi andare?»

CAPITOLO 16

«Mr. Gibbons, la prego, non sappiamo a chi altro rivolgerci.» Odiavo supplicare, ma si trattava di una circostanza eccezionale. Il nonno di Daniel era l'unica persona che avrebbe potuto aiutarci a trovare Matt e Willie, sebbene la mia stramba teoria potesse non funzionare nella pratica. Anzi, la possibilità di fallire era molto alta.

Ma dovevo tentare.

«Non sia assurda.» La risposta burbera di Mr. Gibbons ci congedò con la stessa chiarezza del suo gesto verso la porta. «Ora, se non avete nulla da dirci su Daniel, vi prego di andarvene. State turbando mia figlia.»

Miss Gibbons, la madre di Daniel, sembrava davvero turbata, ma poteva essere perché l'avevo appena informata che non c'erano notizie di Daniel e che anche l'uomo incaricato di trovarlo era scomparso. Si premette il fazzoletto sul volto e tirò su col naso.

«Ce lo dovete, dopo lo spavento che mi avete fatto prendere ieri sera» dissi.

Miss Gibbons abbassò il fazzoletto. «Ieri sera?» Si acciglio guardando il padre. «Mi avevi detto che eri con degli amici, ieri sera.»

Mr. Gibbons gonfiò il petto e non offrì alcuna spiegazione. Sua figlia non insistette.

«Non posso trovare Daniel da sola» dissi, con un filo di voce. Avevo i nervi a fior di pelle. Eravamo ostacolati a ogni passo, e stavolta persino da qualcuno che avrebbe dovuto essere dalla nostra parte. «Ho bisogno di Matt.»

«Mi spieghi perché pensa che mio padre potrebbe aiutarla a trovarlo» chiese Miss Gibbons. «Non sono sicura di aver capito.»

«Ieri sera, suo padre... è venuto a casa nostra in cerca di una delle mappe di Daniel.»

«Che Munro, quel maledetto idiota, ha dato loro» ringhiò Mr. Gibbons con un'occhiata accusatoria verso la figlia.

Lei abbassò il capo e sedette composta, con le mani giunte in grembo.

«Suo padre pensava di poter usare la magia e la mappa per trovare Daniel, dato che è infusa della magia del ragazzo.» Al suo sguardo speranzoso, aggiunsi: «Non ha funzionato.»

«Appunto» disse Mr. Gibbons. «Allora perché pensa che dovrebbe funzionare per lei e il suo amico?» Aprii la bocca per parlare, ma lui indicò la porta. «Vorrei che ve ne andaste.»

«L'*ascolti*.» Cyclops colmò la distanza tra loro e parve sul punto di sollevare Gibbons per il colletto della camicia, come aveva fatto con il delinquente a Lemon Street. Ma si limitò a torreggiare su di lui, un ammasso di muscoli e furia.

Mr. Gibbons si rimpicciolì nella poltrona e deglutì. «Sto ascoltando» disse senza distogliere lo sguardo sgranato da Cyclops.

Cyclops raggiunse di nuovo Duke. Entrambi stavano vicino alla porta, con le braccia incrociate sul petto, in tutto e per tutto simili a guerrieri di guardia.

«Grazie» dissi. «Quello che propongo potrebbe non funzionare, ma voglio comunque tentare. Voglio provare a unire la mia magia alla sua per trovare Matt.»

Miss Gibbons sussultò. «Lei? Lei è...?»

Annuii. «Sono... ancora grezza. Non conosco incantesimi, ma ogni orologio da tasca o da muro a cui ho lavorato sembra rispondermi. Ho lavorato all'orologio di Matt e so che lo ha con sé.» Chiusi gli occhi e inspirai profondamente per farmi coraggio. Avevamo considerato la possibilità — tutti e tre — che Matt potesse aver perso l'orologio nella colluttazione, o che i cinque delinquenti glielo avessero rubato. Aveva lasciato casa quattro ore e mezza prima. Il tempo stringeva.

«E lei vuole che mio padre usi la sua magia per disegnare una mappa della posizione di Mr. Glass» concluse Miss Gibbons. «O almeno di quella del suo orologio.»

Annuii.

«Non ha funzionato ieri sera» disse Mr. Gibbons con pesantezza. «E non funzionerà nemmeno stavolta. È una follia.»

«Anche così, dovete provare» ringhiò Duke.

«Perché pensa che stavolta funzionerà, Miss Steele?» chiese Miss Gibbons. «Perché la sua magia dovrebbe essere diversa, specialmente se lei non conosce incantesimi?»

«Perché la mia magia è forte. Me lo ha detto suo padre. E spero che l'orologio magico in possesso di Matt faccia la differenza.» E perché avevo un'intuizione. Non sapevo spiegarla, ma *sentivo* che era la cosa giusta da fare.

Padre e figlia si scambiarono un'occhiata. Mr. Gibbons disse: «Devi aiutarla, papà.»

Lui annuì. «Seguitemi nel mio laboratorio.» Mr. Gibbons ci guidò lungo il corridoio scarsamente illuminato fino al retro della casa e poi fuori, nel piccolo cortile.

Dietro l'ampliamento della cucina, una tettoia sembrava sul punto di poter essere spazzata via da un forte vento. Mr. Gibbons aprì la porta e scostò le tende. La luce inondò il laboratorio, che a malapena aveva spazio a sufficienza per contenere tutti e cinque noi oltre allo scrittoio inclinato del signor Gibbons e a una piccola cassettiera. Mappe prive di cornice erano state inchiodate alle pareti. Alcune erano piuttosto belle. Erano magiche? Andai ad accertarmene toccando l'angolo di una di esse. La mano mi si scaldò.

Miss Gibbons mi osservò.

«Venga qui, Miss Steele.» Mr. Gibbons indicò il lato della scrivania dove aveva steso un grande foglio di carta. Sua figlia, senza dire una parola, prese matite e righelli da uno dei cassetti, e un'altra mappa della Grande Londra.

«L'orologio potrebbe non essere più a Londra» disse Mr. Gibbons mentre sua figlia stendeva la mappa sulla scrivania.

«Lo so» dissi, togliendomi i guanti. «Ma dobbiamo pur cominciare da qualche parte.»

Mr. Gibbons si chinò sul grande foglio bianco e iniziò a disegnare. Le sue mani si muovevano rapide, così come le labbra mentre cantilenava parole strane e liriche. Se le sue parole si fossero potute disegnare, avrebbero avuto volute, riccioli e un motivo fluido. Non ne riconobbi nessuna.

Disegnò una copia della mappa di Londra, ma di gran lunga migliore. Il disegno si riempì di dettagli fitti, nomi di strade e punti di riferimento riconoscibili. Tegole e mattoni emersero dalla pagina come se fossero reali, solo nei toni del nero, bianco e grigio. Con mio stupore, persino gli edifici in costruzione presero forma, con le impalcature che erano gusci scheletrici che sembravano protendersi dalla superficie. La sua nuova mappa era nella stessa scala dell'originale, anche se Mr. Gibbons non ne aveva preso alcuna misura.

«Magnifico» sussurrò Duke alle mie spalle. «Ecco Park Street» disse, indicando.

Mr. Gibbons gli scacciò la mano senza interrompere la cantilena. Un attimo dopo, posò la matita.

Posai la mano sull'angolo della mappa, quello più vicino a me. Un'ondata di calore mi attraversò le dita, salì lungo la mano fino al polso, dove si affievolì. Trasalii e la ritrassi. Il signor Gibbons e sua figlia si scambiarono un'occhiata, poi lui riprese a cantilenare.

«India?» sussurrò Cyclops.

«Sto bene.» Riportai la mano sulla mappa, stavolta pronta al calore. Bruciava, ma era sopportabile.

Mi sentii un po' sciocca, a starmene lì in piedi mentre Mr. Gibbons faceva tutto il lavoro. Avrei dovuto cantilenare anch'io. Le sue parole mi fluivano intorno, e il calore della mappa sciamò oltre il mio polso, su per il braccio fino alla spalla. Chiusi gli occhi per concentrarmi su di esso, per lasciarlo entrare nel corpo, sebbene non gli permisi di sopraffarmi. Potevo quasi sentire Matt che mi avvertiva di stare attenta, di non fare nulla che potesse mettermi in pericolo. Eppure, mi sembrava naturale. Sembrava *reale*, come se potessi attingere a quella magia e usarla. Costruirci sopra.

L'orologio nella borsetta pulsò. Non sapevo se gli altri potessero sentirlo o udirlo, o se persino io potessi farlo. Forse lo percepivo soltanto.

«*Lì!*» gridò Duke.

La cantilena si interruppe.

«È qui» ringhiò Cyclops. «Questa casa.»

Mr. Gibbons riprese a cantilenare.

Socchiusi gli occhi e fissai il bagliore viola acceso sulla mappa. Lo schizzo era stato fatto a matita, non a colori. Quel bagliore... ero io. Il mio orologio, per essere precisi. Ecco perché aveva pulsato. Aveva sentito la mia magia.

Premetti entrambi i palmi sulla carta. Il calore non m'infastidiva più, anche se sembrava più feroce, ora, più forte. Mi stava scorrendo attraverso, e mi chiesi se le vene si stessero illuminando come quelle di Matt quando usava il suo orologio.

La mappa pulsò, proprio come aveva fatto il mio orologio. Doveva averlo sentito anche Mr. Gibbons, perché smise di cantilenare.

«Continui» lo esortai. *Pensa di nuovo all'orologio di Matt*, mi disse una vocina.

Richiamai alla memoria il modo in cui faceva brillare le sue vene, il modo in cui cancellava le rughe di stanchezza, le ombre della spossatezza. Ricordai la cassa dell'orologio e ogni singola molla e ingranaggio che avevo pulito e rimesso a posto con cura solo poche settimane prima.

«Mio Dio» sussurrò Duke, chinandosi sulla mia spalla. «Cyclops?»

«Lo vedo» rispose lui. «Una strada curva in città. Non riesco a distinguere la scritta. È un nome lungo per una strada così piccola.»

La cantilena cessò. Miss Gibbons inspirò bruscamente. «Ha funzionato!»

«Bucklersbury Street» annunciò suo padre.

«Bucklersbury!» Aprii gli occhi e vidi una macchia luminosa nel cuore della città. Sulla posizione esatta dello scavo del mosaico romano, se non mi sbagliavo. «Ci sono stata, di recente.»

Mi raddrizzai e tolsi le mani dal foglio. Il bagliore svanì. La mappa era un capolavoro che avrebbe potuto abbellire una galleria d'arte. Ma ora era solo una mappa.

«India.» La voce di Cyclops richiamò la mia attenzione. «Dobbiamo andare.»

«Grazie» dissi a Mr. Gibbons. «Il suo aiuto è stato inestimabile.»

«Buona fortuna» disse Miss Gibbons con un sorriso incerto. «Spero che questo signifìchi che Mr. Glass riprenderà la ricerca di Daniel.»

«Non appena sarà in grado, glielo assicuro.» A Mr. Gibbons, dissi: «Stiamo facendo del nostro meglio.»

Lui annuì, ma sembrava a malapena consapevole della mia presenza. Fissava la mappa, le mie mani, poi le sue. «Notevole» mormorò.

Lo era, ma non avevo tempo per ponderare la cosa, o la mia parte in tutto ciò. Matt e Willie avevano bisogno di essere salvati.

* * *

PER UNA VOLTA, fui contenta che a Bryce piacesse guidare veloce. Riuscì a manovrare con destrezza l'ingombrante carrozza nel traffico a una velocità sostenuta e arrivammo a Bucklersbury Street in tempo record. Tuttavia, non si fermò davanti all'edificio rivestito di impalcature dove avevamo visto il pavimento a mosaico, e stavo per chiamarlo quando lo sentii gridare.

«Signore!»

Protesi il collo fuori dal finestrino e il cuore mi balzò in gola. Matt! Accanto a lui c'era Willie. Erano vivi e liberi. *Grazie a Dio. Grazie a Dio.*

«Matt!» gridai, aprendo lo sportello e balzando fuori dalla carrozza senza curarmi delle gonne. Mi si avvolsero attorno alle gambe e svolazzarono indietro mentre correvo.

Sia Duke che Cyclops mi superarono e li raggiunsero per primi. Duke abbracciò Willie e sembrava volesse avvolgere anche Matt in un abbraccio. Cyclops diede una pacca sulla spalla a entrambi.

«Matt! Willie!» Ero troppo felice di rivederli per *non* abbracciarli entrambi, a turno. Strinsi Matt più a lungo. Le sue braccia si serrarono prima che mi lasciasse andare e mi tenesse a distanza.

Sembrava stanco ma non esausto, e i lividi sul viso e il labbro spaccato raccontavano parte della storia della sua cattura. Alzai una mano per toccargli la guancia, ma ci ripensai. Non avrebbe voluto la mia compassione.

Duke, Cyclops e Willie parlavano tutti insieme, accavallando le voci. Matt e io rimanemmo in silenzio, i nostri sguardi incatenati. Sapevo che il mio esprimeva il sollievo che mi turbinava dentro. Non riuscivo a contenere la felicità di vederli sani e salvi, e sospettavo che fosse per questa ragione che lui mi rivolse un piccolo sorriso, nonostante avesse un'espressione arrabbiata.

«Sono mezza morta di fame» disse Willie. «C'è una trattoria dietro l'angolo. Che ne dite se ci prendiamo una bistecca e parliamo di vendetta là.»

«Dobbiamo sapere chi ci ha rapiti per vendicarci» ringhiò Matt. Ma annuì. «Parleremo mangiando.»

«Sei sicuro?» chiesi. «Non dovresti riposare, prima?»

«Ho riposato tutto il dannato giorno. Ne ho abbastanza di riposare.»

Si allontanò a grandi passi. Guardai Willie che mi restituì un sorriso stiracchiato. «È stata una lunga giornata» disse. «E a Matt non piace farsi legare come un maiale.»

«Come siete scappati?» Mi voltai a guardare l'edificio in fondo alla strada. «E perché nessuno vi insegue?»

«Te lo diremo dopo aver mangiato. Non riesco a parlare a stomaco vuoto.»

Cyclops tornò di trotto alla carrozza per informare Bryce dei nostri piani, poi camminammo fino alla trattoria. Era troppo presto per cena e troppo tardi per pranzo, quindi il locale non era affollato. Scivolammo sulle panche nell'angolo più lontano, dove il sole non arrivava e la luce della lampada lo faceva a malapena. Il ritratto di una donna appoggiata a un bancone ci fissava dall'alto, con un barlume di aspettativa negli occhi. Mi chiesi se avessi la stessa espressione mentre aspettavo che Matt e Willie raccontassero la loro storia.

Un cameriere con un cravattino bianco prese le nostre ordinazioni. Non appena scomparve, Duke si sporse in avanti, con i gomiti sul tavolo, e disse: «Allora?»

Matt lanciò un'occhiata a Willie. I suoi occhi si strinsero. Lei deglutì e si studiò le unghie sporche. «Beh» cominciò, «ho fatto un bel pasticcio.»

Quando non continuò, Matt la spronò. «Vai avanti. Meritano di saperlo.»

Willie si schiarì la gola. «Ti ho detto che mi dispiace, Matt. Dico sul serio.»

Lui alzò una mano. «Basta così» disse, più dolcemente. «Racconta.»

«Sono arrivata a Lemon Street alle sei, ma mi hanno teso un'imboscata.Cinque uomini. Non ho avuto scampo. Mi hanno legata come un salame, imbavagliata, e caricata su un carretto.»

«Ti hanno fatto del male?» ringhiò Duke.

Lei fece una smorfia. «Solo qualche livido.»

«Sei andata senza la pistola?»

«Non ho avuto il tempo di usarla.» Si toccò il fianco dove di solito portava la pistola. «Mi hanno portata qui, in quell'edificio dove gli archeologi stanno scavando il pavimento. Era vuoto. Mi hanno portata in una cantina e lasciata lì, tutta legata.»

Duke le sollevò il polsino per rivelare i polsi scorticati dalla corda. Imprecò a bassa voce.

«Nessuno ha visto?» chiese Cyclops.

«Mi hanno gettato un cappotto addosso e spinta dentro in fretta e furia» disse Willie. «Ma comunque non c'era nessuno in giro.»

«E poi?»

«E poi Matt è arrivato qualche ora dopo, allo stesso modo. Lo hanno lasciato con me in cantina.»

Lanciai un'occhiata a Matt. Sembrava che avrebbe preferito staccare la testa a morsi a qualcuno piuttosto che parlare di quello che era successo.

Il cameriere depositò cinque birre schiumose sul tavolo. Willie si avventò sulla propria e ne bevve metà in un solo sorso. Matt bevve tutta la sua.

«Anche a te hanno teso un'imboscata?» gli chiesi quando posò il boccale di peltro. «La banda di Lemon Street?»

Fece un cenno affermativo. «Mi stavano aspettando, quattro dentro l'arco dove non potevo vederli, e uno dritto davanti a me come esca. Non ho avuto il tempo di estrarre l'arma.»

Ma doveva averli combattuti. La prova della lotta era su tutto il suo viso. «Dove sono le vostre armi adesso?» chiesi.

«Rubate» sputò Willie.

«Ma non il tuo orologio?» chiesi a Matt.

Scosse la testa. «Lo hanno ispezionato, ma il capo ha detto agli altri che era l'orologio che avevano ordine di lasciarmi.»

Mi appoggiai allo schienale della sedia, lasciando uscire tutto il fiato dai polmoni.

«Qualcuno allora sapeva quanto fosse importante per te» riflettè Cyclops, strofinandosi la mascella ispida. «Ciò significa che chi li ha pagati sa che è magico e che ne hai bisogno.»

«Significa che non mi volevano morto» disse Matt con un cenno del capo.

«Solo fuori dai piedi» mormorai. «La mia ipotesi è Abercrombie, per impedirti di incontrare Mirth. Vuol dire che sa più di quanto pensassimo... sa che nel tuo orologio sono combinate due magie.»

«O semplicemente sa che è importante per me in qualche modo.»

Willie batté i gomiti sul tavolo e si seppellì le mani tra i capelli. Le si erano sciolti e le pendevano sulle spalle in grovigli selvaggi. «Hai mancato l'incontro con Mirth» gemette.

«L'ho incontrato io» dissi loro.

Willie sbirciò verso di me. «Davvero?»

«E?» chiese Matt.

«Non è Chronos» dissi. Le spalle di entrambi si afflosciarono. «Vi spiegherò meglio dopo che mi avrete detto come siete scappati.»

«Willie e io eravamo chiusi in cantina» disse Matt, «legati ma non imbavagliati. Abbiamo gridato ma non è venuto nessuno. Willie è riuscita a sciogliere le mie corde e io ho liberato lei, ma non riuscivamo a uscire dalla cantina.»

«Abbiamo anche provato a scavare» disse Willie. «Abbiamo trovato alcuni attrezzi da archeologo, ma era inutile, al buio.»

«Dov'era Mr. Young?» chiesi.

«Non lavorava oggi, a quanto pare» disse Matt. «I suoi attrezzi erano in cantina, chiusi a chiave e fuori dalla vista.»

«Così abbiamo aspettato.» Willie guardò Matt. «Riposato. Poi, all'improvviso, abbiamo sentito il catenaccio scorrere. Abbiamo dovuto brancolare nel buio fino alla porta. Quando ci siamo arrivati e l'abbiamo aperta, chiunque l'avesse sbloccata era sparito. Abbiamo perquisito l'edificio e lungo la strada, ma non abbiamo visto nessuno.»

«E poi siete arrivati voi tre» disse Matt. «Avete visto qualcuno andarsene dall'edificio?»

Scuotemmo la testa. «Non stavamo proprio guardando» dissi.

«Non ha senso» disse Duke scuotendo la testa. «Vi hanno semplicemente lasciati andare?»

Matt annuì. «Ho avuto tutto il giorno per pensarci, e credo che India abbia ragione. Qualcuno si è dato un gran da fare per tenermi lontano dalla banca oggi. Qualcuno che sapeva che c'era una cantina in quell'edificio e sapeva che non saremmo stati scoperti. Qualcuno che non ci voleva morti, ma voleva me fuori gioco.»

Duke imprecò a bassa voce. «Dev'essere Abercrombie.»

«Ma io, Willie e Duke sappiamo che aspetto ha Chronos» disse Cyclops. «Non eri l'unico che poteva confermare se Mirth fosse l'uomo che stiamo cercando.»

«Evidentemente il mio rapitore non lo sapeva» disse Matt. «Pensava che dipendesse tutto da me.»

«Il che significa che non è Chronos in persona» concluse Willie. «A meno che non si sia dimenticato di averci incontrati all'epoca.»

«Non sei una che si dimentica» le disse Duke con un sorriso sardonico.

Lei sollevò il boccale in un saluto. «Così mi è stato detto.»

«Sembra proprio che ci sia Abercrombie dietro a tutto questo» dissi. «Non so come sapesse del tuo orologio, o della cantina in quell'edificio abbandonato, ma di certo voleva tenerti lontano dalla banca oggi, Matt, e impedire anche a chiunque altro di incontrare Mirth.»

Raccontai loro di Abercrombie in agguato fuori dall'ingresso della banca e di come fossi riuscita a giocarlo. Più parlavo, più l'espressione di Matt passava da cupa a speranzosa, ma non meno intensa. Con il volto tumefatto, sembrava in tutto e per tutto il formidabile fuorilegge del selvaggio West che una volta credevo fosse.

Mi fermai quando distribuirono il nostro cibo e ripresi non appena il cameriere se ne fu andato. Raccontai di come Mirth sospettasse che DuPont fosse Chronos; come non credesse che fosse di nazionalità francese, e come entrambi sospettassimo che quella fosse la ragione per cui Abercrombie si era sforzato così tanto di impedirci di parlargli.

«Non sa che siamo già a conoscenza di DuPont» disse Matt, tagliando una patata bollita.

Willie prese la sua cotoletta con le dita e rosicchiò l'osso. «Willie!» sibilò Duke. «Non sei più in una cantina. Usa coltello e forchetta.»

«Nessuno può vedere» ribatté lei, pulendosi il grasso dal mento con il dorso della mano.

«Quindi, se Abercrombie è il mandante dietro ai vostri rapimenti» dissi, «è anche collegato allo scavo del mosaico in Bucklersbury Street? Perché se è così significa che è collegato all'archeologo, Mr. Young, e forse anche a McArdle stesso.»

«E alla scomparsa di Daniel.» Le parole di Cyclops caddero nel silenzio come macigni.

Willie alzò la mano ma aveva la bocca troppo piena per parlare.

Matt riempì la pausa. «Non posso credere che Abercrombie sia così stupido. Perché portarci in un luogo che lo collegherebbe alla scomparsa di Daniel, soprattutto se aveva poi intenzione di rilasciarci?»

Willie deglutì. «Quei porci parlavano tra di loro quando mi hanno portata in cantina. Uno ha detto agli altri che passava per Bucklersbury ogni giorno, e che pensava sarebbe stato un buon posto per nascondersi dato che i lavori si sono fermati e gli scavatori non c'erano tutti i giorni.»

«Per scavatori deve intendere gli archeologi» dissi.

«Ma guarda che furbetta che sei» disse Willie, prendendo l'osso dal piatto di Duke e rosicchiando anche quello.

«Quindi, dopotutto, non abbiamo un legame tra Abercrombie e la scomparsa di Daniel.» Sospirai. «Non siamo più vicini a trovarlo di prima.»

«A proposito di trovare le persone, come ci avete trovati?» chiese Matt. «Nemmeno io credo alle coincidenze. Non è possibile che steste passando per Bucklersbury sperando che fossimo lì.»

Duke sorrise e puntò il coltello contro Matt. «Aspetta di sentire questa. Vai, India. Raccontaglielo.»

Matt e Willie mi dedicarono la loro completa attenzione, sebbene la fronte di Matt si corrugasse leggermente. Mi sporsi in avanti e abbassai la voce. «Ho combinato la mia magia con quella di Mr. Gibbons.»

«Ben fatto, India.» Willie mi fece un cenno, impressionata.

«Ben fatto neanche un po'.» Matt spinse via il piatto e si sporse a sua volta. «Cosa stavi pensando, usare la tua—»

«Stavo pensando a come trovarti» scattai. «Hai passato un'esperienza terribile, Matt, e sei stanco e preoccupato, quindi non litigherò con te. Quel che è fatto è fatto, e lo rifarò, se necessario, senza esitazione. Ora, ti prego di astenerti dal farmi la predica. Non voglio sentirla.»

I suoi occhi brillarono per la prima volta quel pomeriggio, come se la stanchezza fosse improvvisamente svanita. Sembrava che discutere con me lo rendesse più vigile. Non che gli piacesse essere rimproverato. Tutt'altro, a giudicare dalla sua espressione severa.

Duke si interessò vivamente al sugo nel suo piatto, facendo la scarpetta con una fetta di pane. Cyclops finì il resto della birra. Willie, tuttavia, sembrava indifferente all'umore nero di Matt e chiese come avesse funzionato la magia, così le raccontai ciò che era accaduto nel laboratorio di Mr. Gibbons.

«Peccato che Daniel non abbia mai comprato un orologio da tuo padre» disse lei. «Uno su cui avevi lavorato. Avremmo potuto usare il tuo metodo per trovarlo.»

Guardai Matt. Mi stava ancora osservando. Sentivo la sua rabbia ribollire nello spazio tra noi. Gli offrii un sorriso, ma lui non lo ricambiò.

Finimmo i nostri pasti e uscimmo dalla trattoria. Willie

inspirò profondamente ed espirò piano. «Non avrei mai pensato di apprezzare l'aria puzzolente di Londra, ma ora la apprezzo sul serio. L'aria in quella cantina era viziata, umida e puzzava di ratti.»

«Vuoi affrontare Abercrombie?» chiese Cyclops a Matt.

«Non sappiamo con certezza se è stato lui» disse Matt. «Finché non lo sapremo, non voglio che sospetti che siamo a conoscenza delle sue macchinazioni.»

«Non sono d'accordo» dissi, ma chiusi la bocca all'occhiataccia di Matt. Forse non era il momento. Doveva essere stanco e desideroso soltanto di tornare a casa.

Quando arrivammo, tuttavia, non ci fu occasione di riposare. Matt dovette sorbirsi una conversazione educata con gli ospiti della zia, e io rimasi con lui in segno di supporto. Dopo aver risposto alle imbarazzanti domande in merito al suo viso tumefatto — disse loro che era inciampato su un marciapiede sconnesso — sedette in silenzio e contribuì raramente alla conversazione.

Anche dopo che gli ospiti se ne furono andati, non potemmo parlare da soli. Sua zia lo interrogò non appena furono usciti. «Ora, dimmi la verità. Cos'è successo al tuo bel viso?»

«Te l'ho detto. Sono inciampato.»

«Sciocchezze. Nessuno ci crede.»

«Zia» disse lui con un sospiro. «Non ora.»

Lei sedette in silenzio, le dita che si annodavano in grembo, per ben dieci secondi. «Come posso presentarti ai miei amici in quello stato? Penseranno che sei un pugile.»

Non avrebbero avuto tutti i torti. «Non volevamo allarmarti» dissi. «Ecco perché si è inventato la storia dell'inciampo.» Matt sollevò le sopracciglia, e un accenno di sorriso aleggiò sulle sue labbra. Sembrava curioso di vedere come me la sarei cavata da quella situazione. «La verità è che ha fatto a botte.»

Miss Glass si portò una mano alla gola. «Matthew!»

Matt mi fulminò con lo sguardo, il sorriso svanito.

«Non è stata colpa sua» aggiunsi in fretta «C'era un uomo osceno che non lasciava in pace Willie. Matt stava semplicemente difendendo il suo onore.»

Questo sembrò placarla, in qualche modo. Invece che scioccata, sembrava inorridita. «Non sapevo che avesse un onore.»

«Nemmeno io» disse Matt con un tono tagliente.

«India, chiedi a Bristow di andare a prendere Picket.» Miss Glass si toccò la fronte. «È stata una lunga giornata dopo una lunga notte.»

«Forse Matt può accompagnarti nella tua stanza» dissi. «Dovrebbe comunque andare da quella parte.»

«Non ci vado» disse lui, «ma sarò felice di accompagnarti, zia.» Si alzò e aiutò Miss Glass a fare altrettanto.

«Un così bravo fratello.» Toccò la guancia blu-nera di Matt e schioccò la lingua. «Povero caro. Non dovresti combattere contro così tanti draghi.»

Non mi aspettavo di rivedere Matt fino all'ora di cena, o forse anche fino al giorno successivo, ma tornò dopo soli pochi minuti.

«Sta bene?» chiesi.

«Farfuglia ancora di draghi.»

«Sei il suo cavaliere senza macchia.»

Si versò un bicchiere di brandy dalla credenza. «Non sono il dannato cavaliere di nessuno. Non riesco nemmeno a salvare me stesso.»

«Matt...» Mi interruppi. Questo richiedeva più di semplici parole di comprensione. Mi alzai e lo raggiunsi alla credenza. «Nemmeno i cavalieri possono respingere cinque uomini che li prendono di sorpresa.»

«Avrei dovuto essere più preparato. Avrei dovuto aspettarmi un'imboscata.»

«Non saresti dovuto andare da solo.»

Si voltò e appoggiò l'anca alla credenza. Era una posa disinvolta, eppure non c'era nulla di disinvolto nella rabbia che emanava da lui. Avevo pensato che fosse arrabbiato con me perché avevo usato la magia, ma ora sapevo che non era l'unico motivo.

«Non dovresti farmi sentire meglio?» chiese.

«Pensavo che lo stessi facendo.»

«Dicendomi che non ero abbastanza preparato?»

«Oh. Non l'avevo vista così.»

Grugnì quella che sospettai fosse una risata riluttante, come se fosse restio ad abbandonare il suo umore acido. Mi versò un brandy, ma non lasciò andare il bicchiere quando me lo porse. «India» mormorò, «non ti ho ringraziata per essere venuta in nostro soccorso.»

«Non vi abbiamo salvati. E poi, pensavo che i miei metodi non ti piacessero.»

«È vero, ma capisco perché l'hai fatto. Avrei fatto la stessa cosa se le nostre situazioni fossero state invertite.»

«Grazie, Matt. Apprezzo che tu lo riconosca.»

Lasciò andare il bicchiere, ma non prima che il suo pollice accarezzasse il mio. «So anche riconoscere una battaglia persa. Oggi mi hai messo al mio posto.»

«Sì. Beh.» Sorseggiai. Il brandy mi scaldò la gola e mi solleticò il naso. «Non sono abituata a sentirmi dire cosa fare. Sono passati alcuni anni da quando mio padre mi ha fatto l'ultima predica. E ce n'era poco bisogno, in realtà, dato che sono sempre stata obbediente.»

«Sei obbediente anche qui, tutto sommato.»

«Tranne quando dici qualcosa con cui non posso essere d'accordo.»

La sua bocca si contorse in una smorfia. «Hai trovato la tua voce, India, e non hai paura di usarla.»

Non ero sicura se mi stesse ammonendo o congratulando. «Spero che ci saranno poche occasioni per farlo. Non mi piace quando litighiamo.»

«Nemmeno a me» disse a voce bassa, con pesantezza. «Nemmeno a me.» Le sue dita sfiorarono le mie, un tocco leggero che svanì prima che potessi reagire. Si allontanò e finì il resto del brandy.

L'aria nel salotto si fece densa, pesante, rendendo difficile respirare. Bevvi il resto del mio brandy in un solo sorso. Non avvezza al retrogusto ardente, tossii.

Matt sorrise. Era così bello vederlo più felice che ricambiai il sorriso. «È stata una giornata intensa» dissi.

«È il tuo modo educato di dirmi di andare a riposare in camera mia?»

Alzai le mani. «Non oserei dirti cosa fare.»

«Mmm.»

Bristow entrò portando un vassoio con una busta sopra. «È arrivata una lettera per voi, signore.»

Matt aprì la busta e lesse. «È del mio avvocato. Ha trovato Lord Coyle.» Piegò la lettera e congedò Bristow. «Non è troppo tardi. Credo che farò visita al conte adesso. Ti va di accompagnarmi, India?»

«Vuoi che venga anch'io?»

«Come farò altrimenti a sapere se gli oggetti della sua collezione sono magici o no?»

CAPITOLO 17

La residenza di Lord Coyle a Belgravia risplendeva di luci. Si riversavano dalle finestre del primo, secondo e terzo piano, e le due lanterne accanto al portone sibilavano in segno di benvenuto. Il maggiordomo fu meno accogliente. La sua smorfia poco professionale nel vederci sulla soglia mi mise a disagio. A Matt, tuttavia, non parve importare.

«Mr Glass e Miss Steele in visita a Lord Coyle,» disse con la sua voce più autoritaria. «Gli dica che si tratta dell'ultima aggiunta alla sua collezione.»

Il maggiordomo ci fece attendere mentre mandava un valletto a cercare Coyle. Controllò il proprio orologio, quindi regolò la lancetta dei minuti sulla pendola in noce, solo per riportarla poi al suo posto. A mio parere era perfettamente in orario, ma era chiaro che il maggiordomo avesse bisogno di fingersi occupato perché non fosse evidente che ci teneva d'occhio.

Un uomo corpulento, con un paffuto baffo bianco spiovente che gli colava fino al mento, scese i gradini a passi pesanti,, sollevando il maggiordomo dal suo dovere. «Chi siete?», sbottò il conte a Matt. «I miei ospiti arriveranno a breve, e non ho tempo per queste cose.»

«Le nostre scuse, signore. Non vi ruberemo molto tempo», disse Matt. «Mi chiamo Matthew Glass e questa è—»

«Parente di Rycroft?» Coyle si avvicinò a Matt e gli scrutò il volto. Le rughe agli angoli degli occhi si spianarono mentre batteva le palpebre. Era la vista dei lividi a turbarlo?

«È mio zio,» rispose Matt.

I baffi di Coyle si sollevarono in un accenno di sorriso. «Siete l'erede americano. Un po' un pugile, eh?», ridacchiò. «Scommetto che Rycroft non ne è felice.»

«Dato che i vostri ospiti arriveranno presto, veniamo al dunque. Ho sentito parlare della vostra collezione—»

«Quale collezione?» Il naso di Coyle, già piuttosto rubicondo, si arrossò, insieme alle guance.

«Non fate l'ingenuo, signore. Non sono in vena di scherzi».

Coyle farfugliò una debole protesta, finché Matt non lo interruppe.

«Un promettente cartografo è scomparso, e il vostro factotum ha parlato con Onslow, il tesoriere della Gilda dei Cartografi. La coincidenza è altamente sospetta».

Sgranò gli occhi ancora di più. Era sorpreso che sapessimo così tanto? «Cosa hanno a che fare i miei affari con un uomo scomparso?»

«Abbiamo motivo di credere che abbia realizzato una... mappa speciale che Onslow vi ha venduto per la vostra collezione.»

«Se l'ha fatto, allora è con Onslow che dovete parlare, non con me.»

«Quindi non negate di aver acquistato la mappa?»

«Non ho acquistato alcuna mappa da nessuno,» disse Coyle con aria compiaciuta.

«Un mappamondo, forse?», suggerii.

Coyle mi guardò per la prima volta. «Chi siete voi?»

«La mia assistente, Miss Steele,» disse Matt. «Rispondete alla sua domanda.»

«Non ditemi cosa fare in casa mia!»

Il maggiordomo, che si aggirava poco lontano, uscì dall'ombra. Matt si irrigidì.

«My lord,» dissi in fretta prima che ci sbattessero fuori, «c'è un posto dove possiamo discuterne in privato? Ciò che abbiamo da dire non è per le orecchie di altri.»

«Non credo che mi piaccia il vostro tono, signorina».

«E a me non piace la vostra reticenza,» ringhiò Matt. «Molto bene, se non vi dispiace che altri conoscano i vostri affari, allora andrò a chiamare il Commissario Munro e potrete raccontare tutto della vostra collezione alla stazione di polizia».

«Non siate sciocco, Glass. Questa è l'Inghilterra; le persone come me vengono trattate con rispetto. Non è il buco da cui siete strisciato fuori voi. Munro non può toccarmi».

«Può—e lo farà—se penserà che voi abbiate a che fare con la scomparsa di suo figlio.»

Coyle indietreggiò. Si passò una mano larga e tozza sul viso. «Venite con me.»

Lo seguimmo in una piccola stanza con libri che rivestivano due delle pareti. Un'unica poltrona di pelle marrone era rivolta verso il camino e un paesaggio era appeso sopra la mensola, il verde vibrante delle colline ondulate che offriva l'unico tocco di colore nella stanza mascolina.

Matt chiuse la porta dietro di noi. «Parlateci dei vostri affari con Onslow».

Coyle congiunse le mani dietro la schiena e si fermò accanto al camino spento. «La vostra assistente ha ragione. Onslow mi ha venduto un mappamondo. Non c'è nulla di illecito nella transazione, e nulla ha a che fare con il vostro cartografo scomparso.»

«Come potete esserne sicuro?» chiese Matt.

Il pomo d'Adamo di Coyle sobbalzò. «Chiedete a Onslow.»

«Lo faremo.»

«Chi ha realizzato il mappamondo?» chiesi.

«Non lo so, e non mi interessa» disse Coyle.

«Possiamo vederlo?» chiese Matt.

«Certamente no.»

«Perché no?»

La bocca di Coyle si aprì e si chiuse senza emettere suono per diversi istanti. «Perché la mia collezione è privata.»

Matt si avvicinò con fare minaccioso e Coyle si ritrasse come se cercasse di appiattirsi contro la mensola del camino. La maggiore altezza di Matt, unita ai lividi sul volto e all'umore truce, erano una combinazione allarmante. «Mostrateci il mappamondo *ora*, milord, o vi darò una dimostrazione di come mi sono procurato questi lividi.»

«È una minaccia?» Parole forti pronunciate da una voce molto indebolita.

«Sì.»

Coyle deglutì. «Siete pazzo.»

«È un tratto di famiglia.»

Coyle mi guardò come se potessi salvarlo. Mi limitai a un'alzata di spalle. «Molto bene, ma dovete promettere di non rivelare a nessuno i manufatti della mia collezione».

«Perché no?», chiese Matt.

«Perché questo fa parte del suo mistero. La mia collezione è famosa, in certi ambienti, per la sua unicità, ma anche per la sua esclusività. Meno persone sanno cosa contiene, più intrigante diventa.»

Voleva dire che non era interessante di per sé?

«Ci mostri quella dannata collezione,» ringhiò Matt.

Coyle fece scorrere la mano lungo una fila di libri finché non ne raggiunse uno con una copertina rosso scuro. Tirò e l'intero pannello di scaffali si aprì scorrendo, rivelando una stanza nascosta. Trassi un respiro, cogliendo l'odore stantio di sigari e fumo di legna.

Coyle accese la lanterna appesa appena oltre la soglia e la tenne sollevata. «Da questa parte.»

Lanciai un'occhiata a Matt e lui annuì, chiaramente pensando come me: che potesse essere una trappola e che uno di noi dovesse rimanere nella biblioteca. Poiché lui era il più forte, pensai fosse meglio restasse lui.

Alla fine, non ebbe importanza. La stanza segreta non era più grande di un ripostiglio, e Matt poté vederne il contenuto dalla soglia. O parte del contenuto. La stanza era stipata di oggetti. Notai sculture di varie dimensioni e materiali, diversi libri, dipinti, piatti di porcellana, animali imbalsamati, scatole decorative, pezzi di mobilio, gioielli e persino un orologio da mensola in ottone intagliato con un quadrante d'argento finemente inciso. L'orologio non catturò la mia attenzione a lungo, tuttavia. Né lo fece il grande mappamondo di bronzo che poggiava sulle spalle di un vecchio curvo.

Fu il calore che emanava dalla stanza a cogliermi di sorpresa. No, non la stanza: gli oggetti stessi. Calore magico. Ora conoscevo la differenza.

«Ha comprato il *mappamondo* della gilda?» chiese Matt, fissando quello di bronzo.

Coyle tirò su col naso. «Me l'ha venduto Onslow. La transazione è stata regolare.»

«Quando è entrato in vostro possesso?» chiesi.

«Ieri sera.»

Mi addentrai nella piccola stanza, facendo attenzione a non urtare la ciotola piena di monete ai miei piedi. Il calore mi sommerse, avvolgendomi come un sudario. Feci un respiro profondo per calmare i nervi. Tanta magia in uno spazio così ristretto. Mi faceva formicolare la pelle e inumidiva certi punti innominabili. Incapace di resistere, posai una mano sull'orologio. Pulsò. Stava rispondendo a me, anche se non l'avevo mai manipolato?

«Non lo tocchi. Coyle mi scostò la mano con un gesto secco. «Avete visto abbastanza. Andate, fuori. Tutti e due». Mosse le mani in un invito ad andarcene, ma né Matt né io ci muovemmo.

«Quelle sono romane?» chiese Matt, indicando con un cenno del capo la ciotola di monete sul pavimento.

Coyle si mise di fronte alla ciotola. «E con ciò?»

«Dove le avete prese?»

«Da uno scavo archeologico nel nord.»

«Chi gliele ha vendute?»

«Questo non è affar vostro».

«McArdle?»

La mascella di Coyle si mosse ma non uscirono parole. Lo presi come una conferma.

A braccia spalancate, ci fece uscire dalla stanza e chiuse la porta segreta. Ora che sapevo che era lì, potevo distinguerne il profilo sulle librerie e i piccoli graffi sul pavimento di legno.

«Soddisfatti?» chiese Coyle con una spinta del mento.

«Parlerò con Onslow» disse Matt. «Se non confermerà la sua storia—»

«Lo farà.» Lo disse con una tale sicurezza che capii che Onslow l'avrebbe fatto. Coyle non stava mentendo.

«Perché quegli oggetti?» chiesi. «Non sembra esserci nulla di simile tra loro che li colleghi.» Tranne la magia.

«Mi piacevano,» disse.

«E alcuni non sembravano neppure così preziosi,» disse Matt.

«Semplicemente mi piaceva il loro aspetto.» Indicò la porta, esortandoci ad andarcene.

«Ma dev'esserci qualcosa in loro che rende la vostra collezione unica,» insistetti, determinata a fargli ammettere che erano oggetti magici.

«Se non vi dispiace, i miei ospiti per la cena arriveranno a momenti.»

Matt mi mise una mano sotto il gomito e mi guidò fuori dalla stanza fino oltre la porta d'ingresso. «Grazie—»

Coyle ci sbatté la porta in faccia. Matt si toccò la tesa del cappello. «Credo che voglia che ce ne andiamo.» Mi aprì la portiera della carrozza e mi aiutò a salire. «Alla sede della Gilda dei Cartografi a Ludgate Hill,» ordinò a Bryce.

Attesi che fossimo usciti da Belgravia prima di dire a Matt cosa avevo sentito. Non sembrò affatto sorpreso.

«Lo sospettavo,» disse.

«Come?»

«La mancanza di un tema nella sua collezione e la mancanza sia di rarità che di oggettivo valore. Inoltre, la tua reazione quando hai toccato l'orologio.»

«Non mi sono tradita con Coyle, vero?»

«Non credo che se ne sia accorto.»

Mi lisciai le gonne, sentendomi un po' afflitta. A cosa ero servita a Matt se era stato in grado di indovinare tutto senza di me?

«Mi chiedo perché collezioni tutta quella roba,» rifletté Matt.

«Perché si colleziona qualcosa? Per possedere, o forse per abitudine. Sembra che gli sia valsa una certa reputazione in certi ambienti, come ha detto lui, quindi quella potrebbe essere la forza motrice.»

«Mi chiedo se sia stato Daniel a fare quel mappamondo.»

Avevo dato per scontato che il mappamondo fosse stato nella sala della gilda da molto tempo, ma avrei potuto sbagliarmi. Ora che ci pensavo, ricordavo di aver avvertito un calore provenire da esso la prima volta che avevo visitato la sala. Non mi ero resa conto che il calore aveva un'origine magica.

Matt si portò una mano alla bocca per nascondere uno sbadiglio, ma lo vidi. Mi morsi la lingua per impedirmi di chiedergli se avesse bisogno di riposare. Avremmo parlato rapidamente con Onslow per poi tornare a Park Street. Non ci sarebbe voluto molto.

Il nostro arrivo coincise con quello di una mezza dozzina di membri della gilda, tra cui Duffield e Onslow. Tutti, tranne Onslow, erano accompagnati dai loro apprendisti, forse perché lui non ne aveva ancora trovato uno nuovo.

«Mr Prescott!» esclamò Duffield mentre il valletto ci faceva entrare. Le sue labbra si tesero in un sorriso ipocrita. «Che sorpresa. E anche la sua adorabile moglie. Curioso vedervi entrambi qui, a quest'ora».

«Si sente meglio, Mrs Prescott?» chiese Mr Onslow, stringendo il registro al petto sotto le braccia conserte.

«Molto, grazie.» dissi.

Matt ispezionò il mappamondo al centro dell'atrio, una replica esatta di quello nella collezione di Coyle. Gli girò intorno e strusciò la punta della scarpa sulle piastrelle, ma non riuscii a vedere alcun segno.

Duffield lo guardò come se fosse un eccentrico, anche se uno di quelli che doveva corteggiare per i suoi affari. Onslow, tuttavia, fissava dritto davanti a sé, non guardando nessuno o niente in particolare.

«C'è qualcosa che posso fare per voi, Mr Prescott?» chiese Duffield.

«Dobbiamo parlarle, Mr. Onslow» disse Matt. «Immediatamente.»

La palpebra cadente di Onslow ebbe un fremito. «Oh?»

«Mi dispiace.» disse Duffield. «Ma stiamo per iniziare una riunione straordinaria. C'è stata un'effrazione, vedete, e stiamo cercando di valutare se sia stato rubato qualcosa.»

Le dita di Onslow si strinsero attorno al registro. Fissò il pavimento.

Mi ero quasi dimenticata dell'effrazione, che molto probabilmente non era stata affatto un'effrazione. Il vetro della finestra rotta era stato trovato fuori dell'edificio, non dentro.

Mi avvicinai a Matt. Il mappamondo di bronzo sembrava piuttosto pesante. Ci dovevano essere voluti tre o quattro uomini per spostarlo. Uomini che probabilmente avevano avuto difficoltà a trasportarlo e forse perso l'equilibrio, rompendo una finestra prima di andarsene. Accarezzai l'Europa con le dita. Caldo, proprio come quello nella stanza segreta di Coyle.

«Mr Onslow,» disse Matt al tesoriere. «Vorrei parlarle nel suo ufficio prima della riunione. Riguarda una commissione per Lord Coyle».

La palpebra di Onslow ebbe un fremito ma l'uomo non si mosse, non diede alcun segno di aver sentito Matt.

«È da questa parte, non è vero?» continuò Matt, avvicinandosi alle scale.

«Coyle?» chiese Duffield. «Conoscete sua signoria?»

«Siamo conoscenti. Mr Onslow? Ora, se non vi dispiace.»

Onslow si affrettò a seguirlo, i suoi passi leggeri e rapidi, lo sguardo basso.

«Onslow?» lo chiamò Duffield. «La riunione.»

«Non ci vorrà molto.» Onslow sbatté le palpebre, speranzoso.

Salimmo tutti e tre le scale fino all'ufficio di Onslow. Anche all'interno, con la porta chiusa, Onslow non allentò la presa sul registro. Lo strinse al petto ancora più forte.

«Cosa volete?» chiese.

Matt mi porse una sedia. Mi sedetti, ma lui rimase in piedi, così come Onslow. «Vogliamo che ci dica come è stato realizzato il mappamondo che ha venduto a Lord Coyle» disse Matt.

Onslow si lasciò cadere sulla sedia dietro la scrivania. «Non so di cosa parliate.»

«Allora lasci che le dica cosa sappiamo. Sono certo che la aiuterà a pensare. Sappiamo che ha venduto segretamente a Lord Coyle il mappamondo di bronzo che si trovava al piano di sotto.»

«Vi sbagliate.» Onslow rise, una risatina nervosa. «L'avete appena visto. È ancora lì.»

«Quella è solo una copia che lei ha fatto fare. Lo scambio è avvenuto ieri sera. Non c'è stata alcuna effrazione. Il vetro rotto è stato probabilmente causato dagli uomini di Coyle che rimuovevano il mappamondo». Quindi, ci era arrivato anche lui.

Il sorriso di Onslow svanì. «State accusando Lord Coyle di furto?»

«Sto accusando *lei* di furto. L'ha venduto a Coyle senza il permesso della gilda e si è tenuto i proventi per sé.»

«Non è vero!»

«Non per sé» dissi io, rendendomi conto del nostro errore. «Sta dando il denaro alla gilda.»

Matt si voltò, con una piccola ruga tra le sopracciglia.

«Le voci nel registro.» Feci un cenno al libro. «Le somme accanto al nome di Coyle erano alte. Mr Onslow non le annoterebbe nel libro se tenesse i soldi per sé».

«Molto intelligente.» Matt sembrava sinceramente impressionato, ma non ero sicura se si riferisse al piano di Onslow o alla mia scoperta.

«Non ci importa se ha rubato il mappamondo per il suo tornaconto, o per quello della gilda, o semplicemente per compiacere Lord Coyle,» dissi. «Ci importa trovare Daniel».

«L'apprendista?» Onslow si acciglio. «Cosa c'entra lui in tutto questo?»

«Chi ha fatto il mappamondo, Mr Onslow?» chiese Matt.

«Io,»

«No.» dissi io. «Sia onesto.»

«Lo sono! Quel mappamondo è opera mia. Chieda a chiunque. Ho fatto l'originale e la copia che avete visto di sotto.» Sollevò il mento e raddrizzò le spalle. «Quindi era una mia proprietà da vendere. In un certo senso.»

Matt imprecò a bassa voce. Capivo la sua frustrazione. Per smascherare Onslow, avremmo dovuto dirgli la verità.

«Il cartografo che ha fatto quel mappamondo è un mago,» dissi.

«India,» mi ammonì Matt.

Scossi la testa e lui serrò la bocca, anche se sapevo che non era felice della mossa che avevo fatto.

Onslow mi fissò. «Come... come sa della magia?»

«Non è affar suo,» disse Matt. «Sappiamo che quel mappamondo era magico, quindi non può averlo fatto lei a meno che anche lei non sia un mago.»

Onslow non annuì né scosse la testa. Rimase immobile, senza vita come la statua di bronzo che sorreggeva il mappamondo.

Matt si strofinò la mascella. «Ah.»

«Non lo dica a nessuno,» sbottò Onslow. Tirò il registro fino al mento, come se volesse nascondersi dietro di esso. «Non lo dica ad anima viva. Nessuno qui lo sa e deve rimanere così. Capito?»

«Manterremo il suo segreto», lo rassicurai. «Ho capacità magiche anch'io.»

I suoi occhi si spalancarono. Mi scrutò il viso, sbattendo le palpebre. «Mappe?»

«Orologi.»

Matt sospirò. Almeno aveva rinunciato a cercare di fermarmi.

«Può stare certo del nostro silenzio,» lo rassicurai. «Assoluto».

Onslow annuì rapidamente, ma lo sguardo tormentato nei suoi occhi non scomparve.

«Sapeva che anche Daniel Gibbons era magico?» chiese Matt.

«Conoscevo a malapena il ragazzo.» Sembrò sul punto di mentire, poi ci ripensò. «Me l'ha detto lui, lo sciocco. Aveva scoperto da poco la sua magia. A quanto pare qualcuno l'aveva riconosciuta in lui e gli aveva spiegato come identificare la magia negli oggetti. Daniel si rese conto che il mio mappamondo aveva proprietà magiche. Chiese a Duffield chi l'avesse fatto e Duffield lo informò che era una mia creazione, fatta anni prima. Daniel venne da me e pretese che gli insegnassi degli incantesimi. Se non l'avessi fatto, avrebbe detto a Duffield, a tutti, della mia magia.»

«L'ha ricattata,» disse Matt.

Questo spiegava come Daniel avesse imparato gli incantesimi per creare le sue mappe magiche. Doveva essere stato McArdle a informarlo che era magico, dopo aver cercato il talentuoso cartografo che vendeva mappe belle e insolite da un carretto su Oxford Street.

«Ho cercato di avvertire Daniel,» continuò Onslow. «L'ho supplicato di nascondere la sua abilità magica, di disegnare mappe più semplici, ma non ha voluto ascoltare. Era un piccolo sbruffone. Pensava di essere il migliore e voleva che il mondo lo sapesse.»

Un colpo alla porta fece trasalire Onslow e la sua palpebra cadente riprese a tremare.

«Arrivo!» gridò, con la voce acuta. «Devo andare, e anche voi due. La vostra presenza qui è altamente sospetta.»

Si diresse verso la porta, ma Matt arrivò prima, bloccando l'uscita. «Quello che non capisco è perché abbia fatto quel mappamondo, se è così riluttante ad ammettere con noi che è un mago.»

«L'ho fatto prima di essere pienamente consapevole dei pericoli dell'esposizione. Mio padre mi avvertì troppo tardi: il mappamondo era già stato iscritto al premio per il miglior mappamondo della gilda di quell'anno. Mio padre dovette dire ai funzionari che avevo trovato il mappamondo, non che l'avevo fatto, nel caso qualcuno avesse sospettato che fosse magico. Nessuno lo fece, grazie a Dio, ma l'esperienza mi spaventò. Da allora ho taciuto sul mio potere. Finché non è arrivato Coyle e ha voluto comprare il mappamondo. Non ho mai voluto che fosse esposto qui all'ingresso, dove tutti potevano vederlo. Avrei dovuto lottare più duramente per farlo rimuovere.»

«Come faceva Lord Coyle a sapere che era magico?» chiesi.

Onslow si strinse nelle spalle. «Non lo so. Quando gli ho detto che non era in vendita, mi ha minacciato che mi avrebbe smascherato. Non potevo rischiare. Dopo aver sentito le storie di ciò che veniva fatto ai maghi in passato...» Rabbrividì. «Tenga segreta la sua identità, Mrs Prescott. Si assicuri che sua moglie lo faccia, signore.»

«Sì,» disse Matt cupamente. «Ci sto provando.»

«E Daniel?» chiesi. «Pensa che qualcun altro della gilda sapesse che era un mago?»

«Non ne ho la più pallida idea. Non so dove sia o cosa gli sia successo.» Sbircò oltre Matt, verso la porta. «Devo andare.»

«Ancora una domanda,» dissi mentre Matt si faceva da parte.

«Cosa *fa* il suo mappamondo? È bellissimo, certo, ma la sua magia fa qualcosa?»

«Era progettato per mostrare la posizione della sede della gilda. Una minuscola luce dorata appariva sulla sua superficie, alla precisa longitudine e latitudine di questo punto. Nella mia ingenuità giovanile pensai che sarebbe stato un bel tocco per impressionare i giudici del premio.» Sbuffò una risatina priva di umorismo.

«E questa luce appariva?»

«La magia durò solo poche settimane. Sa com'è.» Al mio sguardo vuoto, aggiunse: «La magia è temporanea. Svanisce sempre, a volte dopo poche ore o giorni, a volte settimane. Deve averlo notato anche con la sua magia.»

«Me n'ero dimenticata,» mentii. Onslow non doveva essere a conoscenza della possibilità di combinare la magia orologiaia con altri tipi per estenderne l'utilità. Sembrava che pochi lo sapessero.

McArdle, per contro, doveva invece saperlo. Ecco perché era così disperato di mettere le mani sulla mappa che Daniel aveva creato per lui. La magia poteva svanire da un giorno all'altro e lui si sarebbe ritrovato solo con una bella quanto inutile mappa.

Un altro rapido colpo rimbombò sulla porta. «Mr Onslow!» giunse la voce di un giovane. «Vogliono iniziare. Mi hanno mandato a prenderla immediatamente.»

Matt si fece da parte e Onslow mormorò i suoi ringraziamenti. Non se ne andò finché non uscimmo noi per primi, poi si infilò il registro sotto il braccio e chiuse la porta a chiave dietro di noi.

Una volta raggiunto l'atrio, si affrettò verso la sala riunioni. Duffield stava sulla porta, battendo il piede con impazienza. Ci fece un cenno del capo mentre Onslow gli passava accanto. Cyclops emerse, portando un vassoio d'argento vuoto, la sua espressione impassibile. Non ci degnò di uno sguardo mentre si dirigeva verso l'area di servizio.

L'anziano valletto ci accompagnò fuori. «Be,'» dissi, sbattendo le palpebre mentre i miei occhi si abituavano all'imbrunire della sera. «È stato illuminante.»

La mano di Matt premette sulla mia schiena. «Pensi che stia

dicendo... Chi è là?» sbottò verso le ombre dietro la carrozza. «Mostrati!»

Anch'io avevo sentito qualcuno camminare, ma ero dell'idea che fosse solo un passante. Stavo per dirlo a Matt quando un uomo si parò davanti a noi.

Sussultai. «McArdle!»

CAPITOLO 18

Matt mi spinse dietro di sé mentre estraeva un revolver dalla cintura dei pantaloni. Aveva portato con sé una pistola per tutto questo tempo!

McArdle alzò le mani. «Non sparare! Voglio solo parlare.»

«Sali in carrozza» ordinò Matt.

«No. Parleremo qui fuori, dove siamo alla pari. Metti via quella maledetta arma.»

Matt aggiustò la presa sull'impugnatura. Altri passi risuonarono sul selciato, ma nessuno apparve attraverso il velo scuro della notte. Matt si infilò di nuovo il revolver nella cintura e fece un cenno col capo in direzione della carrozza. «Dall'altro lato, fuori dalla vista.» Afferrò il braccio di McArdle e lo portò attorno alla carrozza. Io li seguii, trotterellando per tenere il passo. «India, sali.»

Stavo per protestare, quando mi resi conto che anche da dentro, con il finestrino abbassato, li avrei sentiti benissimo. Salii e sbloccai il piccolo fermo d'ottone in tempo per sentire Matt ordinare a Bryce di coprire il fanale della carrozza. Un istante dopo, fummo immersi nell'oscurità più profonda. Più in là, lungo la strada, dei lampioni rischiaravano il buio, ma ben poca luce riusciva a raggiungerci.

«Non so perché tu sia così sospettoso» disse McArdle. «Hai bisogno di me tanto quanto io ho bisogno di te.»

«Se sai di aver bisogno di me, di noi, perché sei scappato l'ultima volta?» chiese Matt.

«Pensavo ancora di poter trovare Daniel e la mia mappa da solo.»

«E non volevi dividere il tesoro con noi.»

«Non vogliamo il suo mucchio di monete» gli dissi. «Vogliamo solo Daniel.»

La sagoma di McArdle annuì. «Allora avete un socio nella ricerca. Il tempo stringe. *Dobbiamo* trovarlo.»

Probabilmente intendeva dire che la magia nella mappa si stava esaurendo, ma sentivo come se il tempo stesse per scadere anche per Daniel. Era scomparso da una settimana ormai.

«Come sapevi che saremmo stati qui?» chiese Matt.

«Non lo sapevo. Sono andato a casa vostra, ma non c'eravate. Ho deciso di venire qui e costringerli a darmi la mappa di Daniel. È *mia*» ringhiò. «L'ho pagata.»

«Costringere chi?»

«Gli altri cartografi della gilda, e quel Duffield, in particolare. Lui *deve* sapere dov'è la mia mappa. Era il datore di lavoro di Daniel.»

«Se ce l'avesse, non te l'avrebbe semplicemente già data?»

«Non se sapesse che è magica. Lui, e quelli senza arte come lui, vogliono seppellire la magia, tenerla segreta per rendere più redditizi i loro affari senza arte.»

«Senza arte?» feci eco.

«È una parola che mio padre usava per descrivere coloro che non hanno la magia. Si adatta perfettamente a uomini come Duffield. Lo stronzo non ammetterà di avere la mia mappa. Se l'ha distrutta—»

«Non ce l'ha lui» disse Matt. «Ce l'ho io.»

«Cosa!» sbottò McArdle. «Perché non me l'hai detto prima?»

«Sei scappato prima che ne avessi la possibilità, al nostro ultimo incontro.» La bugia di Matt gli uscì di bocca con facilità. Avevamo deliberatamente tenuto nascosta l'informazione a McArdle semplicemente perché non eravamo sicuri di poterci fidare di lui.

Non ne eravamo certi, ma se c'era una possibilità che la mappa potesse condurci a Daniel, dovevamo coglierla. Mr.

Gibbons non era stato in grado di connettersi alla mappa per trovarlo, ma la mappa non era stata infusa della sua magia, né era stata creata per lui. Era stata creata per McArdle. Forse avrebbe risposto a McArdle, come avrebbe dovuto fare. In teoria.

Gli spiegai tutto questo. «So che lei non è un mago cartografo» gli dissi, «ma è pur sempre un mago, e questa mappa le appartiene, in sostanza. Rivelerà l'ubicazione del tesoro solo a lei o a Daniel.»

«A meno che la magia non si sia esaurita» brontolò McArdle. «E comunque, in che modo rivelare la posizione del tesoro vi condurrà a lui?»

«Potrebbe non farlo, ma ci sto pensando.» Guardai Matt. I suoi occhi scintillarono nell'oscurità, ma la sua espressione era impossibile da decifrare. Avrebbe potuto impedirmi di parlare se avesse capito cosa stavo per dire. «Recentemente abbiamo scoperto un modo per combinare la mia magia con la magia delle mappe.»

«Tu?» McArdle grugnì una risata. «Bene, bene.»

«La combinazione ci ha portato a trovare Mr. Glass quando è scomparso.»

«Davvero? Allora forza, proviamo. Dov'è la mappa adesso?»

«India, non credo che funzionerà» disse Matt. «La situazione è completamente diversa. Io possiedo un orologio su cui hai lavorato. La tua magia ha risposto a *quello*.»

«Provate e basta, maledizione» scattò McArdle.

«Lo so, Matt» dissi. «Ma non ci restano altre opzioni. Visto che McArdle è qui, e noi abbiamo la mappa, vale la pena tentare.»

«Avete la mappa *qui*?» McArdle batté un colpo sul braccio di Matt. «Allora cosa aspetti, amico? Prendila.»

Forse non riuscivo a vedere l'espressione di Matt, ma sapevo che si stava trattenendo dal colpire McArdle a sua volta. Si frugò nella tasca interna della giacca e tirò fuori la mappa.

McArdle emise un sonoro sospiro di sollievo. Matt premette la mappa contro lo sportello chiuso della carrozza, sotto il finestrino, e McArdle vi appoggiò sopra entrambe le mani. Mi tolsi i guanti, mi sporsi e la toccai anch'io.

La pergamena mi scaldò le dita, ma il calore non andò oltre

una leggera sensazione di formicolio. Non assomigliava per niente alla magia nel laboratorio di Gibbons. La magia di questa mappa era già svanita o semplicemente non rispondeva perché né io né McArdle l'avevamo creata?

«Niente?» chiese Matt.

«No» dissi.

McArdle tolse una mano e, con l'altra che teneva ancora la mappa contro lo sportello, si frugò in tasca.

Matt gli afferrò il braccio. «Cosa stai facendo?»

«Prendo questo.» McArdle sollevò qualcosa di piccolo e rotondo tra il pollice e l'indice. «È la moneta—dal mio tesoro— che mi hai rubato. Si è scaldata proprio ora. Ha risposto alla magia della mappa.» Poggiò la moneta piatta sul palmo della mano e la guardò, come se aspettasse che spiccasse il volo.

«Curioso» dissi. «Proviene dallo stesso tesoro che questa mappa dovrebbe rivelare?» Studiai la mappa alla rovescia, ma non segnalava alcuna posizione, né con la luce né in altri modi.

«Sto cercando di concentrarmi» ringhiò McArdle.

«Rispondile» ringhiò Matt di rimando.

McArdle sospirò. «Comprai le monete da uno straccivendolo molti anni fa. Erano nella sua collezione di bottoni. Reagirono a me, scaldandosi al mio tocco, così seppi che erano magiche.»

«Ma la magia non dovrebbe durare a lungo» dissi. «Solo settimane o giorni, non anni. E questa moneta è antica.»

«La magia stessa non dura, ma il residuo persiste per secoli, forse per sempre. Questo è il calore che sentiamo.»

«Cosa fa la magia dell'oro?» chiese Matt.

«La magia fa l'unica cosa che la gente desidera di più da quell'oggetto. Con le mappe, è guidarti verso un luogo. Nel caso dell'oro, cosa vogliono tutti?»

«Ne vogliono di più» dissi in un soffio.

«Precisamente.»

«Ma se lei può far moltiplicare l'oro, dovrebbe essere un uomo molto ricco, Mr. McArdle. Senza offesa, ma non ne vedo le prove.»

Sospirò. «Gli incantesimi per moltiplicare l'oro sono scomparsi molto tempo fa. Per quanto ne so, non sono rimasti altri maghi dell'oro al mondo, tranne me. Non posso crearne di più perché non conosco l'incantesimo. Posso solo sentire il residuo della magia infusa negli oggetti d'oro dai miei antenati che conoscevano l'incantesimo.» Raccolse di nuovo la moneta. «Gli ultimi maghi dell'oro si estinsero nell'antichità.»

«Da qui i tesori» sussurrai. «Che straordinario.»

«Che frustrante. Ho l'abilità, ma non so come usarla.»

Comprendevo la sua frustrazione. «Quindi ora si guadagna da vivere vendendo oggetti d'oro magici a ricchi collezionisti. Oggetti che trova attraverso l'archeologia con un piccolo aiuto dalla sua sensibilità magica.»

«Non è illegale» si lamentò McArdle. «Ho il diritto di guadagnarmi da vivere.» Studiò di nuovo la moneta.

«Hai parlato al plurale, poco fa, riferendoti alla moneta» disse Matt. «Ne hai comprata più di una dallo straccivendolo?»

«Ce n'erano due uguali, entrambe con un gambo attaccato. Ho dato l'altra a Daniel per aiutarlo a disegnare la mappa.»

Matt mi rivolse un'occhiata nello stesso momento in cui io guardai lui. «Mr. McArdle» dissi, «è possibile che Daniel avesse quella moneta con sé quando è scomparso?»

«Non saprei. Perché?»

«Oggi sono riuscita a trovare Matt combinando la mia magia degli orologi con quella di un mago cartografo» dissi, le parole che mi uscivano di getto per l'eccitazione. «Sono stata in grado di localizzare il suo orologio perché l'avevo maneggiato prima. Ci ho lavorato in passato. La sua posizione si è illuminata sulla mappa. Se Daniel è ancora in possesso della moneta, e la *vostra* moneta sta rispondendo al tesoro, e noi abbiamo una mappa che mostra dov'è quel tesoro...»

«Potremmo trovarlo in quel modo.»

«Dovrebbero essere rivelate due posizioni» disse Matt. «Una per il tesoro e una per la moneta di Daniel.»

Pregai che Daniel avesse tenuto la moneta con sé e che la mappa non ci conducesse a casa sua o in qualsiasi punto dove potesse averla persa.

«Rimetta la mano sulla mappa, Miss Steele» disse McArdle in fretta. «Vediamo se possiamo replicare l'esperimento.»

«Non credo che abbia a che fare con me» dissi. «Non ci sono

orologi coinvolti. Provi da solo tenendo la moneta e si concentri molto intensamente.»

«Molto bene.» Chinò la testa, il palmo della mano che premeva la mappa contro lo sportello come se cercasse di rovesciare la carrozza. Fece due respiri rassicuranti e li espirò lentamente. «La moneta si sta scaldando di nuovo! E guardate la mappa!»

Un piccolo punto di luce pulsò, fendendo l'oscurità circostante e illuminando una zona della mappa. Era difficile da vedere, sottosopra, con le strade così fittamente ammassate in quella parte di Londra, ma riuscii con fatica a distinguere il nome della via.

Solo che era una luce sola, non due.

McArdle si rimise la moneta in tasca e la luce si spense, facendoci piombare di nuovo nella quasi oscurità.

La carta si accartocciò mentre McArdle afferrava la mappa. Poi corse via.

Matt imprecò e fece per inseguirlo.

«Lascialo andare» dissi, afferrandogli la manica. «Adesso non ne abbiamo più bisogno.» Guardammo le ombre profonde dall'altra parte della strada inghiottire la figura di McArdle.

«Hai visto la posizione?» chiese Matt. «Io non sono riuscito a distinguerla.»

«Sì, e credo di sapere perché la mappa ha mostrato una sola luce.»

«Perché?» chiese lui, aprendo lo sportello della carrozza.

«Daniel e il tesoro sono insieme. Bryce!» Con una mano sul cappello, sporsi la testa fuori dallo sportello. «Bucklersbury Street, a spron battuto.»

«Bucklersbury?» disse Matt, salendo a bordo.

Bryce rimosse la copertura del fanale e spronò i cavalli ad avanzare.

«Ha senso che sia il tesoro sia Daniel siano lì» dissi mentre la carrozza sobbalzava. «Nel caso del tesoro, è lì perché Bucklersbury era una parte importante della Londinium romana. Ecco perché ci sono due scavi nella strada al momento, uno con il pavimento a mosaico dove siete stati portati tu e Willie, e l'altro nelle vicinanze. Se il tesoro sia in uno di quegli scavi o da qualche altra parte nella strada, non sono riuscita a capirlo bene dalla mappa.»

«Ma perché Daniel dovrebbe essere lì? È una coincidenza troppo grande che qualcuno lo abbia nascosto nello stesso luogo in cui si trova il tesoro.»

«Non necessariamente. Tu e Willie siete stati portati in un cantiere dove i lavori erano stati interrotti per condurre uno scavo archeologico. Dato che il sito non era in uso, era il luogo perfetto per tenervi prigionieri. Nessuno vi avrebbe trovato per caso e nessuno avrebbe potuto sentire le vostre grida. Chiunque abbia preso Daniel potrebbe essere giunto alla stessa conclusione e lo sta tenendo in uno dei siti.»

«E potrebbe essere qualcuno che lavora con Abercrombie, se è stato lui a organizzare il nostro rapimento.»

«Anche questa è certamente una possibilità» dissi.

Matt tamburellò con le dita sul sedile accanto a sé e agitò il ginocchio come se non potesse stare fermo. Allungai la mano e gli toccai il ginocchio per fermarlo, piuttosto che per un gesto intimo. Quando mi resi conto di come doveva sembrare, feci per ritirarmi ma lui posò la sua mano sulla mia, intrappolandola.

«Non voglio che ci sia un nesso tra la scomparsa di Daniel e la Gilda degli Orologiai» disse con gravità. «Questo colleghe-rebbe la tua situazione a quella di Daniel. Una cosa è che siano tutti diffidenti nei tuoi confronti, ma tutt'altra è pensare che prenderebbero addirittura in considerazione... il rapimento.»

O l'omicidio. Era un pensiero che si era fatto strada in me, ultimamente, anche se era uno su cui non osavo soffermarmi. «Non diamo nulla per scontato finché non sapremo con certezza.»

Matt si voltò dall'altra parte e fissò il nero d'inchiostro oltre il finestrino.

Il suo silenzio creò un vuoto tra noi. Cercai qualcosa da dire per alleggerirlo, ma nella mia mente tutto suonava goffo.

Fu solo quando si strinse la radice del naso che mi resi conto che la stanchezza poteva esserne la causa. Poteva aver sonnec-chiato— e quindi riposato—mentre era chiuso in quella cantina, ma erano passate ore. Inoltre, non usava il suo orologio da un po' di tempo.

Aprì la giacca e pensai che l'avrebbe cercato, invece estrasse il revolver dalla cintura. «Sai come si usa?» mi chiese.

«No!»

«Tira indietro il cane, mira attraverso il mirino qui e premi il grilletto. È carico con sei cartucce.»

«Perché mi dici questo? Non ho intenzione di usarlo.»

«In caso di necessità.»

«Matt! Non ti succederà niente. Né succederà niente a me. Non c'è alcun bisogno di una pistola, ne sono sicura.»

«In caso di necessità» ripeté lui, posandomi il revolver in grembo.

Lo presi tra il pollice e la punta delle dita e lo posai sul sedile accanto.

Matt si strofinò la fronte e chinò la testa.

«Stai bene?» chiesi.

Con un sospiro, si tolse i guanti e frugò nella tasca della giacca. «Starò bene.» Tirò fuori l'orologio, aprì la cassa e reclinò la testa all'indietro mentre la magia lo pervadeva.

* * *

Le dita ossute del ponteggio si protendevano nel cielo nero sopra Bucklersbury Street in non uno ma tre cantieri. Bryce si fermò davanti all'edificio con il pavimento a mosaico e Matt scese. Una figura stava rannicchiata in un portone incassato, le ginocchia strette al petto, i piedi nudi che sporgevano dai calzoni.

«McArdle era a piedi» disse Matt, lo sguardo che spazzava la strada. «Dovremmo essere arrivati prima di lui.»

«Non necessariamente» dissi. «Se conosce bene i vicoli e le strade di questa parte di Londra come sospetto, potrebbe essere già qui. Noi abbiamo percorso la via più illuminata e più ampia, che è anche più lunga.»

«Rimani qui.»

«Perché? Solo McArdle sa che siamo qui, e non rappresenta una minaccia.»

«Vedo minacce ovunque. A volte non ce ne sono davvero, e reagisco in modo eccessivo, ma a volte la mia cautela paga.»

Emisi un suono infastidito in fondo alla gola. «Raramente agisci con cautela, Matt. Ti stai precipitando anche adesso, no? Senza pistola e in un edificio buio, per giunta.»

«Ti prego, India, resta qui.»

Sembrava così stanco e irritato che annuii per tranquillizzarlo. «Se non torni entro dieci minuti, ti vengo a cercare» gli dissi.

«Quindici. Bryce, un fanale.»

Bryce sganciò uno dei fanali della carrozza e glielo passò.

«Se ci sono problemi» lo istruì Matt, «vattene il più velocemente possibile.»

Attraversò la strada e scomparve nell'edificio con il pavimento a mosaico. Almeno quel sito lo conosceva.

Aprii il finestrino e appoggiai le mani sul davanzale, resistendo all'impulso di controllare l'orologio ogni cinque secondi. La mia determinazione non durò a lungo. Non ce la feci più e aprii la cassa. Non erano passati nemmeno cinque minuti.

Una figura emerse in fondo alla strada. Il vagabondo nel portone incassato alzò la testa, poi la riportò quasi subito sulle ginocchia, come se fosse troppo pesante da sostenere. La figura avanzava reggendo una lanterna che oscillava ad ogni passo, creando un arco di luce sul selciato. Fu solo quando passò sotto un lampione che riuscii a vederne il volto.

McArdle. Doveva essersi fermato a recuperare una lanterna. Non ero sicura se avvisarlo o meno della mia presenza, o di quella di Matt. Ci stavo ancora pensando quando lo vidi infilarsi dietro un'impalcatura, in uno degli edifici. Non era lo stesso in cui era entrato Matt.

Aspettai. I successivi cinque minuti si trascinarono, e presi in considerazione l'idea di seguire Matt comunque. Aveva avuto abbastanza tempo per perquisire il sito.

I cavalli si mossero e il vagabondo alzò di nuovo lo sguardo mentre un altro uomo si avvicinava lungo la strada. Quest'ultimo non portava lanterne e non riuscii a distinguerne il volto.

Si fermò all'inizio della strada. Cosa stava aspettando? Dopo qualche momento riprese a camminare ed entrò nello stesso cantiere di McArdle. Ma perché? E senza luce, per di più?

A meno che non fosse lì per la stessa nostra ragione: trovare

Daniel o il tesoro. Era qualcuno che ci aveva spiati alla sede della gilda? Avevo sentito dei passi, quando McArdle si era rivelato, ma avevo pensato che si fosse trattato solo di un passante. Forse mi ero sbagliata.

Forse era il rapitore di Daniel e aveva sentito tutto quello che avevamo detto.

Dovevo avvertire Matt. Non potevo starmene seduta e lasciare che si cacciasse in un pericolo.

Afferrai la pistola e il mio orologio dalla reticella. Mi infilaii la catena al collo e la cassa mi urtò contro il petto. «Resta qui» dissi a Bryce. «Non ci metterò molto.»

«Ma Miss Steele!» protestò. «Resti lei. Vado io, piuttosto.»

«E mi lasci con cavalli che non so controllare?»

Borbottò qualcosa che non riuscii a distinguere. Con la coda dell'occhio, vidi Matt emergere da dietro la struttura del ponteggio. Cercai di fargli un segnale mentre andavo da lui, ma al buio non mi vide, e non volevo gridare per non allertare nessuno della nostra presenza.

Lo schiocco di uno sparo lacerò l'aria immobile della notte.

Il cuore mi balzò in gola e mi bloccai di colpo in mezzo alla strada. Tutto il resto, però, prese improvvisamente vita. I cavalli si impennarono per lanciarsi poi al galoppo, nonostante gli ordini urlati da Bryce. Il cocchiere riuscì a tenere le redini e a impedire che la carrozza si rovesciasse, nonostante una ruota fosse salita sul marciapiede, ma non riuscì a fermare la corsa dei cavalli. Il veicolo rimbombò fuori da Bucklersbury con un'eco di scalpitio di zoccoli. Il vagabondo si allontanò di gran carriera, e piccoli artigli di topo o di gatto in fuga graffiarono il selciato, poi la strada piombò di nuovo nel silenzio.

Matt spense il fanale e sgusciò via nel buio. Non mi aveva vista.

La pistola, in mano, mi sembrava ora più pesante che mai. L'orologio sul mio petto si scaldò e pulsò. Per avvertirmi? Per spronarmi?

Sapevo solo che Matt era disarmato ed era andato ad affrontare un uomo che invece non lo era.

Mi avvicinai furtivamente all'edificio in cui erano entrati McArdle e il nuovo arrivato. La luce era così fioca che dovetti farmi strada a tentoni oltre l'impalcatura. Inciampai sul primo gradino. Con la pistola nella mano destra, mi fu impossibile riprendere l'equilibrio e atterrai malamente sulle ginocchia. Con una smorfia di dolore, mi rialzai.

La demolizione dell'edificio non era stata completata. La facciata era ancora in piedi, sorretta dall'impalcatura, ma i muri interni, i pavimenti e i soffitti erano stati rimossi. Una scala solitaria addossata a una parte non portava da nessuna parte e tre livelli di cornici di finestre senza vetri mi guardavano avanzare come occhi spettrali. Più in alto, il tetto aperto rivelava la notte senza stelle di Londra.

Dov'erano gli uomini? Socchiusi gli occhi e aguzzai la vista. Sul retro della proprietà, il bagliore di una debole luce emergeva dal pavimento. Mi avvicinai con cautela ed ero ancora a una distanza considerevole quando mi accorsi che una figura giaceva distesa per terra, vicino alla luce.

Non osai chiamare il nome di Matt. Poteva anche non essere lui.

Respirando a fatica, mi feci strada sulla terra battuta, attenta a non inciampare nelle assi lasciate in giro o sui mucchi di macerie. Mi guardai intorno in cerca di fosse lasciate dagli scavi archeologici, ma non ne vidi nessuna.

La luce si fece più intensa man mano che mi avvicinavo, e mi resi conto che proveniva da una cantina sotto il livello del pavimento. Ero quasi a portata di sussurro dalla figura distesa quando questa si alzò all'improvviso e si mise in posizione accovacciata. Riconobbi la corporatura di Matt, l'impostazione delle sue spalle. Prima che potessi chiamare il suo nome, posò i palmi delle mani a terra e si tuffò nella cantina.

Mi precipitai verso la botola e caddi in ginocchio. Il dolore mi bruciò il ginocchio sbucciato. Mi morsi il labbro finché non si attenuò e sbirciai nell'apertura.

Gradini di pietra liscia scendevano fino alla cantina. Una lampada gettava un morbido bagliore su una fossa larga diversi piedi e profonda un piede sotto il pavimento. Era senza dubbio uno scavo archeologico, ma non rivelava un pavimento a mosaico; conteneva semplici muretti bassi e rotti e piccole torri di pietre impilate con ordine, ognuna alta fino al ginocchio. Terra fresca riempiva l'estremità più lontana della fossa e altra terra era ammassata sul lato, pronta per essere spinta dentro. Doveva essere lo scavo terminato di cui aveva parlato Mr. Rosemont, al museo.

Dal mio punto di osservazione, non riuscivo a vedere Matt o nessun altro, ma sentii dei grugniti. Qualcuno entrò nel campo visivo, muovendosi lentamente all'indietro, piegato su... Stava trascinando... un corpo!

La bile mi bruciò la gola e unbrivido mi percorse la schiena. *Non Matt. Ti prego, che non sia Matt.*

Sondai la stanza e lo individuai nell'angolo buio, accovacciato dietro una carriola. *Grazie a Dio.*

Anche Matt stava osservando l'individuo che trascinava il corpo. L'uomo si era tolto la giacca e il panciotto gli si era alzato, rivelando una pistola infilata nella cintura dei pantaloni. Era impossibile determinare l'identità della vittima o quella del suo stesso assassino, ma uno dei due non poteva che essere McArdle.

Vittima. Assassino.

Le parole si incastrarono nel mio cervello, la loro implicazione così terribile, così inconcepibile, che non riuscivo a pensare oltre. Sapevo solo che Matt era laggiù, nella stessa stanza di un uomo con una pistola che aveva già usato per uccidere.

Guardai il revolver nella mia mano, posato a terra. Ripetei a mente le istruzioni di Matt: *tira indietro il cane, mira, premi il grilletto.* Non sembrava troppo difficile.

Strinsi l'arma con entrambe le mani e la puntai verso l'uomo che trascinava il corpo. E adesso? Avvisare Matt della mia presenza? Ma come, senza allertare l'assassino?

Il mio orologio bruciava feroce sul petto, la pulsazione così forte, ora, che doveva essere visibile. Non osai abbassare lo sguardo.. Per fortuna restava silenzioso.

L'assassino si avvicinò alla fossa e, con un grugnito poderoso, vi fece rotolare dentro il corpo, vicino al mucchio di terra. Il cadavere atterrò a faccia in su, incastrato tra le pile, gambe e braccia piegate in modo innaturale. L'assassino si raddrizzò e si asciugò la fronte con il dorso della mano. Saltò nella fossa e manovrò il corpo finché non giacque disteso. La luce della lampada non arrivava fino alla base della fossa e non riuscivo a distinguere il volto della vittima.

Osservai l'assassino spalare terra sul corpo, seppellendolo. Nessuno l'avrebbe trovato una volta che fosse stato coperto e il pavimento ripristinato per costruire il nuovo edificio. L'assassino intendeva far sparire la vittima, lasciare la sua famiglia all'oscuro, a chiedersi per sempre cosa gli fosse successo. Chi poteva essere così crudele?

Matt non si rivelava ancora. Probabilmente stava aspettando che l'uomo si avvicinasse di più.

Il sudore mi imperlava la fronte, nonostante l'aria fresca, ma non osavo lasciare la pistola per asciugarlo. Non osavo distogliere lo sguardo dalla scena sotto di me. Aspettai, come Matt, che l'assassino se ne andasse.

Finì di seppellire il corpo e gettò via la pala. Respirando affannosamente, si tirò fuori dalla fossa e si spolverò le mani. Esaminò il lavoro appena fatto e, con un cenno di soddisfazione, raccolse la lampada che avevo visto prima in mano a McArdle.

Si avvicinò ai gradini e improvvisamente alzò lo sguardo, dritto verso di me.

Ronald Hogarth!

L'apprendista mise mano alla pistola. «Getta l'arma quaggiù» gridò. «So che non la userai, quindi non fare la spavalda.»

Non ebbi il tempo di considerare le mie opzioni. Matt si lanciò su di lui, ma Hogarth se ne accorse e gli sferrò un potente calcio. Lo stivale colpì Matt in pieno petto, facendolo cadere all'indietro. Matt tossì e ansimò, cercando di riprendere fiato, ma la forza del colpo lo aveva lasciato senza respiro. Premette una mano dove era stato colpito, che era anche dove teneva l'orologio.

E se si fosse rotto? *Oh Dio.*

«Non muoverti.» Hogarth puntò la pistola contro Matt. «Non muovetevi tutti e due o lo uccido.»

CAPITOLO 19

*P*oggiato sul petto, il mio orologio pulsava impazzito, eguagliando il battito del cuore, all'interno.

«Stai nella fossa!» ordinò Hogarth a Matt. «Tu,» gridò, «ti ho detto di gettare l'arma o ucciderò tuo marito.»

Non lo corressi. Doveva ancora pensare che fossimo i signori Prescott. «No,» dissi, con la voce tremante. Ogni parte di me tremava, dalle mani che impugnavano la pistola fino alle dita dei piedi. «Crede che non le sparerò, ma le assicuro che lo farò. Se premerà quel grilletto, io premerò il mio.»

«Mancherai il bersaglio.» Hogarth sogghignò. «Stai tremando come una foglia.»

«È un uomo che ama il rischio, lei, non è vero?»

Hogarth deglutì. Il suo sguardo saettava tra me e Matt, incerto su dove guardare o contro chi puntare la pistola. In quell'istante, sembrava così giovane, così innocente e spaventato. Eppure, quell'uomo aveva assassinato McArdle, e forse anche Daniel.

«O morirà o andrà in prigione, Mr. Hogarth. A lei la scelta.» Lanciai un'occhiata a Matt, sperando di scorgere qualche consiglio nella sua espressione. Ma non aveva ancora ripreso fiato. Anzi, faticava visibilmente a ogni respiro, risucchiando grandi boccate d'aria che a malapena gli facevano sollevare il petto.

L'orologio... doveva essersi rotto sotto la forza del calcio. Se l'oggetto che lo teneva in vita si era fermato, questo significava che anche il cuore di Matt si sarebbe fermato. *No, ti prego.*

«Matt?» La mia voce si ridusse a uno squittio. Le mani mi tremarono ancora di più. Dovevo raggiungerlo. E fare cosa? «Sto scendendo. Non spari. Il nostro cocchiere è qui fuori e se non torniamo, andrà a chiamare la polizia. Non può uccidere tutti, Mr. Hogarth.»

«Resta lì, India,» gracchiò Matt. Poi si piegò in due, con le mani sulle ginocchia.

Attraversai la botola e scesi gli stretti gradini, con la pistola puntata su Hogarth. Lui si girò e puntò l'arma contro di me. A quanto pareva, non doveva più considerare Matt una minaccia. Il ragazzo appariva anche più sicuro e padrone di sé.

«Non si muova, Mrs. Prescott. La ucciderò. Il mondo deve comunque liberarsi dalla gente come lei.»

«Intende i maghi,» dissi.

Dietro di lui, Matt continuava ad ansimare rumorosamente, ma si era raddrizzato. Il suo viso sembrava normale. Stanco, ma non pallido. Stava forse fingendo di essere senza fiato? Fece un movimento circolare con la mano, un segnale, forse, affinché io tenessi Hogarth impegnato a parlare.

«Ha ascoltato la nostra conversazione con McArdle,» dissi. «È per questo che l'ha ucciso? Perché è un mago?»

«Non avevo intenzione di spargargli. È stato un incidente. Sono entrato qui in cerca di voi due, ma mi ha spaventato. Il colpo è partito. Non che importi. Come dice lei, un mago in meno.» Sollevò la pistola più in alto, puntandola alla mia testa.

Matt avanzò con cautela, a passi silenziosi.

«E Daniel?» chiesi, anche se già avevo intuito la risposta.

«Sepolto nella fossa laggiù, in attesa di essere sigillato per sempre sotto il nuovo pavimento.»

Oh, no. Povero Daniel. Poveri Miss e Mr. Gibbons, e il commissario Munro. Avevano perso qualcosa che un genitore non dovrebbe mai perdere. Il mio cuore si strinse per loro. Se l'avessimo trovato prima, avremmo potuto salvarlo?

Dovevo saperlo. «Quando l'ha ucciso?»

«Il giorno dopo che è stato rapito e portato qui. Gli ho sparato.» Fece una pistola con le dita della mano libera e se la puntò alla tempia. «Non lo troveranno mai, e tanto meglio.»

Aggrottai la fronte. «Non l'ha rapito *lei*?»

«L'ha fatto Duffield.»

Il mio sussulto riempì il denso silenzio. «Duffield! Perché?»

«Perché Daniel era un pericolo per noi. Avrebbe potuto rovinare ogni cartografo della città. Duffield se n'era accorto. Sapeva cosa sarebbe successo se a uomini come lui fosse stato permesso di avviare un'attività in proprio. Ci avrebbero rovinati, e con noi ogni singolo membro legittimo della gilda. Non poteva permettere che accadesse.»

«Duffield le ha ordinato di ucciderlo?»

«No, l'ho fatto io perché Duffield non l'avrebbe fatto. L'ho sentito per caso mentre pianificava il rapimento con un altro uomo.»

«Chi? Abercrombie?»

«Non so il nome di quell'uomo. Non l'ho mai visto in faccia. Esortò Duffield a rapire Daniel, e a cercare di ragionare con lui per impedirgli di usare la magia.» Sbuffò. «Non si può ragionare con un fanfarone irragionevole. Così ho seguito Duffield fin qui e ho ucciso Daniel, dato che a lui mancava il fegato per farlo.»

Strinsi più forte la pistola. Il freddo racconto del giovane mi gelò ancora di più. Non aveva avuto scrupoli a uccidere Daniel, e non ne avrebbe avuti neanche a uccidere me o Matt.

«Daniel se l'è meritato,» continuò Hogarth.

«Perché?» Non osai guardare Matt, anche se sapevo che era ancora troppo lontano da Hogarth per disarmarlo.

«Era il peggior tipo di mago. Spavaldo. Arrogante. Pensava di essere migliore di noi, ma non lo era. Vuole sapere perché?»

«Sì.»

«Perché non ha mai dovuto lavorare per la sua arte. Gli veniva facile, c'era nato. Io, e ogni altro cartografo che lavora sodo, riversiamo tempo e fatica nelle mappe che creiamo.» Scosse la testa e scoprì i denti. «Eppure, tutti i riconoscimenti, tutti i soldi, piovevano su di lui. Non aveva nemmeno lavorato come apprendista da un mese che le commissioni gli arrivavano come gattini guidati al latte. Non ha dovuto fare niente per guadagnarsi la sua reputazione.»

«Ha dovuto creare mappe meravigliose.»

«Lei chiama meravigliose quelle cose vili? Sono malvagie. I maghi sono *scherzi della natura* malvagi, empi.» Uno spruzzo di saliva gli volò dalla bocca e gli atterrò sul labbro inferiore. «Siete gente pericolosa, imprevedibile.»

«Non c'è alcun pericolo da parte di un mago delle mappe, Mr. Hogarth. Come possono una mappa o un globo farle del male?»

«Ho sentito i racconti di come le mappe un tempo prendessero vita. Di come i fiumi scorressero fuori dai bordi e annegassero interi villaggi. Di come i tentacoli dei mostri disegnati negli oceani uscissero dalla carta e trascinassero vere navi sotto le onde.»

«Sono solo storie.»

«Me le raccontava mio padre, come suo padre raccontava a lui, e suo padre prima ancora. Non tutte le storie si perdono nelle nebbie del tempo, Mrs. Prescott. E la sua magia? Che cosa fa?»

«Il signor Duffield sa cosa ha fatto?» chiesi, non osando avventurarmi sul sentiero che voleva intraprendere. Se lo avessi irritato, o spaventato, avrebbe voluto liberare il mondo anche da me. Al momento, sembrava un po' riluttante. Perché ero una donna? O perché non ero una cartografa?

«Dopo che gliel'ho detto, sì. Non ha apprezzato i miei sforzi per proteggere lui e i membri della gilda.» Fece spallucce, come se non importasse.

«Eppure l'ha assunto come suo nuovo apprendista.»

«Un felice esito. Ho dovuto lavorare sodo per quella posizione, ricordandogli che si sarebbe trovato in grossi guai con la polizia se avessi raccontato loro cosa aveva fatto. Dopotutto, aveva rapito Daniel. Ora, altre domande per ritardare l'inevitabile, signora?» Il suo labbro si sollevò in un ghigno, scoprendo i denti.

Matt era così vicino che mi aspettavo saltasse per coprire la distanza rimanente. Continuava a respirare pesantemente, tossendo e ansimando in modo che Hogarth lo credesse inabile.

«Ancora una,» dissi. «Perché qui?»

«Duffield ha portato Daniel qui su esortazione di quell'altro tizio. A quanto pare, aveva sentito da alcuni ceffi dell'East End che era un buon posto per nascondere la gente.»

«Lei non ha avuto niente a che fare con il rapimento di Matt... di Mr. Prescott... oggi?»

«Caspita, che giornata impegnativa ha avuto. No, non sono stato io.»

Mi venne in mente un altro pensiero. «Ha ingaggiato un malvivente per avvertirmi fuori dalla chiesa, domenica scorsa?»

«Come potrei sapere quale chiesa frequenta? No, Mrs. Prescott, non sono stato io neanche quella volta. Sembra che lei abbia un bel po' di nemici.»

Quindi era stata anche quella opera di Abercrombie, dopo che lo avevamo affrontato riguardo alla sua conoscenza della scomparsa di Daniel.

Hogarth guardò verso Matt e, scoprendolo vicino, imprecò e gli puntò contro la pistola. Matt si tuffò. Il colpo partì.

E il mio cuore si fermò.

Ma Matt era illeso. Placcò Hogarth proprio mentre stavo per premere il grilletto. Abbassai l'arma, temendo di colpirlo, se avessi sparato. Li guardai rotolare sulla terra, avvinghiati. Hogarth cinse con le gambe la vita di Matt, ma Matt afferrò il polso di Hogarth e costrinse la pistola a puntare altrove.

Mi precipitai oltre i restanti gradini e li raggiunsi. Puntai la pistola alla testa di Hogarth. «Si arrenda,» ordinai. «E, le assicuro, mi sento molto più disposta a spararle adesso, dopo la sua confessione. A questa distanza, non mancherò il bersaglio.»

Hogarth smise di lottare e lasciò cadere la pistola.

«Cacciala via con un calcio, India,» disse Matt.

Obbedii e feci un passo indietro mentre Matt si rialzava, trascinando Hogarth con sé. Gli serrò le mani dietro la schiena e lo condusse su per le scale.

Raccolsi la pistola di Hogarth e li seguii di sopra.

Bryce era tornato, grazie al cielo. Prese una corda dalla cassetta sotto il sedile e la lanciò a Matt, che legò insieme i polsi di Hogarth. Matt spinse l'apprendista dentro, prese una delle pistole e gliela puntò contro.

«Stazione di polizia di Vine Street,» ordinò a Bryce.

* * *

Passammo fin troppo tempo alla stazione di polizia. Fummo interrogati a lungo, poi dovemmo aspettare che l'ispettore capo mandasse a chiamare il commissario Munro, e che Munro arrivasse con la famiglia Gibbons al seguito. A quel punto, anche Mr. Duffield era stato arrestato, e un agente era tornato con la conferma di ciò che già sapevamo: avevano trovato il corpo di Daniel nella cantina di Bucklersbury Street.

Il lamento angosciato di Miss Gibbons mi seguì fuori dall'edificio e nella nostra carrozza. «Povera donna,» mormorai al cielo nero come l'inchiostro. «Il suo unico figlio.»

«Almeno Munro è di supporto,» disse Matt. «Più di quanto mi aspettassi, a essere onesti.»

«Daniel era anche suo figlio. Forse un tempo amava Miss Gibbons.»

«Forse la ama ancora, ma le circostanze gli hanno impedito di sposarla. Non tutte le coppie possono stare insieme, non importa quanto desiderino sposarsi.»

«Essere già sposato è un bell'impedimento.»

Appoggiò il gomito al davanzale della finestra e si massaggiò la tempia. «India...» Lasciò uscire un lungo sospiro.

«Lo so.»

Smise di massaggiarsi e mi guardò accigliato. «Davvero?»

«Certo. L'avventura di stasera mi ha dimostrato che avevi assolutamente ragione fin dall'inizio. Avrei dovuto ascoltarti.»

Abbassò la mano e scosse piano la testa. «Anche se mi piace che tu mia dia ragione, credo che stiamo parlando di cose diverse. A proposito, su cosa *avrei* ragione?»

«Sul fatto che io debba tenere segreta la mia magia. Pensavo che i tuoi avvertimenti fossero semplicemente una questione di eccessiva cautela, ma dopo aver visto fino a che punto si sono spinti Duffield e Hogarth per proteggere i loro affari e la loro reputazione... scopro di essere più incline a tenere le mie capacità per me, in futuro.»

«Sono contento di sentirlo. Non mi piace che tu debba soffocare questa parte di te, quando l'hai appena scoperta, ma è per il meglio.» Si massaggiò la fronte, dove le rughe si erano approfondite nell'ultima ora. «Purtroppo è troppo tardi per tenerlo segreto ad Abercrombie e agli altri membri della Gilda degli Orologiai. Ancora più preoccupante è il suo apparente legame con questa triste vicenda.»

«Speriamo che Munro riesca a convincere Duffield a rivelare chi lo ha spinto a rapire Daniel.» Rabbrividii al pensiero che Abercrombie potesse spingersi fino al punto in cui si erano spinti Duffield e Hogarth. L'avrebbe fatto con me?

Matt si tolse la giacca. «Hai freddo.»

Mi sporsi in avanti e lui mi drappeggiò la giacca sulle spalle. Profumava di lui, una miscela di spezie che non sapevo nominare ma che erano unicamente sue. Sollevò il colletto, accarezzandomi la parte inferiore della mascella con i pollici guantati. Poi si tirò indietro, dall'altra parte dell'abitacolo.

Trassi un respiro corroborante, ma i miei nervi rimasero a fior di pelle. «Cose diverse,» mormorai. «Di cosa stavi parlando?»

Fissò le mani e allargò le dita. «Mi sono sbagliato. Volevo proprio discutere con te di magia.» Si schiarì la gola.

«Oh.»

Alzò lo sguardo. Le ombre che macchiavano i suoi occhi si erano scurite, le linee che si irradiavano dagli angoli si erano moltiplicate. Era quasi mezzanotte, e doveva essere esausto. «McArdle ha detto che la magia fornisce ciò che ognuno desidera di più dall'oggetto. Quindi l'oro si moltiplica, un cartografo vuole localizzare qualcosa e un orologiaio vuole precisione nel segnare il tempo. La combinazione di due tipi di magia significa che si desiderano due cose.»

«Restituire la vita per un tempo più lungo,» dissi a bassa voce. «Non è proprio quello che la magia dell'orologeria dovrebbe fare.»

«Né spiega come il tuo orologio ti abbia salvata contro il Dark Rider.»

L'orologio mi pendeva ancora dal collo. Lo sfilai e strofinai il pollice sulla cassa d'argento. Diventò più caldo. «No, non lo spiega.»

«Non è neppure solo il tuo orologio. Quello nella bisca di Jermyn Street ha colpito Dennison.»

Lasciai cadere l'orologio nella mia borsetta e strinsi il cordoncino. «Non ha senso.»
«Lo ha se la tua magia è forte, come ha suggerito Mr. Gibbons. Più forte di qualsiasi altra che abbiamo incontrato finora.»
Feci un suono beffardo. «Come può essere? Non sapevo di essere una maga fino a poco tempo fa. Come ho potuto passare ventisette anni inconsapevole di una cosa del genere?»
Fece spallucce. «Hai appena iniziato a usarla. Forse usarla la rafforza. Più pratichi la tua magia, più cresce.»
Era una teoria interessante, ma non pensavo di aver praticato così tanto la magia. Ancora. Certamente non più di Mr. Gibbons o di Mr. Onslow, e nessuno dei due aveva menzionato di essere stato salvato dalle proprie mappe. Le loro mappe facevano solo una cosa: rivelare luoghi.
Aprii la bocca per dirlo a Matt, ma la richiusi. Aveva chiuso gli occhi e appoggiato la testa all'indietro. Anche le spalle avevano perso un po' di tensione, e il suo corpo ondeggiava al movimento della carrozza. Era bello vederlo riposare un po', ne aveva davvero bisogno.
Chiusi gli occhi, solo per riaprirli al suo mormorio: «Sei stata straordinaria stasera, India.»
«Oh. Grazie.»
Sbatté le palpebre, assonnato. «Sei la donna più coraggiosa che abbia mai incontrato.»
«Ora mi stai lusingando. *Willie* è una donna coraggiosa. Avrebbe tenuto la pistola ferma, mentre nella mia mano tremava come una foglia d'autunno in una forte brezza. Ero assolutamente terrorizzata.» Volevo dirgli che avevo paura di non riuscire a impedire a Hogarth di spargli, ma decisi di non farlo. Mi sentivo già a nudo, esposta, e non avevo bisogno di aggiungere altra legna al fuoco che mi ardeva dentro, ammettendolo.
«Eppure non sei scappata. È questo che ti rende coraggiosa.» Un angolo della sua bocca si sollevò e chiuse di nuovo gli occhi. «Formiamo una squadra formidabile.»
«Significa che non mi ordinerai più di restare indietro quando ti precipiterai a mettere in pericolo la tua vita come hai fatto stasera?»

Grugnì. «Significa che dovrei smettere di presentarti come la mia assistente e iniziare a chiamarti la mia socia.»

«Sarebbe una bella promozione, ma nessuno crederà mai che io sia alla tua pari.»

Il suo sorriso si allargò, ma tenne gli occhi chiusi. «Lo crederanno una volta che ti conosceranno.»

* * *

MATT DORMÌ FINO A TARDI, o almeno così pensammo io e Miss Glass. La sua prima serie di visitatori, Mrs. e la Miss Haviland, venne e se ne andò senza vederlo, con loro grande delusione. Fu solo quando entrò a mezzogiorno con un'espressione feroce, venata di stanchezza, che mi chiesi se avesse davvero dormito per tutto quel tempo.

«Eccoti!» esclamò sua zia. «Oggi non si esce di casa. Sei tutto mio.» Gli diede una pacca sulla guancia mentre gli passava accanto per uscire dal salotto.

«Perché?» chiese, cupo.

«Questo pomeriggio hai nuove visite, tra cui Lady Abbington.»

«Con sua figlia nubile, suppongo. O sono figlie, al plurale?» Si gettò sulla sedia e allentò la cravatta.

Sua zia schioccò la lingua. «Sembri un vagabondo.»

«Zietta...» Sospirò. «Lascia perdere.» Allungò le gambe e le incrociò alle caviglie.

«Lady Abbington non ha figlie, per la cronaca, e verrà da sola.»

«Allora perché vuoi che la incontri? Sono già fuori dal mercato matrimoniale? O ci sono delle nipoti?»

«La tua ironia non ti fa onore, Matthew.»

«Hai ragione. Mi dispiace. Parlami di Mrs. Abbington e del perché vuoi che io sia qui per la sua visita.»

«È *Lady* Abbington. È la vedova di Lord Abbington—»

«Aha. Quindi, dopotutto, è disponibile.»

Willie, Duke e Cyclops entrarono. Avevano rinunciato ad aspettare che DuPont riapparisse alla fabbrica di Worthey. Li avevo informati in merito alle indagini sulla scomparsa di

Daniel, ma non sapevo dove fossero andati dopo. Di certo non erano rimasti a casa per accogliere gli ospiti di Miss Glass.

«Lady Abbington ha ventisei anni ed è vedova da quasi un anno,» disse Miss Glass, scrutando il nipote dall'alto in basso. «È sensibile, intelligente, carina e per niente simile alle altre ragazze che ti ho presentato. Sospettavo che potesse essere più il tuo tipo dato che...» Abbassò lo sguardo sul pavimento. «Sembra il tipo di donna che potrebbe catturare il tuo interesse.»

Matt ritrasse le gambe e si alzò. Le afferrò delicatamente i gomiti. «Zia Letitia, so che hai buone intenzioni,» disse dolcemente. «Ma ti ho già detto che non posso sposarmi, e dirò la stessa cosa a ogni singola donna che porterai qui. Non sono sul mercato. Non sono disponibile. Non mi sposerò, non importa quanto meravigliosa sia la signora in questione.»

«Neanche se ti innamorassi di una di loro?» La sua voce passò da drammatica a sottile, fragile. Sbatté le palpebre guardando il viso di Matt, così in alto sopra il suo.

«Specialmente in quel caso. Vedi, zia, sono stato malato. Niente di cui tu debba preoccuparti, ma significa che mi stanco molto e facilmente. Non potrei mai legare una donna che amo a un uomo malato.»

Lei gli toccò la guancia, dove il pallore grigiastro rendeva le sue occhiaie più marcate. Il sorriso malinconico e triste che gli riservò mi fece sobbalzare il cuore. «Quando sarai guarito, allora.» Sospettavo che avesse già intuito che non stava bene.

Lui le baciò la fronte. «Quando sarò guarito.»

Lei premette i palmi sul suo petto, come se volesse essere rassicurata dal ritmo costante del cuore. «Fai portare il pranzo nelle mie stanze da Bristow. Dovresti fare lo stesso, Matthew. Sembri aver bisogno di riposo.»

Ne aveva davvero bisogno, ma non glielo avrei detto finché non mi avesse raccontato dove era stato. Glielo chiesi non appena sua zia se ne fu andata.

Incrociò le braccia sul petto e si mise accanto al fuoco, con i piedi un po' divaricati. La posizione difensiva stuzzicò la mia curiosità, e inarcai le sopracciglia. «Abbiamo fatto visita ad Abercrombie,» disse.

La mia bocca si spalancò. Lanciai un'occhiata agli altri, ma nessuno incontrò il mio sguardo. «Siete andati senza di me!»

«Ricordi la nostra discussione sul non metterti in pericolo, vero?»

«Sì, e ricordo anche la nostra discussione sul trattarmi come una socia alla pari.»

«Non ci si può fidare di Abercrombie.»

«Cosa avrebbe potuto farmi con tutti voi intorno?»

Willie mi si avvicinò e mi diede un colpetto sulla spalla. Sbattei le palpebre, sorpresa. «Matt ha fatto ciò che riteneva giusto, quindi smettila di discutere con lui.»

Maledetta la sua logica. Strinsi le labbra, ma mi pesò rimanere in silenzio.

«Zitta, Willie,» la interruppe seccamente Duke. «Questa faccenda non ti riguarda.»

«Certo che mi riguarda,» ribatté Willie, con le mani sui fianchi. «È mio cugino.»

«Posso combattere le mie battaglie da solo, grazie, Willie.» Matt la prese per i gomiti e la guidò verso il divano. «Ora ascoltate.» Poteva essersi rivolto a tutti, ma guardava direttamente me.

Mi irritai. «Sono sulle spine, dato che nessuno mi ha ancora detto cosa avete scoperto da Abercrombie.»

«Niente,» disse. «È questo il problema. Abercrombie ha negato di avere a che fare con la scomparsa di Daniel, o con i nostri rapimenti.»

«Neanche di aver mandato Eddie ad avvertirmi di non indagare? E quell'altro tizio incappucciato?»

«Sostiene che Eddie ti abbia parlato di sua iniziativa, e che non sa nulla dell'altro uomo. Secondo lui, anche Duffield e Hogarth hanno agito per conto proprio. Anche se credo che Hogarth abbia ucciso Daniel senza essere spinto da nessuno, sono certo che Abercrombie sapesse del rapimento, forse l'ha addirittura orchestrato. Ma Duffield non parla.»

«Non credo che Abercrombie sia un assassino. Se lo fosse, avrebbe già cercato di eliminarmi. Quel tizio incappucciato avrebbe potuto accoltellarmi.» Il pensiero mi gelò.

«Forse,» disse cupamente. «Ma devi comunque stare attenta.»

«E riguardo al trasferimento di Mirth in un'altra struttura e al fatto di spiarlo in banca?» chiesi. «Abercrombie ha detto perché l'ha fatto?»

«A quanto pare la nuova struttura è migliore,» disse Matt. «Quanto alla banca, sostiene che doveva semplicemente sbrigare le sue faccende bancarie, ecco perché era lì.»

«È ridicolo. Stava bighellonando fuori da un'eternità.»

«Ha negato tutto,» disse Cyclops, sedendosi accanto a Willie. «È sfuggente. Non siamo riusciti a incastrarlo su niente di certo.»

«Non c'erano prove concrete,» concordò Matt. «La polizia non agirà senza.»

«*Noi* possiamo agire senza,» mormorò Willie, togliendosi lo sporco da sotto le unghie. «Sappiamo che è un viscido serpente.»

«Neanche noi agiremo senza prove,» le dissi. «Non voglio averlo sulla coscienza.»

«La tua coscienza è noiosa. Ha bisogno di un po' di avventura.»

«Ho sopportato abbastanza avventure, grazie. Preferirei sedermi qui con un buon libro, in questo momento. Se pensi che sia noioso, allora questo dice più su di te che su di me.»

Willie si limitò a tirare su col naso e a pulirlo con il dorso della mano. Mi lanciò un sorriso mentre si strofinava platealmente il moccio sulla gamba dei pantaloni.

Le porsi il mio fazzoletto. «Te n'è rimasto un po'.»

Lei afferrò il fazzoletto e si tamponò il naso.

«Dobbiamo trovare DuPont.» Duke rivolse lo sguardo a Matt. «Con urgenza.»

«Come?» chiese Cyclops. «È sparito e non sappiamo nulla di lui né dove trovarlo.»

«Conosciamo qualcosa della sua natura,» disse Matt. «Sappiamo cosa vuole, cosa desidera sopra ogni altra cosa. Possiamo usarlo per trovarlo.»

Aspettammo che elaborasse, ma non lo fece. Cambiò semplicemente argomento. «Ho un nuovo hobby,» annunciò. Alle nostre espressioni perplesse, aggiunse: «Archeologia. Investirò negli scavi del signor Young.»

«Vuoi salvare il mosaico?» chiesi. «Che nobiltà.»

«Nobile?» disse Willie scuotendo la testa. «Hai perso definitivamente le rotelle, Matt.»

«Ho tutte le mie rotelle e non sono poi così nobile,» disse Matt. «Voglio solo che tutte le maledette fosse di Bucklersbury Street vengano chiuse.»

Risi. «Sono completamente d'accordo. Prima è, meglio è.»

«E il tesoro?» chiese Cyclops. «Hai intenzione di dire a Young che è sepolto da qualche parte vicino a dove è stato trovato il corpo di Daniel?»

«Penso che lo lasceremo lì,» disse Matt. «Forse una futura generazione di archeologi lo troverà.»

«Quella cosa ha già creato abbastanza problemi,» dissi. «Sono d'accordo che dovrebbe restare sepolta. Meglio liberarsene.»

Bristow entrò. «Il pranzo è servito nella sala da pranzo, signore.»

«Grazie, Bristow.» Matt mi tese la mano. «Verrai a tavola con me, mia socia alla pari?»

«Solo se mi prometti di non scappare più senza di me. Neanche per vedere Abercrombie.»

«Non posso fare questa promessa.» Rimase lì, con la mano tesa, il suo sorriso che svaniva. «India? Sei arrabbiata con me?»

Presi la sua mano. «Matt, sei la persona più gradevole che abbia mai incontrato. Cercare di rimanere arrabbiata con te è come cercare di far andare indietro le lancette di un orologio.»

«Impossibile?»

«No, in realtà è possibile, ma è inutile. Perché mai qualcuno vorrebbe fare una cosa del genere?»

Posò l'altra mano sopra la mia, e un brivido mi sussurrò lungo la pelle. Ma rovinò l'attimo tenero ridendo. «Grazie, India.»

Sollevai il viso per vederlo meglio. I nostri nasi quasi si sfiorarono. Il suo respiro mi riscaldò le labbra. «Per cosa?» sussurrai.

«Per illuminare il mio umore quando altrimenti sarebbe buio.» Il luccichio divertito nei suoi occhi suggeriva che quello era uno di quei momenti. «E per non restare arrabbiata con me. Non mi piacerebbe se lo fossi. Non mi piacerebbe affatto.»

C.J. ARCHER

La storia di Matt e India continua in:
Il veleno dello Speziale
Il terzo libro della serie Glass and Steele di C.J. Archer.
Iscriviti alla newsletter di C.J. per essere informato sui nuovi libri tradotti in italiano. Gli abbonati avranno accesso esclusivo a un racconto GRATUITO *Glass and Steele*.
Iscriviti: WWW.CJARCHER.COM/ITALIANO

RICEVI UN RACCONTO BREVE GRATUITO

Ricevi un racconto GRATUITO.

Ho scritto un racconto per la serie Glass and Steele, che precede LA FIGLIA DELL'OROLOGIAIO. Si intitola LA SCOMMESSA DEL TRADITORE e segue Matt e i suoi amici nella cittadina di Broken Creek, nel vecchio West. Contiene spoiler su LA FIGLIA DELL'OROLOGIAIO, quindi devi averlo letto prima. Ma la cosa migliore è che il racconto è GRATUITO, in esclusiva per gli abbonati alla mia newsletter. Iscriviti ora sul mio sito web, se non l'hai già fatto:

WWW.CJARCHER.COM/ITALIANO

Se sei già abbonato, troverai le istruzioni nella mia newsletter.

MESSAGGIO DELL'AUTORE

Spero che **L'apprendista del cartografo** vi sia piaciuta tanto quanto mi è piaciuto scriverlo. Come autrice indipendente, ho assolutamente bisogno di promuovere i miei libri per garantirne il successo. Quindi, se vi è piaciuto questo libro, sentitevi liberi di dirlo ai vostri amici e di lasciare una recensione sul sito web della libreria dove l'avete acquistato.

ANCHE DI C.J. ARCHER

SERIE CON 2 O PIÙ LIBRI

The Glass Library
Cleopatra Fox Mysteries
After The Rift
Glass and Steele
The Ministry of Curiosities Series
The Emily Chambers Spirit Medium Trilogy
The 1st Freak House Trilogy
The 2nd Freak House Trilogy
The 3rd Freak House Trilogy
The Assassins Guild Series
Lord Hawkesbury's Players Series
Witch Born

TITOLI SINGOLI NON PARTE DI UNA SERIE

The Warrior Priest
Courting His Countess
Surrender
Redemption
The Mercenary's Price

INFORMAZIONI SULL'AUTORE

C.J. Archer ama la storia e i libri da sempre e si sente fortunata ad aver trovato il modo di combinare le due cose. Ha trascorso la sua prima infanzia nella spettacolare bellezza dell'outback del Queensland, in Australia, ma ora vive nella periferia di Melbourne con il marito, due figli e un birichino gatto bianco e nero di nome Coco.

Iscriviti alla newsletter di C.J. tramite il suo sito web per essere avvisato quando pubblica un nuovo libro: http://cjarcher.com. Seguila sui social media per gli ultimi aggiornamenti.

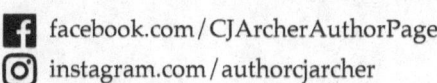

www.ingramcontent.com/pod-product-compliance
Lightning Source LLC
LaVergne TN
LVHW032004070526
838202LV00058B/6290